EASTERN BRAZIL.
ATLANTIC OCEAN
EQUATOR
MOUTHS OF THE RIVER AMAZON
RIVER PARÁ OR TOCANTINS
Marajo or Joannes I.
Maranhão
Piauhy
Ceará
Rio Grande do Norte
Parahyba
Pernambuco
Alagoas
Sergipe
Bahia
Minas Geraes
Espirito Santo
São Paulo
Goyaz
Sertão Desert
San Salvador (Bahia)
Cape S. Thomé
Hotspur Bank
English Miles
100 50 0 100

Ayesha
Harruna Attah

Tiefe Wasser zwischen uns

Ayesha
Harruna Attah

Tiefe Wasser zwischen uns

Roman

Aus dem Englischen von
Christiane Burkhardt

DIANA

Von Ayesha Harruna Attah sind im Diana Verlag erschienen:
Die Frauen von Salaga
Tiefe Wasser zwischen uns

MIX
Papier aus verantwortungsvollen Quellen
FSC® C014889

Penguin Random House Verlagsgruppe FSC® N001967

Die Originalausgabe erschien 2020 unter dem Titel *The Deep Blue Between*
bei Pushkin Press, London.

Redaktion: Antje Steinhäuser
Umschlaggestaltung: © Christian Otto, Geviert, München
Umschlagmotive: © Valeriya Simantovskaya / Stocksy United;
Shutterstock.com (olgers; Daiquiri; MUDRIK ILLIA)
Satz: GGP Media GmbH, Pößneck
Druck und Bindung: Friedrich Pustet, Regensburg

Printed in Germany
ISBN 978-3-453-29253-6

www.diana-verlag.de

Für Tumi und Tami

I

In unseren Träumen sitzt der Vater in einem Zimmer, das keine Farben aufweist. Unsere Mutter stillt ihr Baby, aber die beiden sind wie erstarrt, als wäre die Zeit stehen geblieben. Feuer verbrennt unser Dorf, erstickender Rauch schnürt uns die Kehle zusammen, Flammen versengen unsere Haut. Wir rennen. Unsere Hände umklammern sich, kleben förmlich aneinander. Ihre Finger sind meine Finger; meine Finger sind ihre. Unsere Umklammerung hat schon im Mutterleib begonnen, vor der ersten Trennung. Wir haben unser Zuhause schon einmal verloren, aber das hat uns nicht gebrochen. Jetzt verlieren wir es erneut, aber noch haben wir uns. Wir rennen. Gejagt von Hufen, Geschrei und geflügelten Männern. Eine von uns stolpert. Schweiß bildet einen dünnen Film zwischen unseren Händen. Ihre Finger rutschen aus meinen. Wir haben uns getäuscht. Diesmal ist es endgültig. Sie entgleitet mir.

2

Hassana

Ich könnte damit beginnen, wie mein Baba nach Dschenne aufgebrochen ist, um dort seine Schuhe zu verkaufen, und nie mehr zurückkam. Oder damit, wie unser Dorf in Schutt und Asche gelegt wurde und dass ich nicht weiß, was aus meiner Mutter und meiner Großmutter geworden ist. Damit, wie meine ältere Schwester Aminah und ich unseren Bruder in einer Menschenkarawane verloren haben. Oder aber ich könnte vom schlimmsten Tag meines Lebens erzählen, als mir meine Zwillingsschwester entrissen wurde. Doch ich werde mit dem Moment beginnen, ab dem ich nicht länger zuließ, dass andere bestimmen, was ich tue, wohin ich gehe oder was mit mir geschieht. Ich werde mit dem Moment beginnen, in dem ich mich befreit habe.

1892 – ich war damals zehn – war ich gezwungen, auf einem Stück Land zu leben, wo die Bäume so dicht nebeneinander wuchsen, dass es mir die Sprache verschlug. Wofa Sarpong, ein Mann, der gerade mal so groß war wie ich, hatte Aminah und mich gekauft und uns mit in sein Haus auf einer Lichtung genommen, die von bis zu den Wolken reichenden Bäumen gesäumt wurde. Jedes Mal, wenn ich an ihnen emporschaute, fragte ich mich, wie die Bäume es bloß schafften, so groß zu werden, ohne umzufallen, und jeden Tag drückte der Wald meine Brust platt wie einen leeren Trinkschlauch aus Kuhleder. Nacht für Nacht wachte ich schweißgebadet und mit Herzrasen auf, jedes Mal völlig außer Atem. Ich war ein Kind der Savanne, der offenen Weite mit niedrigen Bäumen. Am Horizont konnten wir die Kamele der Karawanen näher kommen sehen. Die Welt erschien uns riesig und grenzenlos. Der Wald hingegen ließ die Welt schrumpfen und damit mein ganzes Leben.

Es gibt nichts, was ich an Wofa Sarpong und seiner Familie mochte. Höchstens, dass Aminah damals noch bei mir war. Sie schlug sich etwas wackerer als ich und meinte, die Speisen von besagtem Wofa Sarpong seien recht schmackhaft, ihr Tuo, das sie Fufu nannten, sei süßer als unseres. Sie achtete darauf, dass ich ein paar Schlucke von ihren Suppen mit Fisch und Pilzen nahm, aber genauso gut hätte ich Baumrinde essen können. Alles lag mir schwer im Magen, alles war ohne jeden Geschmack. Ich aß, weil Aminah es mir befahl. Aber ich war nur noch ein Schatten meiner selbst.

Als sich mein Leben von Grund auf änderte, war gerade Hauptsaison bei der Kolaernte. Wie immer befahl uns Wofa Sarpong, in mehr Kolabäume zu klettern, als ich zählen konnte. Wir Jüngeren – seine Kinder und diejenigen, die er gekauft hatte – huschten daran hinauf wie Eidechsen, immer auf der Suche nach Plätzen, an denen wir weit genug voneinander entfernt waren, um so viele Nüsse wie möglich ernten zu können. Wofa Sarpong behauptete, Kola sei ein Geschenk Gottes, und Gott werde wütend, wenn wir nicht nähmen, was er uns schenke. Ich war wütend auf meinen Gott Otienu, weil er mich an einen solchen Ort geschickt hatte, ohne dass ich etwas falsch gemacht hätte. Manchmal fragte ich mich, wie Wofa Sarpongs Gott wohl war. Er schien ihn mit einer Fülle an Kolanüssen zu segnen. Ich werde nie vergessen, wie sehr ich die Arme recken musste, um sie ganz unten abschneiden zu können, während ich mit nackten Füßen gefährlich auf den Ästen balancierte und jedes Mal befürchtete hinunterzufallen. Ich fiel nie und schaffte es, meine Angst so weit in Schach zu halten, dass ich weiterhin nach den Früchten greifen konnte, die ich Kwesi, Aminah und den anderen Älteren zuwarf. Die legten sie in große Körbe, die sie später tragen würden. Tag für Tag arbeiteten wir vor- und nachmittags, ohne dass sich Wofa Sarpong auch nur einmal bedankt hätte.

Wenn er »Fertig!« rief, hieß das, dass wir wieder runterklettern sollten. Wir ließen unsere Messer in die großen Körbe fallen, auf die Kolanüsse mit ihren höckrigen Schalen. Wir liefen auf einem Pfad zurück, der alle paar Schritte von Ameisen gekreuzt wurde. Ich hätte den Ameisen tagelang dabei zuschauen können, wie sie eine nach der anderen ihrer Arbeit nachgingen und wie sie, sobald eine von ihnen in Schwierigkeiten geriet, sich gegenseitig zu

Hilfe eilten. An diesem Tag wurde ich unglaublich traurig, als ich mir vor Augen führte, wie sogar solch winzige Geschöpfe freundlich zueinander sein können, während Leute wie Wofa Sarpong und die Männer, die uns entführt hatten, von nichts als Grausamkeit erfüllt waren.

Wir erreichten Wofa Sarpongs aus vier Langhütten bestehendes Gehöft, in dem er, seine Frauen und seine kleinen Kinder lebten. Zwei standen abseits, sie waren für seine erwachsenen Kinder und für diejenigen, die er gekauft hatte. Unweit der Tür seiner Wohnstatt befand sich eine kleine Hütte, in der Töpfe, Mörser und Stößel aufbewahrt wurden. Während Aminah mit ihrem Korb vorneweg ging, suchte ich diese für sich stehende Hütte auf und nahm einen schwarzen Tontopf, um ihn Wofa Sarpongs erster Frau zu bringen. Ich fühlte mich schwer, so als hätte man mir den Amboss eines Schmieds auf den Rücken gebunden. Wofa Sarpongs Frau schaufelte zwei glänzende Tuo-Klöße in den Topf und reichte die Schale ihrer Nebenfrau, die Kellen mit Palmsuppe und zwei Stückchen Fisch dazugab.

»Mach nicht so ein Gesicht!«, befahl sie.

Normalerweise hätte ich ein halbherziges Lächeln aufgesetzt, damit sie mich in Ruhe ließen, aber an diesem Tag brauchte ich es gar nicht erst zu versuchen.

Ich stellte den Topf Aminah und den anderen Mädchen hin, die ihre Finger in den Eintopf steckten und zu essen begannen. Noch bevor ich mich entscheiden konnte, ob ich es ihnen gleichtun wollte oder nicht, hielt Aminah den Tuo bereits an meine Lippen.

»Iss deinen Fufu«, sagte sie.

Ich weigerte mich, deren Worte zu benutzen. Ich würde das nicht Fufu nennen wie Aminah.

Ich nahm den Klumpen gelbe Kochbanane und Maniok in den Mund, und es schmeckte nach nichts. Sekunden später hatte ich Sodbrennen. Mir würde bloß alles wieder hochkommen, wenn ich mich weiterhin zum Essen zwang, deshalb stand ich auf und setzte mich unter den Katappenbaum. Ich wollte nur noch, dass das alles endlich aufhörte.

Es war jetzt ungefähr ein Jahr her, dass man uns hergebracht hatte, und der Lärm jener Nacht ließ mich immer noch zusammenzucken. Wofa Sarpong schlich häufig in unser Zimmer, um Aminah zu besuchen, und wenn er wieder weg war, lag ich lange wach und lauschte auf das Weinen meiner Schwester neben mir. In dieser Nacht schlief ich jedoch wie ein vollgefressener Python, obwohl ich wegen der auf mir lastenden Traurigkeit nicht das Geringste gegessen hatte.

Wir sind von Wasser umgeben. Darin spiegelt sich ein Blau, das noch intensiver ist als das des Himmels. Wir sind von Menschen umgeben, die aufs Wasser schauen. Das erstreckt sich hinter uns bis in alle Winkel der Erde und noch darüber hinaus. Stoffe bauschen sich wie riesige weiße Tücher im Wind, und wir stehen auf einer hölzernen Plattform. Vor uns liegt Land, das gleichzeitig fremd und vertraut wirkt, mit Bäumen, die an Palmen erinnern und sich im Wind biegen. Die Bäume werden zunehmend größer. Wir bewegen uns.

Ich wachte auf, klatschnass, so als hätte man einen Eimer Wasser über mir ausgekippt. Der Wald hatte mir nicht nur die Sprache verschlagen, sondern mich auch bis in meine Träume verfolgt, das enge Band zwischen meiner Schwester und mir durchtrennt. Als unser Baba verschwand, wussten wir, dass er noch lebte, weil sowohl Husseina als auch ich träumten, dass er in einem Zimmer war. Ich sah die Dinge aus einer Perspektive und sie aus einer anderen. Wo ich ein Gesicht erkannte, erkannte sie einen Rücken. Gemeinsam nahmen wir das Ganze wahr. Der Wald hatte dafür gesorgt, dass unsere Träume nicht mehr zueinanderfanden. Bis jetzt …

Ich rüttelte Aminah wach und erzählte ihr von dem Traum.

»Das sind ihre Träume«, sagte ich. »Husseina lebt.«

Die nächsten Tage waren anders. Die Traurigkeit ließ nach, wich einer verwirrenden Mischung aus Aufregung und furchtbaren Bauchschmerzen. Die wurden doppelt so schlimm, wenn ich die Wäsche der Sarpongs wusch und in die Kolabäume kletterte. Ich konnte weder stillsitzen noch mich konzentrieren, schon gar nicht, als Wofa Sarpong uns antreten ließ und uns etwas sagte, auch nicht, als Aminah mich ansprach. Meine Zwillingsschwester lebte, sie war an einem Ort, der vom blauesten Wasser umgeben war, das ich je gesehen hatte. Einerseits wollte ich losrennen und alle umarmen, die Neuigkeit verkünden. Andererseits wurde ich von Angst regelrecht überrollt – was, wenn wir uns nie mehr wiedersehen würden und nur noch durch unsere Träume miteinander verbunden wären? Würde ich damit leben können? Die Frage quälte mich und rumorte wild in meinen Eingeweiden.

Eines Nachmittags rief Wofa Sarpong, in Begleitung eines Mannes, den ich noch nie auf dem Gehöft gesehen hatte, alle im Hof zusammen, wo seine Kinder Stöcke und Steine versteckten und wir gerade im Sitzen Hirse lasen. Der Fremde trug kurze Hosen, die von einem Lederband über der Taille zusammengehalten wurden. Er trug auch einen weißen Hut und marschierte auf und ab, während er darauf wartete, dass Wofa Sarpong uns Aufstellung nehmen ließ. Der Mann ging herum und fragte alle nach ihrem Namen, doch ich hörte kaum hin. Ich beobachtete Rüsselkäfer zwischen den Steinen und konnte nicht aufhören, an Husseina zu denken.

Jemand stieß mich in die Seite.

Der Mann mit den kurzen Hosen und dem Hut fragte nach meinem Namen.

»Hassana«, erwiderte ich.

Wofa Sarpong sah mich an, als hätte ich ihm das letzte Stück Fisch aus der Suppe geklaut.

Der Mann fragte mich noch einmal.

»Hassana.« Diesmal sagte ich es ganz bewusst. Denn mir fiel wieder ein, dass Wofa Sarpong uns im Vorfeld hatte antreten lassen, um uns neue Namen zu geben. Er wollte nicht als Sklavenhalter erwischt werden. Unsere Namen verrieten uns. Ich erzählte dem Mann, dass ich aus Botu stammte, die Zweitgeborene von Baba Yero und Aminah-Na sei.

Wofa Sarpong folgte dem Mann, verneigte sich so tief, dass er regelrecht zu kriechen schien, und zum ersten Mal, seit ich auf seinem Gehöft war, war mir zum Lachen zumute. Ich widmete mich wieder meinen Rüsselkäfern und Steinen.

Als ich sieben war, brachte ich mir bei, unter Wasser die Luft anzuhalten. Keine der Frauen in Botu konnte schwimmen, aber es war, als wüsste ich, dass ich in meinem Leben noch oft die Luft würde anhalten müssen. Einst hatte mich das zum mutigsten Mädchen von ganz Botu gemacht: Die anderen und ich waren frühmorgens am Wasserloch gewesen, um Wasser zu holen. Plötzlich hörte ich ein Kreischen. Ein Wort kristallisierte sich aus dem Stimmengewirr heraus: *Krokodil*. Bei uns am Wasserloch gab es keine Krokodile. Nachdem die Mädchen aus dem Wasser geeilt waren, hielt ich die Luft an und tauchte unter. Erst stiegen Schlammpartikel auf und trübten das Wasser. Ich hielt weiterhin die Luft an und wartete, dass sie sich wieder legten. Das Wasser wurde klarer, und ich sah Menschenbeine unter der Krokodilhaut. Ich streckte den Kopf aus dem Wasser. Die Mädchen schrien.

»Hassana, komm raus!« Eine besonders laute Stimme übertönte die anderen.

Ich sah zu, wie die Krokodilhaut näher kam, und drehte mich um, fing Husseinas Blick auf, deren Gesicht ganz verzerrt war, so als würde sie jeden Moment in Tränen ausbrechen. Dann wandte ich mich wieder dem

Krokodil zu, das sich jetzt direkt vor mir befand. Mal gucken, wie lange sich dieses Spiel fortsetzen ließ. Die Schreie der Mädchen gellten in meinen Ohren: »*Komm-raus-komm-raus.*« Die Sonne brannte mir auf den Rücken. Die Schnauze des grauen Geschöpfes hob sich, und die Mädchen kreischten auf. Die Krokodilhaut trieb nach oben, drehte sich und fiel ins Wasser, enthüllte Motaaba und seine großen Zähne. Er krümmte sich vor Lachen, als ich das Wasser verließ und Husseinas Hand nahm. Die lehnte den Kopf an meine Schulter und sagte den ganzen Heimweg über kein einziges Wort.

Nachdem Wofa Sarpong den Inspektor verabschiedet hatte, kehrte er mit der Peitsche zurück, mit der er seinen Esel traktierte. Er zerrte mich von meiner Hirseschale weg. Als er damit begann, mich auszupeitschen, schrie ich. Doch als ich dann die schrecklichen Laute der Niederlage aus meinem Mund hörte, hielt ich die Luft an. Seine Hiebe machten mir nicht das Geringste aus. Wenn überhaupt gaben sie mir die Kraft, die ich brauchte. Ich würde keine Sekunde länger an diesem Ort bleiben, um mich von ihm wie einen seiner Esel behandeln zu lassen. Ich würde weglaufen und nach Husseina suchen. Aminah konnte ja mitkommen, aber wenn sie sich wie Vieh schinden lassen wollte, sollte sie eben bleiben.

Doch Wofa Sarpong kam mir zuvor. Noch bevor ich einen Fluchtplan schmieden konnte, spannte er seinen Esel vor den Wagen, auf dem sich die Kolanüsse türmten, und befahl Kwesi, mich zu diesem Karren zu schleifen. Aminah warf mir einen Zweig zu und wies mich an, seine Blätter zu kauen, sie mir auf die Haut zu legen, um meine Wunden vom Auspeitschen zu behandeln. Kurz überlegte ich, Wofa Sarpong anzuflehen, den Wagen zu wenden, bei Aminah bleiben zu dürfen. Aber als ich den abweisenden Buckel des Mannes sah, merkte, wie er wütend mit derselben Peitsche auf den Esel eindrosch, die mich gezüchtigt hatte, und »*Ko! Ko!*« rief, war ich in gewisser Weise erleichtert, dass er mich fortbrachte.

Der Wagen rumpelte über Geröll, und mehrmals glaubte ich hinunterzufallen. Je weiter wir kamen, desto dichter wurde der Wald, und ich rang nach Luft. Hätte ich doch nur mit Aminah fliehen können!

Wir erreichten eine kleine Hütte auf einer Palmenlichtung. Wir hatten kaum angehalten, als ein riesiger Mann aus der Tür trat.

»Dogo«, sagte Wofa Sarpong.

»Wofa, du kommst zu früh«, erwiderte der riesige Mann.

»Die hier ist einfach zu dickköpfig. Die macht mir bloß Ärger. Nimm du sie.«

»Ich habe nichts, was ich gegen sie tauschen könnte. Etwas Salz vielleicht.«

»Einverstanden.«

Wofa Sarpong stieg vom Wagen, zerrte mich so brutal an den Ohren hinunter, dass ich fast gestürzt wäre. Doch ich schaffte es, mich wieder zu fangen, und richtete mich zu meiner vollen Größe auf. Am liebsten hätte ich ihm ins Gesicht gespuckt, doch dann würde er mich mit Sicherheit schlagen, und mein Körper war noch zu wund. Auf der Lichtung roch es nach abgestandenem Wasser. Eine Henne gackerte am Eingang zur Hütte, eine Schar von Küken hinter sich.

»Gib mir die Hühner dazu«, sagte Wofa Sarpong.

»Die brauche ich, wegen der Eier.«

»Ich bring dir hier gutes Geld, und du redest von Eiern.«

Noch ein Huhn kam heraus, ein grau-grüner Hahn, der stolz auf und ab marschierte, ohne zu ahnen, dass er in Wofa Sarpongs Fängen landen würde. Ich sah Dogo an, den riesigen Mann, dem das ebenfalls klar war und der mit den Schultern zuckte, bevor er den Vögeln nachlief. Die kreischten und gackerten, während sich Dogo wiederholt aufrichtete und den Schweiß abwischte. In der Zwischenzeit ging Wofa Sarpong in Dogos Hütte und kam mit Stoffballen und verrostetem landwirtschaftlichem Gerät wieder heraus.

»Der Stoff ist nicht für mich«, sagte Dogo und legte flehend die Hände zusammen.

»Sag ihm, er soll zu mir kommen«, erwiderte Wofa Sarpong und marschierte auf und ab wie der Hahn, den er sich gleich schnappen würde.

»Bitte!«, fuhr Dogo fort, doch Wofa Sarpong starrte ihn nur böse an, sodass der riesige Mann verstummte.

Ich wollte lachen und staunte, dass so ein Hüne klein beigab, wenn der winzige Wofa Sarpong etwas befahl. Dogo ließ Wofa Sarpong machen, was er wollte, was entweder bedeutete, dass er ihm etwas schuldete oder dass der Hüne nicht besonders schlau war.

»Komm, und nimm die Kolanüsse«, sagte Wofa Sarpong, als redete er mit einem seiner Kinder.

Die Hühner rannten immer noch umher.

Der Mann ging in seine Hütte und kehrte mit drei großen Körben zurück.

»He, du!«, rief Wofa Sarpong.

Ich zuckte nicht mit der Wimper. Ich ließ mir Zeit und sah ihm dann direkt in die Augen. »Hassana.«

»Komm, und hol die Kolanüsse.«

Ich nahm einen Korb und füllte ihn mit Nüssen von dem Wagen. Aus den Augenwinkeln sah ich, wie Wofa Sarpong Jagd auf den Hahn machte. Er stürzte sich auf ihn und griff daneben. Ich konnte nicht anders, ich musste kichern.

Irgendwann erwischte er Hahn und Henne und hievte sie mitsamt dem Stoffballen, dem landwirtschaftlichen Gerät und einem Sack Salz auf den Wagen.

»Du hast ja noch die Küken«, sagte Wofa Sarpong. »Die werden groß und legen Eier. Aber was die hier angeht … wer will schon ein so dickköpfiges Mädchen wie das hier?«

»Die Weißen entlang des Volta-Stroms sind weiterhin nicht wählerisch«, erwiderte Dogo. »Aber an der Goldküste lässt sich so kein Geld mehr verdienen. Ich gehe jetzt nach Osten.«

»Fast hätte sie dafür gesorgt, dass mich der Inspektor erwischt. Sorg dafür, dass die Obroni sie weit fortbringen. Bis bald.«

Ich hatte Wofa Sarpongs Sprache eigentlich nicht lernen wollen, aber auch ohne es überhaupt zu versuchen, konnte ich fast alles verstehen, was er sagte.

Wofa Sarpong stieg auf seinen Wagen und ließ mich bei Dogo zurück, zu dessen Füßen sich die verwaisten Küken inzwischen zitternd versammelt hatten.

Rasch brach der Abend herein, und alles wurde grau.

»Komm, und iss«, sagte Dogo auf Hausa, eine der Sprachen, mit denen ich aufgewachsen war. »Morgen wirst du deinen neuen Herrn kennenlernen.«

Schon dass er Hausa sprach, sorgte dafür, dass ich mich entspannen, mich setzen und die Schale mit gekochten Bohnen essen konnte, die er mir anbot. In der Hütte breitete er eine Matte für mich aus und davor eine für sich.

In dieser Nacht bekam ich kein Auge zu. Jedes Rascheln, jeder Ruf eines Vogels und jedes Flüstern des Windes hielt mich wach. Gegen Morgen musste ich dann doch irgendwann eingeschlafen sein.

»Ich bade zuerst, danach kommst du dran«, sagte Dogo, während er den Kopf durch die Tür steckte. Davon wachte ich auf.

Dogo war nicht besonders helle. Kein Wunder, dass Wofa Sarpong so mit ihm umsprang. Obwohl ich Angst vor der Dunkelheit hatte, hätte ich mich leicht in die Nacht flüchten können. Jetzt ließ er mich allein, damit er baden konnte. Vermutlich weil er mich angeschaut und nur ein kleines, machtloses Mädchen in mir gesehen hatte. Ich spähte aus der offenen Tür, und als er aus meinem Blickfeld verschwunden war, rieb ich mir den Schlaf aus den Augen, klaute ein paar von den Bohnen, die in einer Ecke seiner Hütte standen, und knotete sie in mein Wickeltuch. Wofa Sarpong hatte Dogo nur noch drei Werkzeuge dagelassen, darunter eine kleine Machete, nach der ich griff.

Dogo bespritzte sich summend mit Wasser, und ich schlüpfte aus der Hütte, eilte in die Gegenrichtung davon und tat, was Aminah und ich längst hätten tun sollen. Auf Zehenspitzen trat ich nur dorthin, wo ich feuchten Boden erkennen konnte. Ich bewegte mich schnell und lautlos fort, blieb nur auf Pfaden mit Fußspuren, weil die mich zu Menschen und nicht zum Bau eines Leoparden führen würden. Ich lief und lief, und mir knurrte der Magen. Wie ich die Bohnen zubereiten sollte, war mir nicht ganz klar gewesen, als ich sie genommen hatte, und jetzt konnten die rohen Bohnen meinen Hunger nicht stillen. Ich marschierte weiter, wollte so viel Abstand wie möglich zwischen Dogo und mich bringen und dann nach diesem Ort mit dem blauen Wasser fragen, an dem Husseina gelandet war.

Ich folgte dem Pfad und erreichte einen Teil des Waldes, in dem ungewöhnlich viele Palmen wuchsen. Sie sahen nicht so wild und ungleichmäßig aus wie der Rest des Waldes, hier musste es also Menschen geben. Ich wusste nicht, ob ich ihnen trauen konnte, würde jedoch versuchen, ein paar Bohnen oder die Machete gegen Essen und Informationen einzutauschen, und meinen Weg anschließend fortsetzen. Ich schlug mich durch den

Wald bis zu einer Lichtung, so ähnlich wie die, auf der Wofa Sarpongs Gehöft stand. Nur dass es hier Hütten aus weißem Stoff gab, die an den Stoff in Husseinas Traum erinnerten. Aufgrund dieser Ähnlichkeit bekam ich Gänsehaut. Ich war so schnell herbeigeeilt, dass die Menschen, die dort lebten, innehielten und mich anstarrten.

Es waren etwa fünf, alles Männer, drei davon hellhäutiger als die weißen Bohnen, die ich Dogo geklaut hatte. Sie sahen aus wie ganz normale Menschen mit zwei Armen und zwei Beinen, doch ihre Haut schien völlig farblos zu sein. Zwei Männer kamen auf mich zu, einer davon war farblos. Ich wusste nicht, was sie mit mir vorhatten, deshalb hob ich die Machete. Auf diese Weise verschaffte ich mir Zeit. Ich konnte kehrtmachen und zu Dogo zurückeilen, behaupten, ich hätte mich verlaufen. Ich konnte auch bleiben und gegen sie kämpfen, doch sie waren in der Überzahl. Oder aber ich konnte mit ihnen verhandeln.

Sie kamen nicht näher, und der farblose Mann, der ungefähr so alt zu sein schien wie mein Vater, ging in die Hocke. Er ließ die Arme herabhängen und winkte mich anschließend zu sich. Ich saß in der Klemme, ich konnte nirgendwohin. Also ließ ich die Machete fallen, führte die Finger zusammen und hob sie zum Mund. Wenn sie etwas zu essen für mich hatten, würde ich schon irgendwie die Kraft finden, sie zu überlisten. Der farblose Mann schien mich verstanden zu haben und bellte seinem Begleiter etwas zu. Er trug einen Hut, der aussah wie der des Inspektors bei Wofa Sarpong. Er kam, nahm meine

Hand, und ich ließ ihn gewähren. Seine Handflächen waren ganz weich und erinnerten mich an den Bauch eines Geckos. Vertrauen ist ein seltsames Tier. Ich ließ meine Hände in seine sinken. Ich traute ihm.

Er führte mich vor eine der Stoffhütten und bat mich, auf einer Matte Platz zu nehmen. Die Hütte war mit Schnüren am Boden befestigt und sah aus, als könnte sie vom kleinsten Windstoß umgeweht werden. Ein Junge brachte zwei Kalebassen – eine mit Stücken grüner Kochbanane, die andere mit Wasser. Ich biss in die Kochbanane und schlang sie ohne zu kauen hinunter. Mein farbloser Freund sagte etwas, und ein Mann, der aussah wie ich, übersetzte in Wofa Sarpongs Sprache.

»Wie heißt du?«

»Hassana«, sagte ich, ohne mir klarzumachen, dass das verwendet werden konnte, um mich zu Dogo oder Wofa Sarpong zurückzubringen.

»Wohin willst du?«

Was sollte ich ihm sagen? Ich wusste das Wort für Blau nicht. Ich konnte nur Wasser sagen.

Die beiden Männer tauschten sich aus, dann versuchte es der Dolmetscher erneut.

»Wo ist deine Familie?«

Ich schüttelte nur den Kopf. Ich hatte keine Lust, darüber zu reden. Ich schaute auf die Kochbanane und kaute weiter. Die Kochbanane war nahezu geschmacklos, besaß aber eine leichte Süße, sodass ich sie genoss.

Im ganzen Dorf waren Leute aus ihren Hütten gekommen wie Ameisen vor heftigem Regen. Frauen und

Kinder starrten mich an, als wäre ich vom Himmel gefallen. Ich beschloss, einfach nur meine Kochbanane zu essen. Anschließend würde ich mich bedanken und weiterziehen. Eine Frau brachte mir noch eine Schale. Darin befand sich Kontomire, der knallgrüne Taroblätter-Eintopf, den Wofa Sarpongs Frauen häufig kochten. Ich hatte nur noch ein fingerlanges Stück Kochbanane, also brach ich es in mehrere Teile und tauchte sie in die tiefgrüne Suppe und leckte mir anschließend die Finger. Ich hörte ein Kichern. Kinder, die kleiner waren als ich, zeigten lachend auf mich. Ich bleckte die Zähne, und sie rannten kreischend zu ihren Müttern. Keine Ahnung, warum ich das getan hatte. Ich tauchte die Finger tief in den Eintopf und schmeckte das frische Palmöl, mit dem er angesetzt worden war, die goldbraun angebratenen Zwiebeln, die Blätter des Taro und den salzigen getrockneten Tilapia.

»Sie ist unverschämt«, hörte ich eine der Mütter sagen, die hörbar nach Luft schnappte.

In diesem Moment beschloss ich, für mich zu behalten, dass ich sie verstehen konnte. Ich würde mich taub stellen und diesen Umstand nutzen, um mich satt zu essen. Wüsste ich erst einmal, wo ich gelandet war und wo ich hinmusste, würde ich fortlaufen.

Ich leckte mir Palmöl und Eintopf von den Fingern, und wie aus dem Nichts entrang sich mir ein lautes Rülpsen. Auf einmal wurde mir klar, dass ich die Mahlzeit genossen hatte. Entweder die Speisen waren im Gegensatz zu denen bei Wofa Sarpong gut gewürzt gewesen, oder aber ich konnte endlich wieder schmecken. Mit den beiden Kalebassen erhob ich mich. Die zwei farblosen Männer hatten sich vor einem Gegenstand versammelt, der aussah wie eines der Räder an Wofa Sarpongs Wagen, das man auf Beine gestellt hatte. Alles hier war seltsam – die Häuser, die Farbe der Menschen –, doch ich fasste Mut. Ich ging zu der Frau, die mir den Eintopf gebracht hatte, klopfte mit der Rechten in meine Linke und kniete mich hin, um ihr meine Dankbarkeit zu erweisen.

»Ist schon gut«, erwiderte die Frau, nahm die Kalebassen und scheuchte mich fort.

Der ältere farblose Mann kam zurück und teilte den Stoff am Eingang seiner Hütte. Er legte die Hände zusammen, schmiegte sie an seine Wange und schloss die Augen. Schlafen!, sollte das heißen. Das war jetzt wirklich das Letzte, was ich wollte, aber ich tat wie befohlen und ließ mich in der Stoffhütte auf die Matte sinken. Ich merkte, dass ich meine Machete vergessen hatte. Noch bevor ich protestieren konnte, übermannte mich der Schlaf und umfing mich mit seinem warmen dunklen Fell.

Wir sind am Wasserloch, eine schnatternde Mädchenschar. Sie sitzt am Ufer und taucht die Zehen ins Wasser. Ich gehe ins Wasser und komme wieder heraus, winke ihr zu. Komm rein!, bedeute ich ihr. Sie zuckt mit den Schultern. Komm!, beharre ich. Sie weigert sich. Ein Tanz, den wir abwechselnd aufführen, bis ich zu ihr wate und sie ins Wasser ziehe. Noch berühren ihre Füße den Grund des Teiches, dann ziehe ich sie weiter ins Tiefe. Sie fällt und schlägt um sich, schnappt verzweifelt nach Luft. Sie wird vom Wasser verschlungen und verschwindet.

Dunkle, über mich gebeugte Gestalten weckten mich. Ich hatte wie so oft von Husseina geträumt, aber es war nicht ihr Traum. Wenn ich ihre Träume erleben wollte, war etwas dafür nötig, das ich noch nicht genau benennen konnte. Ich schüttelte meine Schläfrigkeit ab und merkte, dass das Gesicht vor mir das von Dogo war. Fast hätte ich laut geschrien. Er hielt mir den Mund zu und zerrte mich vor die Hütte.

»Warum hast du das getan?«, fragte er.

Ich sah mich um und versuchte, den Blick meines Freundes zu erhaschen. Der starrte Dogo an. Was hatte Dogo ihnen erzählt? Warum hatte ich dem Schlaf nachgegeben? Das war sehr dumm von mir gewesen.

»Du kannst nicht einfach so weglaufen. Du gehörst mir«, zischte Dogo.

Was, wenn ich ihn irgendeines Vergehens bezichtigte und behauptete, Dogo habe mich so behandelt wie Wofa Sarpong meine Schwester, wenn er zu ihr ins Zimmer schlich? Dann würden mich diese Leute vielleicht verstehen. Ich starrte Dogo mit weit aufgerissenen Augen an. Andererseits hatte Wofa Sarpong behauptet, wir gehörten zur Familie und seien nicht seine Sklaven. Es war also nicht in Ordnung, jemandes Sklave zu sein.

»Nein«, hob ich an. »Nein, nein, nein.« Ich hielt mir die Augen zu und spähte zwischen den Fingern hindurch.

»Lasst mich meine Tochter mitnehmen«, sagte Dogo.

»Ich bin seine Sklavin«, rief ich in Wofa Sarpongs Sprache.

Zu meinem Erstaunen machte mein farbloser Freund – der nicht gerade dünn war – einen Satz nach vorn und ging Dogo an den Kragen, wobei er ihn in die Luft hob. Dogo versuchte, etwas zu erwidern, doch die Worte blieben ihm im Halse stecken. Der farblose Mann war kleiner als Dogo, trotzdem beutelte er den riesigen Mann wie die Puppen, mit denen Husseina und ich früher gespielt hatten. Er ließ Dogo los.

»Pikin dey lie«, brachte Dogo schließlich heraus. Er wiederholte es so oft, dass es sich mir unauslöschlich eingeprägt hat. *»She my Pikin.«*

Das Kind lügt, hieß das, wie ich später erfahren sollte. *Sie ist mein Kind.*

»Verschwinde!«, rief der farblose Mann und ließ weitere Beschimpfungen in seiner Sprache auf Dogo herabregnen.

Dogo starrte mich an, bevor er sich abwandte und ging. Ich sah keine Wut in seinem Gesicht, eher Erstaunen und Traurigkeit über das, was ich da gerade getan hatte. Mein Herz fühlte sich an wie ausgewrungen. Der falsche Mann wurde hier zur Rechenschaft gezogen. Nicht Dogo hätte von dem Farblosen in die Mangel genommen werden sollen, sondern Wofa Sarpong. Die Männer, die mein Dorf niedergebrannt und meine halbe Familie ermordet hatten. Aber allein dafür, dass Dogo sich mit Wofa Sarpong abgab, redete ich mir ein, verdiente er es, mich zu verlieren.

Ich erfuhr, dass der Mann, der zu meinem Beschützer geworden war, Richard Burtt hieß. Er wies mir eine eigene Stoffhütte zu und weigerte sich, mir meine Machete zurückzugeben. Trotzdem wusste ich, dass er jemanden erwürgen würde, um mir das Leben zu retten. Von diesem Tag an folgte ich ihm überallhin. Wir aßen vom selben Teller: Ich bestand darauf, weil ich nicht von den Dorfbewohnern vergiftet werden wollte, die mich misstrauisch beäugten. Bald merkte ich, dass sie ebenfalls auf Richard angewiesen waren – seine Anwesenheit schützte sie –, sodass sie mich weitgehend in Ruhe ließen.

Jeden Abend, wenn ich zum Schlafen in meine Stoffhütte ging – in mein *Zelt*, wie mich Richard verbesserte –, wünschte ich mir, dass Husseinas Traum zurückkehrte. Ich wollte die Augen schließen und mich in der Welt ihrer Träume verlieren. Ich presste die Lider zusammen, spannte die Kiefermuskeln an, zog die Knie an die Brust und wartete auf den Schlaf und seine Macht, mich zu entführen. Wenn er dann endlich kam, lockerte er meine Anspannung, verlangsamte meine Atmung und lullte mich mit seiner warmen Umarmung ein. Doch die Träume, die sich einstellten, waren nicht ihre Träume – es waren Träume, die von der Vergangenheit handelten.

Oft wachte ich mitten in der Nacht auf und verließ mein Zelt. Jede Nacht hielt jemand anderes Wache im Dorf. Nie einer von Richards Leuten. Immer solche mit meiner Hautfarbe. Richard erklärte mir, dass Leute mit meiner Haut »Schwarze« genannt würden und diejenigen mit farbloser Haut »Weiße«. Ich sah das anders, da meine Haut eher rot als schwarz war, und die Leute in diesem Teil von Kintampo waren dunkelbraun. Diejenigen wiederum, die »Weiße« genannt wurden, waren für mich rosa. Als ich ihm das sagte, lachte er.

Von Richard lernte ich Dinge, die mir sicherlich dabei helfen würden, Husseina zu finden. Richard war an der sogenannten »Goldküste« gewesen, um Pflanzen zu erforschen, herauszufinden, mit welchen man Krankheiten behandeln kann. All seine Erkenntnisse wollte er in einem Buch festhalten, und wenn ich ihm folgte, hielt ich eine Kiste mit Fächern, in die er seine Blattproben warf. Ich lernte die Pflanzennamen auf Twi und Begriffe, die laut Richard wissenschaftlich waren. Ich lernte die Namen auf Englisch, in seiner Sprache. Er half mir dabei, meine Bohnen einzupflanzen, die in wenigen Tagen keimten. Ich kam mir vor, als hätte ich Leben hervorgebracht. Er hatte seine Frau und seine zwei Töchter in einem Land namens Großbritannien zurückgelassen, um diesem Land zu dienen. Es war nobel, was er da tat – sich freiwillig von seiner Familie zu trennen. Meine Trennung von Aminah war anders verlaufen – ich musste unbedingt Husseina wiederfinden.

Während des Nachmittagsschlafs, wenn es im gesamten Gehöft still wurde, blieb ich oft auf und betrachtete den Winkel, in dem die beiden Stoffbahnen, die mein Zelt formten, aufeinandertrafen. Oder aber ich ging nach draußen und schaute nach meinen Bohnensetzlingen. Dann wiederholte ich alles, was ich gelernt hatte, wiederholte die Worte, damit sie mir so über die Zunge kamen, als wäre ich mit ihnen geboren worden.

»Das gehört sich nicht«, sagte mir eines Nachmittags eine Frau, als ich gerade die erste Schote berührte, die meine Pflanze hervorgebracht hatte. Sie hieß Ma'Adjoa und hatte mir an meinem ersten Tag hier Essen gebracht.

»Du bist ein Mädchen; und er ist ein Mann. Du setzt dich schlimmen Gefahren aus. Komm, bleib bei mir.«

Die kleinen Kinder sangen oft, Ma'Adjoa habe die Kinder in ihrem Bauch gefressen. Ich hatte Angst, es könnte wahr sein, spürte aber auch Mitleid. Es war nicht richtig, dass eine Person vom ganzen Dorf verurteilt wurde, deshalb dankte ich ihr, aß mit ihr zu Mittag und mit Richard zu Abend. Trotzdem schlief ich weiterhin in meinem Zelt.

Etwa drei Monde nachdem mich Richard adoptiert hatte, saß ich vor dem Zelt. Er hatte Buchstaben in den Sand gekritzelt, griff zu dem Stock, den er benutzte, wenn er in den Wald ging, um nach Pflanzen zu suchen, und zeigte damit auf den ersten Buchstaben: C.

»K«, sagte ich laut.

Zum nächsten sagte ich »Ah« und schließlich »Te«.

»Und jetzt alle zusammen«, forderte mich Richard auf.

»*Cat.*«

Er schrieb ein weiteres Wort. Ich hatte zu kämpfen, konnte aber »*Dog*« und »*Ant*« lesen.

Richard ließ seinen Stock fallen, klatschte laut, hob mich in die Luft und sagte: »Schlaues Mädchen!«

Ich war so stolz auf mich. Trotzdem hatte ich keine Ahnung, was ich da gelesen hatte.

»Wir müssen dir Bücher aus Accra kommen lassen«, sagte er. »Ich werde es dem Nächsten, der herkommt, auftragen.«

Es gefiel mir, Richards Englisch zu lernen. Boten brachten die Bücher, die Richard für mich bestellt hatte. Auch die Bücher bestanden aus einem ganz empfindlichen Stoff. Als ich das erste Mal eines anfasste, zog ich zu fest daran, sodass er riss.

»Behandle es wie ein rohes Ei«, erklärte mir Richard.

Ich hörte ihm zu und bewachte meine Bücher so eifersüchtig wie eine Glucke. Das nahm solche Ausmaße an, dass ich anderen Kindern aus dem Dorf, die meine Bücher anfassen wollten, mit Richards Stock auf die Finger schlug. Wenn ich schon nicht vorsichtig genug gewesen war – wie würden dann erst diese ungebildeten Kinder damit umgehen? Richard nannte mich »Buchhüterin«.

Kwasidas, Sonntage, wurden zu meinen Lieblingstagen. Es gab noch einen Weißen, den wir Osofopapa nannten und Richard Priester. Der machte morgens die Runde und schlug auf eine umgedrehte Metallschale, um Kinder und Erwachsene um sich herum zu versammeln. Als ich das erste Mal mitmachte, ging ich deswegen hin, weil Richard meinte, ich würde von einem Gott erfahren, der gut sei.

»Wer ist dein Gott?«, fragte ich.

»Der Schöpfer allen Lebens. Er ist der Grund, warum wir atmen, warum es Tiere, Pflanzen, Flüsse und Wälder gibt. Er ist hier und dort und überall.«

Sein Gott und Otienu schienen sich zu ähneln. Ich hatte viele Fragen an Otienu: Warum er zuließ, dass meiner Familie so viel Schlimmes passierte. Aber ich war mir sicher, dass wir Otienu in Botu zurückgelassen hatten, und darin unterschied er sich von Richards Gott – er war nicht hier und dort und überall. Ich wollte wissen, ob dieser gute Gott meine Fragen beantworten konnte.

An diesem ersten Tag hatte Osofopapa ein dickes Buch dabei, dicker als alle, die Richard mir gegeben hatte, und er sprach überwiegend Twi, weshalb mir einige Teile der Geschichte unklar blieben. Ich erfuhr, dass es vor Beginn der Welt keine Farben, keine Geräusche, keinen Geschmack, keine Formen und keinen Geruch gab. Es gab nichts als Dunkelheit, bis ihr Gott sagte: »Es werde Licht.« Anschließend formte er aus Lehm den Menschen. Diese Botschaft sprach mich nicht besonders an, fast wäre ich am zweiten Kwasida nicht mehr hingegangen, weil wir gar nicht dazu kamen, Osofopapa Fragen zu stellen. Außerdem konnte ich einfach Richard fragen, der nicht so streng wirkte wie Osofopapa mit seinem weißen Kragen und dem weißen Haar. Aber es war gut, dass ich hinging. Man könnte meinen, Osofopapa hätte gewusst, dass er eine Geschichte erzählen musste, um meine Aufmerksamkeit zu fesseln. Zunächst begann er, von Ntaafuo zu reden, und ich wusste nicht, was er meinte, bis er sagte, eine Frau namens Rebecca habe zwei Babys gehabt, die sich den Mutterleib streitig gemacht hätten. Ich wünschte mir, dass ich besser Twi spräche, um die ganze Geschichte zu verstehen. Aus den beiden Jungen wurden zwei Länder. Einer wurde rot geboren, der andere klammerte sich an die Ferse des Bruders. Yakubu und Esau. Ich bekam Herzklopfen. In Botu waren wir die einzigen Zwillinge gewesen, die ich kannte. Seitdem war ich keinen anderen Zwillingen begegnet. Als er sagte, dass sie getrennt werden würden, wollte ich aufspringen und schreien: »*Genau das ist mit Husseina und mir auch passiert. Haben sie wieder zusammengefunden?*« Ich musste sehr laute Geräusche von mir gegeben haben, weil mich plötzlich alle ansahen. Mein Blick huschte von links nach rechts und blieb dann an Osofopapa hängen. Die wussten ja nicht, wie wichtig das war!

»Die Brüder haben ständig gestritten«, erzählte Osofopapa. »Ihre Länder führten Krieg gegeneinander.«

Wir stritten auch manchmal, aber das war nicht typisch für unsere Beziehung. Ich beschützte Husseina.

Unsere Oma sagte, ich sei zuerst zur Welt gekommen und habe so laut gebrüllt, dass man mir den Mund habe zuhalten müssen. Sie erzählte auch, dass sie Kräuter vorbereitet hätten, um Na zu reinigen. Doch kurz bevor sie heißes Wasser aufgesetzt hätten, sei ein weiteres Baby herausgeflutscht. Es war so leise, dass sie es für tot hielten. Erst als meine Großmutter sie zwickte, gab meine Schwester einen leisen Schrei von sich.

»Wo ist der Ort mit dem blauen Wasser?«, fragte ich Richard nach der Predigt über die Zwillinge.

»Wasser, das blau ist?« Er schüttelte den Kopf.

»Dort gibt es hohe Palmen und Wasser, das so blau ist wie der Himmel, vielleicht sogar mehr Wasser als Land.«

»Auf keinen Fall in Accra. Dort ist das Wasser kein bisschen blau. Du bist aber neugierig! Wo hast du bloß dieses Bild her? Aus einem deiner Bücher?«

Ich schüttelte den Kopf. »Meine Zwillingsschwester ist dort.«

Richard riss die Augen auf. Er sah mich an, als hätte ich mich in eine Verrückte verwandelt, die gekommen war, um den Weißen das Wasser zu stehlen.

»So wie Yakubu und Esau«, sagte ich. »Ich habe eine Ntaa.«

»Aha«, sagte Richard.

»Und ich werde sie finden.«

Richard hielt sich den Bauch vor Lachen, dann sagte er, was er sich schon die ganze Zeit gedacht hatte.

»Du bist verrückt geworden. Es gibt so viele Orte mit Wasser und Kokospalmen.«

»Wo denn?«

Ich weiß noch, dass ich nicht lockerließ. Er schaffte es nicht, mich umzustimmen. Entweder er half mir, oder aber ich würde mich selbst auf die Suche nach dem Ort mit den Kokospalmen machen.

Er bat mich, mehr von Husseina zu erzählen, davon, wie wir getrennt worden waren.

»Hier an der Goldküste war die Sklaverei bereits verboten. Also ist sie vermutlich den Volta hinuntergefahren und dann zur Küste gebracht worden«, sagte Richard. »Falls das, was du sagst, nicht irgendeine verrückte, erfundene Geschichte ist … Ich muss zur Basler Mission, um ein paar Dinge in der Volta-Region zu erledigen – auf diese Weise kommst du näher zur Küste.«

Ich nickte. »Ja.«

3
Husseina

Der Vormittag war schwül, und Husseinas dünnes Wickeltuch klebte ihr am Körper, als sie vor Baba Kasekos Haus saß und zusah, wie eine Reihe von Frauen in weißen Rüschenblusen und voluminösen, weiten Röcken tanzten und sangen. Eine schüchterne Sonne stieg hinter den Häusern der Bamgbose Street auf, als wollte sie sich Zeit lassen, bevor sie ihre Hitze auf die Teilnehmer der Prozession losließ. Husseina klatschte wider Willen. Ihre Musik ging ihr durch Mark und Bein, sie war so schön. Sie erinnerte sie an die Karawanen, die durch ihr Dorf zogen, nur dass diese hier ausschließlich aus Menschen in glänzenden Kleidern bestand, ganz ohne Tiere. Außerdem waren diese Leute hier nicht nur auf der Durchreise. Sie waren gekommen, um sich zu zeigen. Sie wiegten sich von links nach rechts, verdrängten die Menge, die immer größer wurde, je weiter sie die Straße hinaufschritten. Die Leute waren wie sie aus ihren Häusern gekommen, und die mit Ile petesi, mit zweistöckigen Häusern, lehnten sich aus den oberen Fenstern, um der Prozession zuzuwinken. Die Farben der Röcke waren fantastisch. Leuchtendes Silber und Gold, Rosa und Blau, eine Explosion aus allen Regenbogenfarben. Hinter ihnen schlugen Trommler auf die Häute ihrer Instrumente und erzeugten die eingängigste Musik, die sie je gehört hatte. Sie schienen Richtung Campos Square zu gehen, ein Platz, an dem sie auf dem Weg zum Agarawu-Markt vorbeigekommen war. Husseina wäre der Prozession gern weitergefolgt, aber sie wollte sich keinen Ärger mit Baba Kaseko einhandeln, also blieb sie einfach sitzen und schaute ihr nach. Sie hätte alles darum gegeben, so tanzen zu können wie diese Mädchen. Solche Farben zu tragen. Frei zu sein.

Trommeln werden geschlagen, verstummen, ertönen erneut und rufen nach ihr. Ihr Rhythmus steigert sich zu einem ununterbrochenen Summen und füllt ihren Kopf. Alle ihre Gedanken verschmelzen mit der Trommelmusik. So als wären die Trommeln eine Stimme, die »Komm!« ruft. Getragen von dieser Stimme, die sowohl in ihrem Kopf als auch um sie herum ist, hebt sie förmlich ab bei diesem Lied, als könnte sie fliegen. Die Musik kontrolliert ihre Gliedmaßen. Sie scheint der einzige Mensch unweit der Trommeln zu sein. Die leidenschaftliche Musik überträgt sich auf ihren Körper, der sich mit zunehmender Lautstärke um die eigene Achse dreht und wieder langsamer wird, wenn der Rhythmus nachlässt. Sie wirbelt herum, und endlich fühlt sie sich frei. Frei von der Angst, die ihr stets im Nacken saß. Einer Angst, die sich in ihr eingenistet hat. Einer Angst, die sie oft zum Schweigen bringt und sie mühsam nach den richtigen Worten suchen, sie oft in Tränen ausbrechen lässt. Einer Angst, die so erdrückend ist, dass sie sie sogar jetzt, wo sie darüber hinauswächst, nicht vollständig loswerden kann. Die Musik hält die Angst fern, kann sie aber nicht endgültig verjagen – sie hält sie bloß auf Abstand. Diese Angst ist ihr ständiger Begleiter. Doch zum ersten Mal spürt sie einen kleinen Spalt zwischen sich und dem, was sie all die Jahre beherrscht hat. Sie möchte in den Himmel aufsteigen, endlich einen Weg gefunden haben, die Angst loszuwerden – und sei es nur vorübergehend. Der Rhythmus wird langsamer, und sie dreht sich langsamer. Ihre Brust erzeugt eine eigene, heisere Musik. Sie atmet schwer und fällt hin.

Als sie aufwachte, war sie von raschelnder weißer Baumwolle umgeben. Sie war nicht allein im Zimmer. Sie hatte nicht mal gemerkt, dass sie in ein Zimmer geschwebt war. Lange, fließende Röcke flatterten federleicht neben ihr, und einer hielt inne, sank zu Boden und umspielte ihre Füße. Als Nächstes starrte sie in das breite Gesicht mit kleinem Kinn einer Frau, die so alt aussah wie ihre Großmutter. Es war ein Gesicht, in dem nichts als Liebe stand und über dem ein blütenweißes Tuch gebunden war. Es war die Frau, die die Prozession angeführt hatte. Summend nahm sie ein nasses Tuch und drückte es auf Husseinas Stirn. Das Trommeln war verstummt. Aus den Augenwinkeln sah Husseina, dass andere von einem ähnlichen Zauber befallen worden waren und jetzt ebenfalls von weiß gekleideten Frauen betreut wurden.

»Yemanjás Kind«, flüsterte die Frau und zog Husseina in eine liebevolle Umarmung »Yemanjá erwählt nur Wenige.«

Husseina wollte sie gar nicht mehr fortlassen. Das war eine Umarmung, die ihr Hoffnung schenkte.

Jemand im Raum sagte: »Sie ist eine von Baba Kasekos Erú. Dafür muss man stark sein. Er ist ein böser Mann.«

»Stark« war kein Wort, mit dem sie je bedacht worden wäre. »Loyal« vielleicht. »Zurückhaltend«, das auf jeden Fall. »Stark« war ein Wort, das der Furchtlosigkeit ihrer Schwester gegolten hatte, ihrer Mutter, die alles, was das Leben ihr brachte, erduldete, ohne sich aufzugeben. Trotzdem hatte sie stets vermutet, dass sie ebenfalls stark war, wenn auch vielleicht auf eine andere Art. Denn als böse Reiter sie und Hassana voneinander getrennt hatten, nachdem sie mit einer Menschenkarawane durchs Land gezogen waren, hatte sie nicht geweint. Es war, als hätte man ihr den schützenden Schatten genommen, woraufhin sich Husseina an einem besonders heißen Tag auf einmal in der prallen Sonne wiedergefunden hatte. Doch als das Bild ihrer Schwester mit der Zeit immer mehr verblasste, begann sie zu akzeptieren, was das Leben ihr brachte. Das hier war eine Chance für sie, sich weiterzuentwickeln, entschied sie. Deshalb ging sie dorthin, wo ihre Räuber sie hinschickten, verdrängte die entsetzlichen Dinge, die sie und ihre Familie erlitten hatten, und zwang sich, nach Möglichkeit nicht zu weinen. Und sie weinte auch nicht, als sie auf dem Markt von Salaga landete. Als Baba Kaseko auf sie und fünf andere zeigte und sie einen schnell dahinströmenden Fluss mit hinunternahm, in dem manchmal Elefanten bis an ihr Boot heranschwammen. Auch nicht, als sie tagelang laufen und dabei Körbe voller Kolanüsse tragen mussten. Und auch nicht, als sie desorientiert und mit kaputten Füßen in Lagos ankam, wo Baba Kasekos großes Haus stand. Lagos sollte die Endstation sein. Die meisten seiner Sklaven hatte er verkauft, genau wie die Kolanüsse. Sie war noch übrig und sollte Baba Kasekos Sklavin sein. Jeden Tag nach dem Aufwachen fand sie ihre Stimme wieder, um zu singen. Sie zwang sich, die Sprache von Baba Kaseko und seiner Familie zu lernen, zwang sich, alles zu tun, was man ihr auftrug, selbst wenn Baba Kaseko ihrem Körper mit seinen Peitschenhieben Striemen beibrachte.

Als sie jetzt merkte, wo sie war, stand sie auf und floh zurück in Baba Kasekos Haus, bevor irgendjemand mitbekam, dass ihr keine Aufgabe zugeteilt worden war, dass sie fehlte.

Wieder ergriff die Trommelmusik von ihr Besitz. Drei Monde waren vergangen, seit es das erste Mal passiert war, und sie vermied es, an dem Haus vorbeizulaufen, sobald sie auch nur den ersten Trommelschlag hörte.

Was sie nicht wusste, war, dass ihr Lied so lange nicht gespielt worden war.

Sie befand sich gerade im hintersten Winkel von Baba Kasekos Haus, putzte den Raum, in dem gebadet wurde und der von stechendem Uringestank erfüllt war, als die Trommeln erneut nach ihr riefen. Sie schwebte zu den Trommeln und wachte erneut inmitten von lauter Weiß auf.

»Yemanjás Kind ist zurückgekehrt«, sagte die großmütterliche Frau. Sie löste die Umarmung und sah Husseina tief in die Augen. »Yemanjá hat dich zu mir zurückgeschickt. Du Ärmste musst bei diesem lächerlichen Egba-Mann bleiben. Ich bin Yaya Silvina. Magst du Baba Kaseko? Möchtest du mit zu mir kommen und dort bleiben? Bei mir wirst du frei sein.«

Husseina wollte zur ersten Frage den Kopf schütteln und auf die zweite nicken. Aber sie war sich nicht sicher, wie das wirken würde – vielleicht glaubte man, sie würde Nein sagen, wenn sie als Erstes den Kopf schüttelte. Deshalb schmiegte sie sich einfach nur an die alte Frau und ließ zu, dass diese sie in eine weitere Umarmung zog.

Die alte Frau zuckte zusammen, löste sich mühsam vom Boden, um sich dann mithilfe einer anderen Frau aufzurichten. Sie streckte die Hand nach Husseina aus, und sie verließen das Haus. Husseina bemerkte Details, die sie ganz übersehen hatte, als die Musik sie in ihren Bann gezogen hatte. Im Flur standen zahlreiche Topfpflanzen, und der Boden des Innenhofs war nicht staubig wie der von Baba Kaseko, sondern fest und grün und in Formen angelegt, die Husseina Lust machten, von einer zur nächsten zu hüpfen. Sie durchschritten das Tor und wandten sich nach links. Husseina freute sich, dass Yaya Silvina keine Zeit verlor. Es fiel schwer, Yayas Haus nicht mit dem von Baba Kaseko zu vergleichen. Yayas Ile petesi sah aus wie zwei Häuser, die man aufeinandergestapelt hatte. Stolz überragte es Baba Kasekos eingeschossiges Haus, dessen Tür fast auseinanderfiel. Und während die von Yaya leuchtend weiß gestrichen war, hatte die von Baba Kaseko noch nie einen einzigen Pinselstrich Farbe gesehen. Husseina hatte geglaubt, Baba Kasekos Haus wäre groß, aber damit war es jetzt vorbei.

Yaya klatschte laut in die Hände, um sich anzukündigen. Baba Kasekos älteste Tochter kam heraus, ein Metallgefäß mit Tomaten in der Hand. Als sie Yaya sah, stellte sie das Gefäß ab und machte einen Knicks.

Husseina versteckte sich hinter Yaya, das Herz schlug ihr bis zum Hals.

»Ruf deinen Vater«, befahl Yaya.

Keine Minute später schlurfte Baba Kaseko aus seinem Zimmer, zog das Band seines beigen Shokoto unter dem flachen Bauch enger und rieb sich den Schlaf aus den Augen. Dieser Mann liebte es zu schlafen! Er konnte sich dreimal am Tag hinlegen. Baba Kaseko war mindestens zwei Kopf größer als Yaya, die Husseina kaum verdeckte.

»Das Mädchen bleibt von nun an bei mir«, sagte Yaya.

Baba Kaseko sah Husseina in die Augen. Die Adern in seinen eigenen schienen sich zu vervielfältigen, doch er blieb stumm. Je länger sie so dastanden, desto mehr befürchtete Husseina, der Mann könnte seine Peitsche holen und damit auf sie und Yaya losgehen.

»Die hier ist ein Mensch und keine Kolanuss«, sagte Yaya.

»Wie bitte?«

»Rechtsanwalt Forsythe ist ein guter Freund von mir. Er verliert keinen Fall, und das Mädchen ist bereit, gegen dich auszusagen. Sie wird dich vor Gericht bringen.«

Der Mann drehte sich um und verschwand ohne ein Wort. Husseina konnte es nicht fassen. Sie hatte ein erbittertes Gefeilsche erwartet wie bei den Leuten auf dem Markt. Sie hatte darauf gewartet, dass Baba Kaseko sie ins Haus zerrte und Yaya Silvina befahl, ihm aus den Augen zu gehen. Warum war das so leicht gewesen?

Das dachten Husseina und Yaya damals zumindest noch.

Doch bevor der Ärger mit Baba Kaseko begann, hatte Yaya noch viel mit Husseina vor. Ehe die Leute fragen konnten, wer Husseina überhaupt war, ließ Yaya sie in der steinernen Kirche an der Bamgbose Street taufen. Und zwar auf den Namen Vitória. Je schneller Husseina einen Beruf erlerne, so Yaya, desto schneller lerne sie, frei zu sein. Yaya meinte, dass das nicht leicht sei, nachdem einem immer jemand gesagt habe, wann man essen, schlafen und atmen solle. Yaya wusste das, weil sie selbst versklavt gewesen war, in einem Land namens Bahia.

Husseina begann zu lernen, wie Yaya zu nähen, und erschloss sich außerdem eine neue Religion, Candomblé und seine neuen Götter, die Orixás. Sie war Tochter des Hauses, eines Hauses voller neuartiger Dinge. Der lange Tisch, der groß genug war, dass zehn Leute daran sitzen konnten, dazu die Stühle, die den Rücken stützten, waren neu für Husseina. In Botu, ja sogar in Baba Kasekos Haus, saßen alle auf Hockern oder aber draußen im Innenhof auf dem Boden, um aus einer großen Schüssel zu essen. Als sie in Yayas Haus zum ersten Mal aus ihrer eigenen Schale hatte essen sollen, hatte sie gar nicht gewusst, wie das geht. Yayas Adoptivtochter Tereza wollte sich gerade über die ihre mit Eba und Egusi hermachen. Sie hielt ein Werkzeug in der Hand, das an ein Ei erinnerte. Husseina fragte sich, warum sie nicht die Hände verwendeten wie alle anderen auch. Ganz so als bemerkte Tereza Husseinas inneren Kampf, sagte sie: »Tu einfach so, als würdest du Erde ausheben, um Setzlinge zu pflanzen.« Husseina lernte schnell und freute sich bald, dass sie sich beim Essen nicht mehr die Hände schmutzig machen musste.

Neu waren auch die geräumigen Zimmer. Kam man durch die Haustür, gab es den kleinen Innenhof voller Pflanzen, der aber eher dekorativ war, weil man sich überwiegend im Haus aufhielt. Husseina war daran gewöhnt, draußen zu leben und nur zum Schlafen hineinzugehen. Unten, gegenüber dem Zimmer, in dem sie aßen, lag der Versammlungsraum, in dem die Zeremonien abgehalten wurden. Yaya hielt fast jede Woche eine ab, und zwar samstags. Davor und danach putzte Husseina das Zimmer und lernte die zeremoniellen Gesänge – zumindest, sie mitzusummen. Sie musste die Teller abräumen, die in verschiedenen Ecken für die unterschiedlichen Orixás aufgestellt wurden, eine Aufgabe, die sie nicht besonders mochte, weil sie Angst hatte, etwas falsch zu machen oder sie zu beleidigen. Neben dem Versammlungsraum lag ein kleines Zimmer, das Husseina nicht betreten durfte. Dort wurden die Kleider der Orixás aufbewahrt. Sie liebte den Moment der Zeremonie, wenn sich die Leute, die einen

Orixá empfangen hatten, umzogen und dann als Orixá tanzten. Sie fragte sich, wie es sich wohl anfühlte, von den Göttern erwählt worden zu sein.

Der nächste Raum, rechts vom Innenhof, diente als Empfangsraum und der ganz hinten war die Küche. Auch das Bad befand sich im Haus, nicht draußen. Außerdem hatte Yaya Silvina Husseina ein eigenes Zimmer überlassen, im zweiten Stock. Es besaß eine erhöhte Schlafstatt, in der Husseina regelrecht versank. Es war, als wäre sie in den Himmel entschwebt und auf einer dicken Wolke eingeschlafen. Dieses Bett wurde von kleinen roten Ameisen heimgesucht, nur wenige Nächte nachdem sie in das Haus gezogen war. Sie ließ sich darauffallen und hatte plötzlich das Gefühl, von Tausenden Nadeln gepikst zu werden. Tereza half ihr, die Matratze auszuklopfen, und Yaya schalt sie, weil sie Essen mit ins Bett genommen habe. Dabei hatte sie gar nicht im Bett gegessen.

Die Ameisen hielten sie nicht davon ab, das Zimmer zu lieben. Es hatte nämlich ein großes Fenster, das auf die Bamgbose Street hinausging. Sie liebte es, die Stirn an die Scheibe zu lehnen und das Kommen und Gehen der Männer und Frauen zu beobachten. Manchmal waren es Leute wie Baba Kaseko in schlichten, um die Schultern drapierten Tüchern, manchmal war es ein Weißer, der drei Schichten von Tüchern zu tragen schien; dann Frauen, entweder ganz in Weiß wie Yaya oder so, wie Husseina sich in Botu gekleidet hatte, indem sie sich ein quadratisches Stück Stoff um den Körper wickelte. Es gab auch Tiere. Sie mochte die vor die Karren gespannten Pferde, die auf ihre Besitzer warteten. Die Schweine waren lustig. Sie erinnerten sie an ihre Leute – so, wie die Ferkel hinter ihren Müttern herrannten, um Milch zu bekommen, und so wie die erschöpften Mütter sie manchmal fortscheuchten. Das Fenster bei Yaya war ein Geschenk. Bevor sie am frühen Abend beim Kochen helfen musste, sah sie zu, wie die Leute ihre Laternen anzündeten, während sie sich darauf vorbereiteten, ihre Speisen zu verkaufen. Wie die Straße von riesigen kerzenähnlichen Pfosten erhellt wurde, die selbst in der Nacht für Tageslicht sorgten. Sie sah zu, wie die Leute von der Arbeit zurückkehrten, manche schon jetzt betrunken, vor allem derjenige, den alle Ship Master nannten – der torkelte stets heimwärts. Es gab auch Frauen, die erst jetzt das Haus verließen, wenn alle anderen heimkehrten. Manchmal schaute Tereza mit ihr aus dem Fenster und schloss die Lücken in Husseinas Kopf. Tereza hatte ihr erklärt, das seien die Frauen der Nacht.

»Du willst bestimmt wissen, was sie machen«, sagte Tereza, während das Weiß in ihren Augen funkelte.

Husseina nickte.

»Das verrate ich dir, wenn du alt genug dafür bist.« Lachend schlug sich Tereza auf die Schenkel.

Tereza war laut und gesprächig, sodass Husseina wusste, dass sie sich eines Tages verplappern würde. Dann wüsste Husseina Bescheid. Sie konnte stundenlang aus dem Fenster starren, doch oft, wenn sie gerade von etwas fasziniert war, rief Yaya nach ihr, damit sie ein paar Säume absteckte.

Husseina schob sich hinter Yaya durchs Gedränge, als sie eines Samstagmorgens über den Agarawu-Markt liefen. Sie lebte jetzt einen Monat bei Yaya. Husseina kannte den Agarawu-Markt gut, da Baba Kaseko sie oft dorthin geschickt hatte, um Baumrinde oder irgendein stinkendes Gebräu zu kaufen. Wenn sie dann nach Hause gekommen war, hatte man ihr manchmal gleich wieder einen Korb in die Hand gedrückt, damit sie weitere Einkäufe erledigte. Husseina war stets losgezogen, ohne sich zu beklagen, auch wenn der Weg weit war. Auf dem Markt beachtete sie keiner, deshalb freute sie sich, dorthin zurückzukehren und sich das Warenangebot anzuschauen, das tot oder lebendig verkauft wurde. Käfige mit Vögeln – grün, gelb, in allen Farben. Die verkrümmten, getrockneten Hände toter Affen und Nager, große wie kleine. Andere Dinge ließen sich unmöglich identifizieren. Wenn Lagos nach Erde vor dem Regen duftete, trat dieser Duft auf dem Agarawu-Markt in den Hintergrund, weil er vom Gestank von Tieren, fauligem Gemüse und Schweiß überdeckt wurde.

Yaya Silvina, ganz in Weiß gekleidet und mit einem weißen Tuch um den Kopf, winkte hier und blieb dort stehen, um Hallo zu sagen. So schlenderten sie über den ganzen Markt, bevor sie vor einer Matte innehielten, die mit allen möglichen in der Morgensonne glänzenden Stoffen bedeckt war. Yaya stützte sich auf die ebenfalls weiß gekleidete Husseina und kniete sich hin, begann, den Stoff zwischen den Fingern zu reiben. Sie griff nach einem Ballen, so blau wie der Himmel, und hielt ihn in die Sonne. Der Lichtkranz der Sonne war zu erkennen –

der Stoff war also zu durchsichtig. Noch war niemand gekommen, um sie zu bedienen, sodass Yaya damit fortfuhr, verschiedene Stoffe zu nehmen und diese in die Sonne zu halten, bis sie einen grünen Stoff fand, der dick genug war, um die Sonnenstrahlen nicht durchzulassen. Anschließend griff sie nach einem anderen, der die Sonne kaum abhielt, einer, der so golden schimmerte, dass er die Sonne selbst hätte sein können. Yaya entschied sich für eine Auswahl aus grünen und goldenen Stoffen und sah sich suchend um – doch noch immer war niemand gekommen.

»Wo bleibt der Kerl?«, sagte Yaya, die dazu neigte, ins Portugiesische zu verfallen, wenn sie etwas ärgerte.

Sie standen auf und suchten den Markt ab, der mit seinen Schirmen an einen Blumengarten erinnerte. Husseina gefiel vor allem die Geräuschkulisse dieses Ortes, die Stimmen Tausender von Menschen, die versuchten, ein gutes Geschäft zu machen, und noch viele mehr, die versuchten, ihre Waren loszuwerden. Getrommel in der Ferne. Das Blöken von Schafen und Ziegen, die vermutlich angebunden waren und darauf warteten, als Fleisch verkauft zu werden. Lautes Singen, wahrscheinlich von jemandem, der es leid war, in dieser Welt zu leben, und eine neue Realität gefunden hatte, die er bewohnen konnte.

Ein Mann rannte auf sie zu und umklammerte ein Stück Stoff. Als er näher kam, überragte er Husseina und Yaya, auch noch als er sich krümmte, um wieder zu Atem zu kommen.

»Guten Tag, Yaya«, keuchte er. »Jemand hat versucht, meine Baumwolle zu stehlen.« Er zeigte ein kleines Stück Stoff.

»Fast wäre ich zur Konkurrenz gegangen«, sagte Yaya. »Wegen dieses Stückchen Stoffs hättest du beinahe eine Kundin verloren.«

»Oh, sag das bitte nicht!«

Yaya holte die beiden Stoffe hervor, die sie sich ausgesucht hatte, und zeigte sie dem Verkäufer.

»Aus Brasilien?«, fragte sie.

»Die Frage erübrigt sich. Das ist eindeutig brasilianische Ware.«

»Ich gebe dir ein Pfund dafür.«

»Da musst du schon mehr Geld hinlegen.«

Sie redeten und redeten: Yaya schlug einen Preis vor, und der Händler versuchte, ihn zu erhöhen, bis er irgendwann nachgab und Yayas Münzen nahm.

Yaya hakte sich bei Husseina ein, und dann gingen sie weiter zu einer Frau, die Kalebassen voller Knöpfe verkaufte. Yaya bückte sich und nahm eine Handvoll Knöpfe, Garn und Perlen. Ihre Kundin – eine Brasilianerin, die einen Anwalt aus dem Volk der Saro heiraten würde – wünschte sich eine Hochzeit, die alle anderen Hochzeiten in Lagos in den Schatten stelle. Die Saro stammten von einem Ort namens Sierra Leone, und Tereza erzählte Husseina, dass ihre Landsleute und die aus Saro häufig miteinander wetteiferten. Die Frau wollte ihren Schwiegereltern klarmachen, dass man die Brasilianer nicht übertrumpfen kann.

Als sie nach Hause kamen, stolzierte Yaya mit ihren Stoffen herein. Husseina folgte mit einem Korb voller Perlen und Knöpfe. Sie wollte gerade die Tür schließen, als etwas direkt davor mit einem dumpfen Knall zu Boden fiel. Es war ein Nager, eine Ratte oder ein Eichhörnchen, getrocknet wie die auf dem Markt. Das Tier sah steinhart aus, und sein Gestank stieg ihr in die Nase. Sie wollte ihm einen Tritt versetzen, um es von ihrer Schwelle zu entfernen, doch es streckte die blutigen Klauen aus, so als hätte es an etwas gekratzt, bevor es getötet worden war. Besser, sie kam gar nicht erst mit ihm in Berührung. Hatte jemand damit nach ihnen geworfen? Sie schaute auf, und ein paar Leute gingen Richtung Campos Square. Niemand drehte sich nach ihr um. Sie schloss die Tür und wusste nicht recht, ob sie Yaya davon erzählen sollte.

»Vitória!«, rief Yaya. »Wir haben zu tun.«

In Lagos gab es etliche Ratten, aber dass eine vom Himmel fiel, war schon seltsam. Bestimmt ist es nicht weiter wichtig!, machte sie sich weis, obwohl sie den Verdacht hatte, dass … Andererseits war es einfacher, nichts zu sagen. Vielleicht war das Vieh einfach zwischen Tür und Türrahmen eingeklemmt worden. Yaya hatte Wichtigeres zu tun, als sich um eine tote Ratte zu kümmern.

Die nächsten beiden Wochen verbrachten sie damit, Stoffe zuzuschneiden, zu nähen, Applikationen aufzubringen, zu säumen, zu rüschen und Kleider für die Hochzeit und für einige Gäste zu nähen. Husseina bewunderte die Maschine, mit der Yaya nähte. Damit schaffte sie es, das ganze Kleid in weniger als drei Stunden fertig zu haben. Sie dachte an ihren Vater zurück, daran, wie er mit einer solchen Maschine mindestens zehnmal so viele Schuhe hätte nähen können statt nur ein einziges Paar. Wo steckte Baba? Wo war ihre Mutter? Wo waren ihre Geschwister, wo war ihre Zwillingsschwester? Sie gab diesen Fragen nicht nach, sondern blieb möglichst beschäftigt und schaute ansonsten aus dem Fenster, da sie wusste, dass es keine einfachen Antworten auf diese Fragen gab. Zum Glück hatte sie jede Menge zu tun, sodass keine Zeit blieb, über den Verlust traurig zu sein.

Zwei Tage vor der Hochzeit wurde Yayas Esszimmer regelrecht überrannt von Menschen, die versuchten, sich in ihre Roben zu zwängen. Husseina beobachtete sie dabei. Wie unterschiedlich diese Frauen doch waren! Einige entledigten sich sämtlicher Kleider, andere versteckten sich in Ecken, um sich verschämt aus ihren Sachen zu schälen. Alle sprachen sie unbekümmert Portugiesisch, trotzdem waren manche schwarz wie die Nacht, andere rot wie ihre Schwester Hassana und wieder andere so hellbraun wie Sheabutter. Sie fand sie alle schön, als sie da so auf dem Boden saß und zusah, wie die Frauen vor Yaya auf und ab liefen, nachdem sie sich angezogen hatten. Diejenigen, die sich problemlos ausgezogen hatten, stolzierten mit geschwellter Brust herum wie Perlhähne. Die stilleren jungen Frauen starrten auf ihre Füße. Sie wusste, dass sie eine von diesen stillen Frauen war, und obwohl sie deren Schüchternheit verstand, war es unangenehm, sie von außen mitzuerleben. Nur zu gern hätte sie ihnen gesagt, dass sie selbstbewusster auftreten sollten. Dass sie ebenfalls schön waren – und zwar keinen Deut weniger als ihre selbstbewussten Schwestern.

Plötzlich kreischte eine von ihnen und steckte damit alle anderen an. Jede der Frauen sprang von einem Bein aufs andere, als wimmelte der Boden von Krokodilen. Auch Husseina machte mit, ihr Körper überwältigt von Angst, ihrer alten Begleiterin. Alle rannten ans andere Ende des Esszimmers, und diejenige, die gekreischt hatte, zeigte auf etwas. Ein schwarz-goldener Python hatte sich auf ihrem Kleid zusammengeringelt. Er wirkte unheimlich wie ein böser Zauber, wenn auch zunächst harmlos. Dann rollte er sich auf und peitschte mit dem Schwanz. Die Schlange hob den Kopf, ihre gespaltene Zunge glitt in das graue Maul hinein und wieder hinaus, während das Tier auf die jungen Frauen zukroch. Eine von ihnen schrie erneut auf, und Angst ergriff von Husseinas Bauch und Beinen Besitz.

»Alle in den Versammlungsraum!«, befahl Yaya und wiederholte noch mal dasselbe auf Portugiesisch.

Die jungen Frauen flohen zu der schmalen Tür, kreischend zwängten sie sich hindurch. Einige schürften sich in dem Durcheinander Ellbogen und Arme auf. Husseina schaute sich nach dem Tier um, das Richtung Wand gekrochen war. Wie war es bloß reingekommen?

Yaya schloss die Tür zwischen den beiden Zimmern und schickte Tereza nach einem der Trommler, der ein Stück weiter die Bamgbose Street hinunter wohnte, damit dieser die Schlange entfernte. Die jungen Frauen rieben sich weiterhin die Arme und schüttelten sich, als wäre die Schlange über sie hinweggekrochen. Husseina fiel wieder ein, wie ihr Vater einmal erzählt hatte, Schlangen seien ihr Familiensymbol, weshalb er aus ihrem Leder keine Schuhe mache. Schlangen sollten ihre Familie beschützen, doch jetzt empfand sie nichts als Angst. Wie die anderen wünschte sie sich nur noch, dass diese Schlange verschwinden möge.

Obwohl Yaya ihn anwies, das Tier zu entfernen, ohne es zu töten, tauchte der Trommler mit einer spitzen Schaufel auf und sagte, es könne wegen eines bösen Zaubers gekommen sein. Als er die Tür öffnete, drängte sich Husseina vor. Sie wusste nicht, warum sie sich von dem Tier gleichzeitig angezogen und abgestoßen fühlte. Als sie sah, wie der Trommler seine Schaufel auf den Kopf der Schlange niedersausen ließ, schloss sie die Augen, und als sie sie wieder aufmachte, rollte sich die Schlange auf und dann wieder zu einem Kreis zusammen. Erneut ließ der Trommler die Schaufel auf den Kopf niedergehen, Schweißperlen bedeckten seinen Rücken. Da regte sich die Schlange nicht mehr. Der Trommler hob das leblose Tier auf und bat um einen Korb, um es hinauszutragen. Yaya schickte Husseina in die Küche.

»Das hätte gutes Fleisch sein können«, sagte er, als sie ihm den Korb reichte.

»Warum ist es jetzt kein gutes Fleisch mehr?«, fragte Husseina, die ihm nachging.

»Man isst kein böses Juju. Wer mit Pythons arbeitet, benutzt einen mächtigen Zauber.«

»Was hätte sie uns getan?«

»Euch gebissen oder erwürgt. Sie hätte sich auch in einen Menschen verwandeln können.«

Husseina fröstelte. In wen sie sich wohl verwandelt hätte? Bis die Schlange aufgetaucht war, hatte sie so herzliche, fröhliche Momente erlebt. Sie ärgerte sich, dass es im Leben immer wieder anders lief als gedacht. Gute Zeiten schienen nie von Dauer zu sein.

Sosehr es Husseina auch genoss, aus ihrem Fenster zu schauen – noch viel mehr freute sie sich auf die Zeremonien in Yayas Haus. Vor allem weil das Essen dann so üppig war. Es gab gekochte Eier und gekochtes Huhn, außerdem waren die Leute immer so nett, wenn sie den Tempel besuchten. Sie war noch niemandem begegnet, der während der Zeremonie ein zerknittertes Gesicht gehabt hätte, dabei hatten es manche Leute wirklich nicht leicht, wie Tereza ihr erzählt hatte. Eine Frau hatte mehrere Babys verloren, und ein Mann lebte in einem Haus, das bei Regen jedes Mal überschwemmt wurde. Trotzdem schienen sie bei den Zeremonien am allermeisten zu strahlen. Als Husseina wissen wollte, warum, meinte Tereza, das sei Axé, die positive Energie des Tempels und des Candomblé. Da dürfe das Leben einfach *stattfinden.*

Eines Abends kam einer der Gottesdienstbesucher mit einem stinkenden Ziegenbock, kurz vor Beginn der Zeremonie, und Yaya bat Husseina, den Versammlungsraum nicht zu betreten. Stattdessen saß sie draußen, etwas, was sie nicht mehr getan hatte, seit sie zu Yaya gezogen war, und beobachtete, wie die Leute auf der Bamgbose Street kamen und gingen. Es war anders, als sie von ihrem Fenster aus zu betrachten – jetzt, wo sie sich auf einer Ebene mit ihnen befand. Oben fühlte sie sich beinahe unverwundbar. Sie konnte jemandem auf den Kopf spucken, ohne dass es derjenige überhaupt bemerkte. Hier unten versuchte sie, sich so unsichtbar wie möglich zu machen. Eine Mutter und ihre Kinder eilten vorbei, die Kinder in Lumpen. Dann trieb sich eine Herde Kühe auf der Straße herum, ihre langen Hörner stießen gegeneinander. Einige waren weiß, andere schwarz-weiß gefleckt. Sie ließen sich Zeit, bis sie die Straße wieder verließen, brauchten so lange, dass sie nicht merkte, wer dahinter stand. Husseina rang nach Luft. Warum war sie bloß so dumm gewesen?

»Wie sagen die Menschen bei uns so schön? Ein Dieb kann seinen unlauteren Geschäften nur so lange nachgehen … bis jemand kommt, der ihm das Handwerk legt«, sagte er und baute sich drohend vor ihr auf.

Husseina wollte schreien, doch Angst schnürte ihr die Kehle zu. Ganz so, als wüsste Baba Kaseko, dass sie schreien würde, verschloss er ihr mit seinen ledrigen Fingern den Mund.

»Richte der Alten aus, dass das noch längst nicht alles war. Man bestiehlt Baba Kaseko nicht ungestraft. Ihr werdet alle krank werden. Erst geht es euch noch prima, doch von einer Minute zur nächsten werdet ihr euch den Bauch halten. Beim nächsten Mal überleg dir lieber vorher, ob du mich verärgern willst. Sag das deiner

Aguda-Frau. Sie hat mir mein Eigentum weggenommen und erwartet, dass ich das einfach so hinnehme? Ich habe Dinge auf den Weg gebracht, die ihr nicht sehen könnt – das war nur die Warnung. Was ich jetzt für euch in petto habe, wird euch völlig unvorbereitet treffen.«

Da begriff Husseina: Die Ameisen, die Ratte, die Schlange – sie alle waren Baba Kasekos böser Zauber. Sie stand auf und rannte ins Haus, platzte einfach so in den Versammlungsraum – und genau in diesem Moment fuhr der Trommler, der die Schlange getötet hatte, mit einem Messer über den Hals des Ziegenbocks. Er schnitt in die von Fell bedeckte Kehle, und Blut sprudelte hervor. Das Tier kreischte so laut, dass Husseina es für einen Menschen hielt. Yaya Silvina stand auf und begann zu singen. Husseina knallte die Tür zu und rannte nach oben. Sie untersuchte ihr Bett auf Ameisen und schlüpfte dann unter die Decke. Der Tag war ein Albtraum, aus dem es kein Entrinnen gab. Sie rollte sich winzig klein zusammen. Zu Hause in Botu hatte man nach dem Verschwinden ihres Vaters ein Opfer für ihn dargebracht. Aber sie war nicht dabei gewesen, weil es den Kindern verboten war. Sie war froh, dass man sie ferngehalten hatte, denn sie war für so etwas noch nicht bereit.

Husseina konnte keinen klaren Gedanken mehr fassen. Bekam sie jetzt Ärger, weil sie das Opfer gesehen hatte? Wie sollte sie Yaya das mit Baba Kaseko beibringen? Würde sie zu ihm zurückmüssen? Was würde er sonst als Nächstes tun? Husseina wollte auf keinen Fall zu ihm zurück. Sie wollte lieber bei Yaya bleiben und ertragen, was auch immer Baba Kaseko ihnen schicken mochte. Sie war sich sicher, dass Yaya mächtig war, erst recht nach der Szene, die sie gerade erlebt hatte.

Ein Poltern auf dem Treppenabsatz riss sie aus ihren Gedanken. Yaya machte die Tür auf und schlurfte herein. Sie ließ sich auf Husseinas Bett sinken.

Bekomme ich jetzt Ärger?, hätte sie am liebsten gefragt, doch die Worte blieben ihr im Hals stecken.

»Ich habe dir gesagt, dass du nicht reinkommen sollst.« Yaya suchte nach Husseinas Blick.

»Die Schlange kam von Baba Kaseko«, erwiderte Husseina. »Er hat gesagt, dass er uns noch mehr antun wird, weil wir ihn verärgert haben. Yaya, er hatte ganz rote Augen! Vielleicht war er die Schlange, die hier eingedrungen ist.«

»Wäre er die Schlange gewesen, wäre er jetzt tot«, sagte Yaya. »Aber ich hätte mir denken können, dass er sie geschickt hat.«

»Vielleicht hat seine Seele den Körper der Schlange ja verlassen, bevor der Trommler sie getötet hat. Yaya, alles, was er geschickt hat, führt zu Schmerzen oder zum Tod. Die Ameisen … die Ratte war tot. Die Schlange ist gestorben. Er hat gesagt, dass wir krank werden.«

»Noch einmal: Erzähl mir alles, was er gesagt hat.«

Husseina gehorchte, dann sagte sie: »Das, was er uns als Nächstes schicken wird, können wir nicht sehen, hat er gemeint.«

Die alte Frau erwiderte: »Ich gehe nach Bahia. Ich wollte dich eigentlich hierlassen, wegfahren und dann wiederkommen, aber das ist zu gefährlich. Am besten, ich nehme dich mit nach Bahia.«

Sie wusste nicht, was Bahia war oder was das zu bedeuten hatte, aber ihr Herz schwoll vor Ungeduld und Aufregung. Hauptsache, sie kam von dem beängstigenden Baba Kaseko weg!

»Um dich darauf vorzubereiten, wird Tereza von nun an nur noch Portugiesisch mit dir sprechen«, sagte Yaya.

Husseina war froh, dass Tereza ihr Portugiesisch beibrachte. Tereza war nicht so ernst wie Yaya, und Husseina konnte sie alles fragen. Es gab ein ungeschriebenes Gesetz in Botu, nämlich dass Kinder Erwachsenen nicht widersprechen. In Lagos war es genauso. Tereza war eher so etwas wie eine ältere Schwester. Sie erklärte, dass Husseina, sobald sie fortgehe, genau wie sie eine Aguda werden würde. Jemand, der aus der Heimat weggebracht werde. Husseina wollte erwidern, dass sie in diesem Fall bereits eine Aguda war, doch sie verkniff es sich. Tereza meinte, Yaya sei in Lagos nach britischem Recht gezwungen, Husseina Englischunterricht zu geben. Doch stattdessen schicke Yaya sie nach Bahia, weil es wichtiger sei, Yemanjá zu empfangen, als Englisch zu können. Tereza gestand Husseina, dass sie Handel zwischen Lagos und der Goldküste treiben, die Zeremonien in Yayas Abwesenheit eigentlich nicht fortführen wolle, schärfte Husseina allerdings ein, das bitte für sich zu behalten. Husseina freute sich, dass sie ihr vertraute, wusste aber auch, was es heißt, ein Geheimnis zu wahren. Sie selbst hatte noch niemandem von Hassana erzählt, weil sie nicht wollte, dass man sie deswegen anders behandelte. Nachdem sie ein Jahr in Lagos verbracht hatte, wusste sie, dass Zwillinge hier verehrt wurden. Und wenn Yaya davon erfuhr, würde sie ihr bestimmt auftragen, nach ihrer Schwester zu suchen.

Yaya bat Husseina, ihr schönstes Kleid anzuziehen. Dann gingen sie zum Campos Square und von dort zu einem Ort namens Marina. Husseina hatte die ganze Zeit gewusst, dass sie unweit von Wasser lebte, vor allem, wenn der Regen kam und die Häuser der Menschen überschwemmte. Ihr war nur noch nicht klar gewesen, dass sie vollständig von Wasser umgeben waren. In der Karawane, die zum Markt in Salaga gezogen war, war viel vom »Großen Wasser« die Rede gewesen. Und als Baba Kaseko sie gekauft hatte, waren sie auf etwas gereist, was sie für das »Große Wasser« gehalten hatte. Aber nach allem, was Yaya Husseina erzählt hatte, lag das »Große Wasser« noch vor ihr. Sie würden es überqueren, um nach Bahia zu gelangen. Es klang bedrohlich. Wenn es etwas gab, das sie an ihrer Angst festhalten ließ, dann tiefes, endloses Wasser. Sie wollte gern mit Yaya nach Bahia gehen, aber bitte ohne Wasser überqueren zu müssen.

Sie liefen eine Straße entlang, in der noch größere Häuser standen als in der Bamgbose Street. Diese hier waren bestimmt sechs Zimmer breit und besaßen vier Stockwerke. Sie kamen an einem kastenförmigen Gebäude vorbei, so weiß wie Yayas Kleidung, dann an einem weiteren, das kleiner war und die Farbe einer blassbraunen Bohne hatte. Es folgten drei identische Häuserblocks, bis Yaya stehen blieb und Husseina musterte. Sie steckte den Finger in den Mund und benutzte die nasse Fingerkuppe, um Husseina damit über die Wangen zu wischen.

»Lass uns noch mal unsere Geschichte durchgehen«, sagte sie.

Husseina war Yayas Nichte, die nach dem Tod ihrer Mutter aus Ikere gekommen war. Ihr Vater war verschwunden, als sie noch ein Kind war – und an dieser Stelle würde Yaya Silvina einflechten, dass er genau wie sie vermutlich über das »Große Wasser« gebracht worden war. Als Yaya Silvina es dann endlich bis in ihr Dorf zurückgeschafft hatte, war Husseina eine der wenigen Verwandten gewesen, die noch dort lebten.

Die britischen Behörden hinterfragten die Geschichte nicht und stellten Husseina einen Pass aus – ein Papier mit ihrem Namen darauf, Vitória Silvina, und mit einem Foto von der englischen Königin, das einen Stempel trug.

Bevor sie nach Bahia aufbrachen, wurde eine Zeremonie für Yemanjá abgehalten, für die Göttin des Meeres, für eine sichere Überfahrt.

Die Trommeln singen dasselbe Lied. Ein Ruf, zu ihnen zu kommen. Sie ist überrumpelt, erfüllt von ihrem Lied, und ihr Körper schüttelt sich zu ihrem Rhythmus. Ihre Musik treibt ihren Körper vorwärts und rückwärts, hebt ihre Gliedmaßen zum Himmel. Sie ist frei, sie wirbelt herum, als würde etwas sie nach unten ziehen, um sich dann wieder zu erheben, sie ist eine Spirale, die kein Ende nimmt. Sie ist zu allem in der Lage, sie ist bereit für ihre Reise.

Yaya Silvina hatte sie gewarnt, dass die Reise mit das Härteste sein werde, das Husseina mitmachen werde. Sie selbst war schon viermal auf diesen Meeren gewesen. Das erste Mal als Mädchen, als sie aus ihrem Dorf geraubt und gefühlt mondelang in eine Barracoon, eine Sklavenbaracke, gesperrt worden war, bevor man sie auf ein Schiff gezwungen hatte. Erst hatte sie überall spielen dürfen, weil sie noch ein Kind war. Aber als sich herausstellte, dass die Sklaven planten, über Bord zu springen, wurde jeder an einen Pfahl oder an einen anderen Menschen gekettet. Sie hatte die ganze Überfahrt an zwei weitere Menschen gefesselt verbracht. Zu viele Leiber in einem winzigen Raum aus Holz. Hunderte von Kindern, Frauen und Männern. Einer derjenigen, an den sie gefesselt worden war, überlebte die Reise nicht. Es dauerte Tage, bis der Kapitän des Schiffes herunterkam und erlaubte, dass seine Mannschaft die Leiche über Bord warf. Als sie schließlich an Deck durften, waren stets Waffen auf sie gerichtet. Wasser und Essen waren rationiert. Bei ihrer Ankunft in Bahia war Yaya an einen Plantagenbesitzer verkauft worden.

Bei Husseina werde das anders sein, weil sie als freier Mensch an Bord gehe, mit einem britischen Pass.

Husseina und Yaya brachen schon früh auf. In einem Kanu, in das Husseina getragen werden musste, überquerten sie die Lagune, um die Küste zu erreichen. Dort hatten sich bereits mehrere Passagiere versammelt – eine Mischung aus dunkelhäutigen Menschen und einigen weißen Männern und Frauen. In der Ferne schwammen mehrere große Schiffe auf dem Wasser, und Husseina staunte, dass diese riesigen Boote nicht sanken, sondern die Wasseroberfläche nur leicht zu berühren schienen. Bisher hatte sie sich der Tatsache verweigert, dass sie Wasser überqueren würde. Doch jetzt, wo sie vor der weiten offenen See stand, konnte sie es nicht länger leugnen. Im Vergleich dazu war das Überqueren der Lagune ein Kinderspiel gewesen.

Als kleines Mädchen hatte sie einen wiederkehrenden Albtraum gehabt, vermutlich einer der seltenen Träume, die sie mit ihrer Schwester geteilt hatte. In dem Traum war sie auf einmal im Nu von Wasser umgeben. Es füllte ihre Kehle und ihre Lunge, blähte sie auf und zog sie gleichzeitig in einen Strudel, der sich drehte und drehte, bis sie nach Luft ringend aufwachte. Es fühlte sich jedes Mal an wie eine Ewigkeit, und sie hatte noch niemandem von dem Traum erzählt, weil er sie vor Angst verstummen ließ. Danach pflegte sie noch tagelang wie in Trance herumzulaufen, während sie versuchte, daraus schlau zu werden. Er hielt sie davon ab, ins Wasser zu gehen. Und er war auch der Grund, warum sie es hasste, dass Hassana so vertraut mit dem Wasser war. Als sie mit Baba Kaseko zum Fluss marschiert war, hatte sie sich an seinen Kaftan geklammert, bis sie wieder an Land gegangen waren. Und jetzt musste sie diesen riesigen, endlosen See überqueren.

Ein Mann hinter einem Schreibtisch nahm ihre Pässe, kontrollierte die Fahrkarten und schrieb etwas in ein großes Buch. Dann ließ er sie weitergehen. Yaya Silvina kletterte in ein Beiboot, in dem schon einige der Leute saßen, die sie vorher gesehen hatten. Husseina stand im Ufersand, so als wäre sie dort angewurzelt.

Komm!, bedeutete ihr Yaya.

Husseina schüttelte den Kopf.

»Sei nicht so kindisch«, schalt Yaya.

Nach lautem Aufseufzen watete einer der Ruderer zu ihr, um sie hineinzuheben. Sie schämte sich für ihre Angst und starrte auf die in ihrem Schoß verkrampften Hände, die immer röter wurden. Weitere vier Personen kamen dazu, und die in der Mitte sitzenden Kanufahrer zogen die Ruder an die Brust, um Fahrt zu machen.

Weiter draußen kam ihr das Wasser noch endloser vor, beängstigend, da es nie ruhig war. Die Wellen hatten weiße Schaumkronen und brachen sich unaufhörlich. Husseina starrte auf das Land, das sie zurückließ, und dachte an ihre Familie. Sie hatte nicht die geringste Ahnung, in welche Richtung sie fuhren. Sie war so weit gereist, dass sie ihre Muttersprache verlor. Sie konnte schon recht gut Portugiesisch und dachte sogar auf Yoruba, während sie Gourmanchéma, die Sprache der Gurma, inzwischen allenfalls für ganz bestimmte Dinge verwendete, die ihr nur noch mühsam einfielen. Sie war vor langer Zeit von zu Hause fortgegangen, und obwohl es nicht freiwillig geschehen war, hatte sie ihr neues Leben angenommen und sehnte sich nach dem, was das nächste Land bringen würde.

Als das Kanu das Schiff erreichte, das jetzt, wo sie beidrehten, einfach riesig war, mussten sie nach einer Strickleiter greifen. Die war so wackelig, dass Husseina sich an das raue Seil klammerte vor lauter Angst, in die Wellen unter ihr zu fallen, wodurch sich ihr Traum bewahrheiten würde. Yaya kletterte voraus, und Husseina folgte ihr, setzte beide Füße nacheinander auf die Sprossen. Sie hatte Bauchschmerzen und hielt die Luft an, konnte erst aufatmen, als sie an Deck war. An Bord des Schiffes war alles aus Holz, große Pfähle ragten in die Luft, an denen weiße Stoffquadrate flatterten. Sie waren erstaunlich laut, erzeugten ein Geräusch zwischen einem ständigen Klatschen und Knattern. Sie starrte und starrte auf das Flattern im Wind.

Yaya, völlig unbeeindruckt von all den Eindrücken, da sie schon oft auf einem Schiff gewesen war, schob Husseina weiter und sagte, sie fänden keine gute Koje, wenn sie weiter so trödelten. Auf einer schmalen Holztreppe liefen sie zwei Stockwerke nach unten und erreichten einen Gang, von dem mehrere Türen abgingen. Yaya drückte energisch gegen die erste, die jedoch verriegelt war. Sie ging zur nächsten, und erst bei der fünften links war etwas frei. Darin standen zwei Betten, eines über dem anderen, und es gab ein rundes Fenster, an dem sich die Wellen brachen, sodass Husseina sich fragte, wie stabil es wohl war. Sie klammerte sich an das Holzgestell des Bettes, weil sich der Boden, auf dem sie stand, anfühlte, als würde er jeden Moment unter ihr wegrutschen.

»Nach vier Tagen hast du dich daran gewöhnt«, sagte Yaya, nahm das Laken vom Bett und schüttelte es aus. »Mach dein Bett.«

Husseina griff zum Laken und tat es Yaya nach, aber ihr war, als könnte der Hals den Kopf nicht mehr tragen.

»Mir ist schlecht.«

Yaya schürzte die Lippen und scheuchte Husseina aus dem Zimmer. Sie zog den Schlüssel aus dem Schloss und begleitete Husseina erst nach oben und dann nach draußen.

Die feuchte Meeresluft tat gut. Husseina dachte an die Geschichten, die Yaya ihr von anderen Leuten erzählt hatte, die diese Reise bereits gemacht hatten – nicht etwa freiwillig, nicht mit dem Luxus eines Bettes, sondern nackt, aneinandergekettet und gewaltsam zusammengepfercht. Ihr schwirrte der Kopf. Ohne etwas dagegen tun zu können, würgte sie, und Yaya führte sie an den Rand des Schiffes, wo all das Akara, das sie zum Frühstück gegessen hatte, wieder rauskam.

»Wenn dir jetzt schon schlecht wird, dürfte dir die Reise ewig vorkommen«, sagte Yaya und massierte Husseina den Rücken.

Husseina würgte und würgte, war überwältigt von Traurigkeit. Sie dachte an Yayas erste Fahrt übers Meer. Was waren das für Leute, die sich das Recht herausnahmen, Menschen auf solche Gefährte zu verfrachten und sie schlechter zu behandeln als Tiere? Das konnten unmöglich Menschen sein, wenn sie zu solchen Grausamkeiten in der Lage waren. Sie hatte sich schon in ihrer

Kabine eingesperrt gefühlt, doch das war Luxus, wie sie wusste. Sie dachte auch an die Menschen, von denen Yaya ihr erzählt hatte, die es nicht geschafft hatten. Was war mit ihren Seelen passiert – so weit von der Heimat entfernt? Und was mit ihren Leichen, wenn sie in diesen riesigen und vermutlich tiefen See geworfen worden waren?

Yaya holte Erdnüsse aus einem Tuch, das sie um die Taille gebunden hatte.

»Das ist einer von mehreren Tricks, die ich gelernt habe: Man sollte immer was im Magen haben.«

Husseina hätte eigentlich oben im Stockbett schlafen sollen und Yaya unten. Doch weil Husseina nichts bei sich behalten konnte, stellten sie neben das untere Bett einen Zinkeimer, in den sie sich übergeben konnte. Yaya bezahlte einen Jungen, der kaum älter war als Husseina, dafür, dass er jede Stunde hereinkam und den Eimer ins Meer entleerte.

Selbst wenn sie fast eingeschlafen war, ging es ihrem Magen nicht besser. Erst nachdem der Schlaf sie völlig übermannt hatte, kam sie zur Ruhe.

Wir fliehen vor einem bedrohlichen Feuer, es streckt seine glutroten Arme nach uns aus, versucht, uns mit seiner Hitze zu verschlingen, aber gemeinsam bekämpfen wir es. Sie rennt zu schnell. Sie löst den Griff, mit dem wir uns festhalten. Sie ist fort.

Die nächsten beiden Tage verbrachte sie mit völlig leerem Magen und verließ das Zimmer nicht, obwohl Yaya darauf bestand, die frische Luft werde ihr guttun. Sie behalf sich mit Erdnüssen. Wenn sie die Augen aufschlug, sah sie nichts als die gegen das Fenster schlagenden Wellen. Manchmal reichte das Wasser bis an den oberen Rand des Fensters, meist sah sie ein graues Stück Himmel, an dem ab und zu ein Vogel stand. Sie dachte an zu Hause, an Baba, Na, Aminah, ihren Bruder, ihre Großmutter – vor allem aber an ihre andere Hälfte, Hassana. Wer lebte noch? Wer war aus seinem Körper entwichen und hatte sich in Luft verwandelt? Wo würden sie als Nächstes landen? Würde sie das hier überleben? Würde sie auch nur einen einzigen ihrer Verwandten jemals wiedersehen? Was war das für ein Leben, das einem alles schenkte, um es dann wieder zu nehmen?

Am vierten Tag brachte ihr Yaya ein Stück Kolanuss – rot, fleischig, bitter –, auf dem sie herumkaute. Anschließend reichte ihr Yaya einen Becher mit Wasser, den sie austrank. Yaya half ihr aus der Kabine nach draußen. Die Welt hatte sich völlig verändert. Sie waren von nichts als Wasser und Himmel umgeben. Sonst war keine Menschenseele zu sehen, kein Land und keine Schiffe. Es war wunderschön, leer und gleichzeitig beängstigend. Dann flog ein Vogel oben am Himmel, und das Gefühl der Einsamkeit verschwand. Yaya gab Husseina eine Banane, die sie bei sich behielt. In der Ferne sprang ein Fisch aus dem Wasser und kehrte in das Element zurück, in dem er sich am heimischsten fühlte. Hier war es so anders als in Botu! Sie fragte sich, wozu sie diese Reise machte. Was war der Sinn dahinter?

Von Tag zu Tag kam Husseina mehr zu Kräften. Schon bald half sie Yaya dabei, das Zimmer zu putzen sowie die Zimmer anderer, um sich ein bisschen etwas zu verdienen. Sie verbrachte viel Zeit an Deck, verlor sich in der Weite des Ozeans. Das Flattern der weißen Segel verlieh ihren Tagen einen stetigen Rhythmus. Sie beobachtete die anderen Passagiere, einige machten die Reise ebenfalls zum ersten Mal. Für viele andere sah so das Leben aus, zum Beispiel für den Jungen, der ihren Eimer geleert hatte. Er wohnte auf dem Schiff. Oft kam er zu ihr, um sich mit ihr zu unterhalten. Als ihn der Kapitän adoptiert habe, sagte er, habe er sich ihm sofort verwandt gefühlt.

Nach etwa fünfundzwanzig Tagen auf See weckte Yaya Husseina und bat sie, nach oben zu gehen. Am Rande des Decks hatten sich viele Reisende versammelt, vor ihnen stand eine strahlende Sonne am Himmel, die erste Spuren von Land erkennen ließ, ein dunkles Band hinter dem Wasser. Jemand begann, eine Trommel zu schlagen, die Husseinas Herz höher hüpfen ließ. Sie hatten überlebt.

Das dunkle Stück Land verbreiterte sich, gleichzeitig wurden sie ungeduldig. Es war so nah und doch so fern! Die Leute kamen und gingen. Husseina wollte nichts verpassen, doch Yaya zog sie fort, damit sie etwas aßen.

Nach ihrer Mahlzeit aus gekochten Bohnen und Gari kehrte sie zurück und sah, dass das Land begann, sie zu umarmen. Die Windstärke nahm zu, und die Segel flatterten über ihnen. Weitere Schiffe kamen in Sicht. Große

Kokospalmen verneigten sich, als sie sich näherten, und flüsterten Willkommensworte.

Sie steuerten einen Hafen an, in dem noch mehr Schiffe lagen. Vor ihnen schien das Land regelrecht senkrecht aus dem Wasser zu schießen. Es war von Bäumen und winzigen schachtelähnlichen Häusern gesprenkelt. Husseina hatte noch nie ein so hoch aufragendes Land gesehen.

Yaya legte Husseina den Arm um die Taille. »Willkommen in Bahia.«

4

Hassana

Nach langem viermonatigem Warten hielt Richard Wort und half mir, eine Truhe mit sämtlichen Büchern zu füllen, die er mir geschenkt hatte, und mit meinen von den Dorfbewohnern genähten Kleidern. Los ging's zur Basler Mission.

Unser Weg war von Bäumen, Hügeln und Bergen gesäumt, die manchmal die Bäume überschatteten. Auf einigen Etappen wurde ich getragen, und wenn ich selbst gehen musste, war ich gezwungen, stehen zu bleiben und nach Luft zu ringen, weil ich nicht richtig atmen konnte. Manche Träger überragte ich, wie Kwame, den ich bereits kannte, weil er Richard manchmal Sachen gebracht hatte. Ich ließ nicht zu, dass er mich trug. Er und die anderen schienen nicht so kurzatmig zu sein wie Richard und ich. Um das Ganze zu erschweren, mussten wir die Berge erklimmen und auf ihrem Grat gehen. Das war die sicherste Methode, weil im Wald Leoparden und andere wilde Tiere lebten – aber auch andere Völker, die nicht davor zurückschrecken würden, uns zu entführen, so die Träger, obwohl wir von Weißen begleitet wurden. Tatsächlich machte uns Richards Anwesenheit erst recht zu lohnenswerten Zielen. Auf dem Gipfel des Berges würden wir vermutlich eine bessere Sicht haben, aber alles, was ich wahrnahm, waren die grünen Baumkronen unter uns. Ich konnte froh sein, dass ich meine Truhe nicht auf dem Rücken tragen musste, dass Kwame das für mich übernahm. Ich rutschte mehrfach aus. Kwame riet mir, das Gewicht auf die Fersen zu verlagern, aber ich verlor so oft das Gleichgewicht, dass mir nichts anderes übrig blieb, als auf allen vieren den Berg hinaufzukrabbeln wie ein Kleinkind.

Wir erreichten ein Plateau, auf dem nur wenige Bäume wuchsen. Ich verschnaufte und staunte, wie weit wir gekommen waren. Kwame lachte und sagte, das sei bloß ein Babyhügel. Wir gingen auf einem schmalen Pfad weiter, und die Bäume unter uns wirkten wie grüne Baumwolle. Ich musste zugeben, dass das wunderschön aussah. Die Sonne erreichte ihren höchsten Punkt. Richard bat um eine Pause. Wir hatten Obst und Kochbananen dabei, die ich auf Richards Geheiß an die Träger verteilte. Die hatten ihre Lasten fallen lassen, bespritzten sich mit Wasser und saßen im Gras. Was ihnen wohl durch den Kopf ging? Würden diese Jungen, von denen einige kaum älter waren als ich, den Rest ihres Lebens Lasten schleppen? Das war eine wichtige Lektion, die Aminah mir beigebracht hatte: Sie meinte, wir müssten weiterträumen, und sobald ein Traum wahr würde, müssten neue Träume her. Mein erster Traum war der, Husseina zu finden. Wären wir erst einmal wiedervereint, würde ich in einem noch größeren Maßstab träumen. Ich hatte damit begonnen, in Richards Sprache zu lesen – sobald ich sie besser beherrschte, versprach er mir, könne ich sogar in die große Stadt, nach Accra, gehen und für seine Leute arbeiten.

Nachdem wir etwa drei Tage unterwegs gewesen waren, erreichten wir Abetifi, das sich zu meiner Enttäuschung in der Senke eines Gebirges befand, das noch höher war als das, von dem wir gekommen waren. Ob sich die Berge jemals regten und einstürzten? Was, wenn ein starker Wind kam und sie umwarf? Diese neue Gegend war mir nicht geheuer.

»Wie schön, dich wieder hier in Abetifi zu sehen«, sagte eine dröhnende Stimme, und Richard, dessen weißes Hemd jetzt staubig rot war, eilte auf einen anderen Weißen zu, der breiter und größer war als er und einen beeindruckend kantigen Bart hatte. Sie umarmten sich auf eine Art, die mich an den Zusammenstoß zweier Elefanten erinnerte.

Richard winkte mich herbei, und ich bekam einen ganz trockenen Mund. Hinter dem Mann näherten sich Schwarze und Weiße, die allesamt die Zähne bleckten. Das war das erste Mal, dass ich eine weiße Frau sah. Es gab sogar zwei davon. Eine hatte gelbes Haar, das seltsam auf ihre Schultern herabfiel – mein Haar ragte stolz auf und berührte die Schultern nur, wenn ich es flocht. Die andere hatte ihr Haar zu einem Ball zusammengerollt, sodass ich es nicht näher betrachten konnte. Sie wirkte älter und zog ein Bein nach. Vieleicht war sie ja die Mutter der anderen? Beide hatten Brüste wie meine Mutter und Schwester. Die Frau, deren Haar bis auf die Schultern reichte, war schlank, ihre Haut war beinahe orange. Sie wirkte unglücklich, besser gesagt traurig. Die Ältere, die Freude und Glück ausstrahlte, kam näher und legte mir die Hände auf die Schultern.

»Willkommen, Hassana«, sagte sie, und ich atmete erleichtert auf.

Ich hatte gar nicht gemerkt, wie sehr ich die Gesellschaft von Frauen vermisst hatte. Wofa Sarpong, Dogo … In Kintampo hatten mich die Frauen mit Ausnahme von Ma'Adjoa abgelehnt – auch weil ich sehr zurückhaltend gewesen war. Sogar in Richards Gegenwart blieb ich recht still. Ich vermisste meine Mutter, meine Großmutter und meine Schwestern.

Kinder umringten mich und sangen etwas in Richards Sprache. *»Welcome, Hassana! Welcome, Hassana.«*

Ich weinte. Damit hatte ich nicht gerechnet. Die Tränen liefen mir einfach so über die Wangen. Die Frau, die meine Schultern berührte, zog mich an sich und tätschelte mir den Rücken. Dann führte sie mich in das größte Haus, das ich je gesehen hatte.

An diesem Abend brach mir Richard das Herz. Er meinte, er werde drei Nächte hierbleiben und dann nach Accra weiterziehen. Als ich mitkommen wollte, sagte er, in

Kintampo habe ich bei ihm bleiben können, weil es ein Dorf sei. In Accra dagegen mache es keinen guten Eindruck, wenn ich mit ihm zusammenlebte. Man würde mich als seine Sklavin bezeichnen oder, schlimmer noch, als seine Prostituierte. Ich wusste nicht, was eine Prostituierte war, er sprach das Wort mit gedämpfter Stimme aus. In Abetifi dagegen, so Richard, werde man sich um mich kümmern. Ich würde noch besser lesen und schreiben lernen, das sei der ideale Ort für mich. Er werde mir eine Bibel dalassen, damit ich etwas hätte, was mich an ihn erinnere. Ich war verletzt, da er das schon die ganze Zeit geplant zu haben schien. Doch selbst wenn ich ihm nicht von Husseina erzählt hätte, hätte er mich vermutlich auch hierhergebracht. Als er sich verabschiedete, tat er das so, als hätte er vor, mich wiederzusehen, aber ich wusste, dass es das letzte Mal war. Meine Hand lag schlaff in seiner. In dieser Nacht brachte meine tiefe Traurigkeit Husseinas Träume zu mir. Ich wusste immer, welche ihre waren, weil sie sich an Orten abspielten, die ich noch nie zuvor gesehen hatte.

Ich stehe auf einem kleinen Stück Land, umgeben von Wasser. Das Wasser ist überall. Unter uns branden Wellen an den steilen Hang. Bei dem Gedanken zu fallen, bekomme ich weiche Knie. Ich falle, lande aber auf den Füßen.

Nachdem Richard fort war, ließen mich seine Freunde so sehr an ihrem Leben teilhaben, dass meine Wut auf ihn davonwehte wie eine Flaumfeder im Wind. Meine neuen

Gastgeber konnten mir noch viel beibringen. Und obwohl ich sie trotz meiner langen Zeit mit Richard seltsam fand, musste ich sie zu meinen Verbündeten machen. Deshalb versuchte ich, nicht gegen ihre Regeln zu verstoßen, was nicht immer leicht war. Die beste Methode, keinen Ärger zu bekommen, bestand darin, wie Husseina zu werden – stumm und schüchtern wie eine Maus. Diese Leute führten ein so anderes Leben als meine Leute – ganz so, als wären wir Katzen und sie Hunde oder umgekehrt. Ich mag Katzen, wir waren auf jeden Fall Katzen. Anders als in Kintampo, wo Richard in einer Behausung lebte, die schon ein Windstoß umwehen konnte, hatten sie hier Häuser aus Holz, Sand und Stein gebaut, die höher waren als die der Einheimischen von Abetifi. Das größte Haus war ein Gebäude, das sie Kirche nannten, mit einem Turm, auf dem ein Kreuz angebracht war. Richard hatte mir mal erklärt, das Kreuz sei das wichtigste Symbol der Christen, weil ein Mann namens Jesus daran gestorben sei, um die ganze Menschheit vor der Hölle zu bewahren. Wenn wir die Bibel lasen – was hier viel häufiger der Fall war als in Kintampo –, gefielen mir die Geschichten über Yesu offen gestanden weniger. Ich mochte die älteren Geschichten, in denen Gott sein Volk verteidigte.

Ich war noch nicht sehr lange in Abetifi, als ich mich mit einem Mädchen stritt, weil es mich »Sklavin« nannte. Ich holte aus und kratzte es so sehr, dass es aus Schrammen blutete, die ich ihm im Gesicht beigebracht hatte. Seine Familie kam zur Missionsstation und verlangte, dass ich ausgepeitscht würde. Doch Mrs Ramseyer, die ältere Frau, bat uns alle, Platz zu nehmen, und lehrte uns, die andere Wange hinzuhalten, wie Yesu sagt, Schmerz nicht mit noch mehr Schmerz zu vergelten. Sie sprach sogar so mit den Eltern des Mädchens, als wären diese so alt wie wir Kinder. Als sich die Familie erhob, um in ihr Dorf zurückzukehren, sagte Reverend Ramseyer streng, ich müsse ich, sollte ich noch mal jemanden schlagen, die Missionsstation verlassen.

Keine Ahnung, ob das die Familie zufriedenstellte, und ich konnte sie sogar verstehen: Ich hatte ihrer Tochter wehgetan und musste bestraft statt unterwiesen werden. Im älteren Teil der Bibel befahl der Gott der Israeliten Josua, Jericho zu zerstören, weil seine Bewohner gegen Gott gesündigt hätten, und ihre Sünde sein auserwähltes Volk beflecken würde. Das gefiel mir: Würde ich diejenigen, die meine Familie zerstört hatten, in die Finger bekommen, würde ich mir wünschen, dass mein Gott sie genauso zerstört, ihre Mauern einreißt und ihre Häuser niederbrennt. In Abetifi hieß es, wir sollten mehr wie Yesu sein, und sonntags in der Kirche wurde immer aus Matthäus, Markus, Lukas und Johannes gelesen. Mrs Ramseyer liebte besonders jemanden namens Saulus, der zu Paulus wurde. Immer wieder sagte sie, ich solle mich taufen lassen. Ich würde dadurch ein ganz neuer Mensch, ein Paulus. Ich war zufrieden, so, wie ich war. Ich verstand nicht, warum alle – angefangen von Wofa Sarpong bis hin zu diesen Leuten hier – wollten, dass ich meinen Namen änderte. Ich blieb gerne Hassana.

Das andere große Gebäude war das Haupthaus. Mit seinen zwei Stockwerken war es geräumiger als die Kirche, auch wenn diese höher war. Darin lebten Mrs Ramseyer und ihre Familie. Die Decken waren hoch und die Wände weiß gestrichen sowie mit Zeichnungen und Fotos von Personen geschmückt, die Mrs Ramseyers Verwandte waren und, wie ich erfuhr, an einem Ort namens Schweiz lebten. Es war tröstlich zu hören, dass auch sie von zu Hause weggegangen waren. Auch wenn ich nach wie vor nicht verstand, wie man auf diese Idee kam. Wenn ich die Wahl hätte, würde ich nach wie vor in Botu leben. Sie hatten beschlossen, ihre Heimat zu verlassen, und ein großes Boot bestiegen, um hierherzukommen – nur um das Wort eines Mannes namens Yesu zu verbreiten und uns zu erzählen, dass unsere Art zu leben unsere Seelen gefährde. Für mich klang das völlig verrückt. Andererseits mochte ich das große Haus. Dort gab es Bücher, Lampen und Stühle, auf denen mehr als eine Person Platz hatte. Wir, die wir in der Missionsstation lebten – Mädchen, die von Leuten wie Richard hergebracht worden waren –, nahmen dort manchmal Mahlzeiten mit ihnen ein, aber nur, wenn die Kinder von Abetifi nicht da waren. Die Kinder von Abetifi hatten Familien, zu denen sie an den Wochenenden und in den Ferien zurückkehren konnten. Ich ertappte mich bei dem Wunsch, die Ferien würden ewig dauern.

Ich wollte mich mit niemandem anfreunden, denn das hätte mich nur von meinem Vorhaben abgelenkt. Aber eines Tages scharten sich die Kinder des Dorfes um

Afua, ein vogelähnliches Mädchen, das kaum ein Wort herausbrachte. Sie ärgerten sie, weil sie sich nicht gewaschen hatte. Ich konnte einfach nicht anders, ich drängte mich in ihren Kreis, packte Afua am Handgelenk und zerrte sie von dort weg. Die Kinder riefen, ich stänke ebenfalls, aber ihre Worte prallten an mir ab und fielen zu Boden. Die arme Afua begann zu schluchzen und dankte mir, weil ich sie gerettet hatte. Afua war klein, aber ihre Achseln stanken wie die einer Erwachsenen, die sich Tage nicht gewaschen hat. Ich erklärte ihr, dass sie sich zweimal am Tag mit einem Schwamm waschen solle. Danach folgte sie mir überallhin, sie erinnerte mich an Husseina. Wenn sie redete, was nur selten der Fall war, erzählte sie mir Bruchstücke von ihrer Geschichte. Mit der Zeit war ich in der Lage, sie zusammenzusetzen: Ihr Vater hatte sie weggegeben, weil sie das sechste von neun Kindern war, und als das zehnte Kind geboren wurde, starb ihre Mutter. Der Mann, der sie gekauft hatte, hatte gehört, die Missionsstationen würden Sklavenkinder freikaufen, deshalb brachte er sie zu Reverend Ramseyer und seiner Frau. Der Reverend brüllte den Mann wegen seines unverschämten Vorschlags an, nahm ihm Afua weg und sagte, er solle sofort das christliche Dorf verlassen, drohte ihm, ihn ansonsten wegen Sklavenhaltung vor Gericht zu bringen.

Die ersten Ferien waren an Weihnachten 1892 zu Ehren der Geburt Yesu. Ich war seit ungefähr drei Monaten da und immer noch nicht getauft, weil ich Mrs Ramseyer beichtete, ich verstünde nicht, was es bedeute, errettet zu sein. Sie war erstaunlich geduldig und meinte, ich sei die Erste, die nicht einfach bloß Ja gesagt habe. Viele sagten Ja zur Taufe, um dann nach Hause zurückzukehren und nach Verlassen der Missionsstation wieder ihre alten Götter anzubeten. Meine Ehrlichkeit gefalle ihr. Nun, in Wahrheit war es so, dass ich nicht wirklich an ihre Geschichten glaubte, nicht tief in meinem Innern.

Zu Yesu Geburtstag bereiteten sie eine riesengroße Ente zu, und wir saßen um den langen Tisch, den die Familie mit einem roten Tuch geschmückt hatte. Wir hielten uns an den Händen und beteten, dankten Gott dafür, dass er uns seinen einzigen Sohn geschickt hatte, um für unsere Sünden zu sterben. Das Fleisch war trocken und schmeckte nach nichts – das genaue Gegenteil von dem saftigen Anblick, den es vorher geboten hatte. Na hätte den Vogel genommen und einen Eintopf damit gekocht, nach dem sich alle die Finger geleckt hätten. Nach der Mahlzeit war der Großteil des Vogels noch übrig. Mrs Ramseyers Tochter Rose kam mit ihrem stets verhärmten Gesicht. Sie hatte Stapel in braunes Papier gewickelte Geschenke dabei, die sie uns überreichte. Wir sollten sie erst am nächsten Tag auspacken. Ich wusste, dass mein Geschenk ein Buch war, und befürchtete bereits, es könnte eine weitere Bibel sein – ich besaß bereits eine.

In den Ferien ließ die Familie mich, Afua und die anderen, die hierbleiben durften, im Haupthaus schlafen. Afua und ich teilten uns ein Zimmer. Darin gab es zwei Betten, einen Schreibtisch, einen Stuhl und ein Bild von

Yesu an der Wand. Er hatte ein blasses Gesicht mit blauen Augen und langes Haar wie das von Mrs Ramseyer. Ich verstand wirklich nicht, warum mich sein Tod errettete. Wir hätten nicht unterschiedlicher sein können.

Beim Einschlafen hielt ich mein Geschenk im Arm. So schlief ich tief und fest, bis ich das Gewicht fremder Körper neben mir spürte. Ich schlug die Augen auf und erkannte die Gesichter von Afua, Cecile, Helene und John, die jüngeren Kinder der Missionsstation.

»Zeit, die Geschenke auszupacken«, riefen sie und zogen mich hinunter ins Wohnzimmer.

Wir setzten uns auf den weichen Teppich, auf dem wir oft Geschichten lasen. Ich zerrte an dem braunen Papier, mit dem mein Geschenk verpackt war, und freute mich, dass es keine Bibel war.

»Das ist ein Atlas«, sagte Mrs Ramseyer und setzte sich zu uns auf den Boden. »Mr Burtt meinte, der gefällt dir bestimmt.«

Sie fuhr mit der Handfläche über einen grün-blauen Kreis und sagte: »Das ist die ganze Welt.« Anschließend zeigte sie auf eine Stelle rechts von zwei zusammenhängenden Kreisen und sagte: »Hier sind wir.«

Im Wohnzimmer hing eine große Karte von Afrika, mit den Buchstaben AFRIQUE darauf, von daher war mir die Form Afrikas vertraut. Ich wusste nur nicht, dass es das Land war, in dem wir lebten. Afrika, das hellrosa war, war von Blau umgeben, das Mrs Ramseyer »Meer« nannte. Das Meer reichte bis an andere Länder, machte aber den Großteil der Erde aus.

Während ich die Linien zwischen Meer und Land musterte, traf mich die Erkenntnis wie ein Schlag: Wenn es so viel blaues Wasser in der Welt gab, konnte Husseina so gut wie überall sein. Ich wusste nicht, ob ich lachen oder weinen sollte. Das Geschenk verwandelte die Erde in den Himmel, es sorgte dafür, dass ich die Orientierung verlor, und stellte meine ganze Welt auf den Kopf. Nach diesem ersten Traum hatte ich geglaubt, ich müsste bloß herausfinden, wo dieses blaue Wasser ist, und einfach hingehen. Mir war gar nicht klar gewesen, wie groß und weit die Welt war.

John begann, ein grässliches Geräusch von sich zu geben, er schlug mit der flachen Hand auf eine kleine Trommel, und seine Eltern – andere Missionare aus einem Land namens Deutschland – lachten. Ich erklärte ihnen, dass das armselig sei, und kehrte in mein Zimmer zurück.

Ich konnte nur die Buchstaben vorlesen, die für mich keinerlei Sinn ergaben. Warum ließ mir Richard ein Geschenk zukommen, für das ich so gut wie keine Verwendung hatte? Warum war die Welt so groß?

Die anderen Schüler kehrten im neuen Jahr in die Schule zurück, und ich beschloss, alles zu tun, was in meiner Macht stand, um richtig lesen zu lernen. Ostern 1893 konnte ich längere Wörter entziffern und ihre Bedeutung erfassen. Da holte ich Richards Geschenk hervor.

Der Atlas war grau und hatte einen schwarzen Rücken. *Lett's Complete Popular Atlas.* Ich schlug die Seite auf, die die ganze Welt zeigte. Der Ort, an dem wir uns befanden und auf den Mrs Ramseyer an Weihnachten gezeigt hatte, war nicht mal mit »Goldküste« beschriftet. Ich fragte mich, ob ich Botu auf der Karte entdecken und heimfinden würde. Ich blätterte, bis ich eine genaue Karte von Afrika fand. Ich starrte so lange darauf und sagte die Buchstaben auf, bis mir die Augen brannten. Abetifi fand ich nicht auf der Karte, dafür Dschenne, den Ort, zu dem mein Baba wollte, bevor er verschwand. Dann entdeckte ich Gurma. Ich bekam Herzklopfen. Ich wusste, dass wir Gurma nicht nur in Botu lebten, aber dort war Husseina nicht. Ich durfte mich nicht ablenken lassen. Husseina war übers große Meer gefahren und konnte überall auf der Welt sein, nur nicht in Gurma. Ich musste sie finden. Stattdessen saß ich an einem Ort fest, an dem die Leute von einem weißen Mann mit schlaff herabhängendem Haar besessen waren – einer, der vor vielen, vielen Jahren gestorben war. Ich schrie in mein Kissen.

Ich musste zu laut geschrien haben, denn die Tür öffnete sich langsam, und Mrs Ramseyer kam herein, das Gesicht sorgenzerfurcht.

»Was ist?«, fragte sie.

Ich zeigte auf den Atlas.

»Er ist schon ein paar Jahre alt – zehn vielleicht –, aber die meisten Länder sehen immer noch so aus. Gefällt er dir nicht?«

»Er ist wirklich schön«, sagte ich. »Er hat mich nur an meine Probleme erinnert.«

Mrs Ramseyer setzte sich zu mir aufs Bett, das ächzte. »Ich habe auch viele Probleme beziehungsweise bin manchmal traurig. Dann hilft es zu reden.«

Sie breitete die Arme aus, und ich schmiegte mich hinein.

»Warum bist du traurig?«, fragte ich.

»Aus vielerlei Gründen. Es kommt vor, dass ich meine Heimat vermisse.«

»Ich auch.«

»Ich tue hier Gottes Werk, und manchmal, wenn ich die Augen schließe, fühlt es sich fast so an wie zu Hause, weil auch ich in einer Stadt in den Bergen aufgewachsen bin. Aber ich habe alles zurückgelassen, um mit Fritz – Reverend Ramseyer – hierherzuziehen. Hier gibt es keinen Schnee. Keinen Käse … Du wirst vielleicht sagen, dass ich mir das alles selbst ausgesucht habe, trotzdem: Die Traurigkeit bleibt.«

»Du könntest jederzeit nach Hause gehen«, sagte ich. »Ich weiß gar nicht, wo mein Zuhause ist.«

Mrs Ramseyer schwieg.

»Weißt du, wie es sich anfühlt, nicht freiwillig mit der Familie fortzugehen? Wie ein Tier bei einem Wildfremden zu leben, bis der beschließt, dass er einen nicht mehr brauchen kann? Weißt du, wie es ist, einen Teil von sich zu verlieren? Die Zwillingsschwester zu verlieren?«

Mrs Ramseyer wandte den Blick ab und schloss die Augen. Als sie sie wieder aufmachte, standen Tränen darin. Sie nahm ihre Brille ab.

»Du hast mir gerade Gänsehaut gemacht.«

Es stimmte – genauso sah die Haut der Frau aus: Die weißen Härchen auf ihren Armen hatten sich aufgerichtet. Sie rubbelte sie, als wollte sie die Gänsehaut abreiben.

»Wir haben viel gemeinsam, meine liebe Hassana«, sagte sie, wischte sich über die Wangen und trocknete die Hände dann an ihrem Wollkleid ab. »Vier Jahre lang waren Fritz und ich in Geiselhaft. Weißt du, was das bedeutet?«

Ich schüttelte den Kopf.

»Wir waren Gefangene. Wir wurden von den Aschanti gefangen genommen und eingesperrt. Es gab Tage, da waren wir an Händen und Füßen gefesselt. Für mich war das ein Zeichen Gottes, um besser zu verstehen, was der Sklavenhandel anrichtet. Ich kann mir vorstellen, was du durchgemacht hast – aber weißt du, was uns noch viel mehr miteinander verbindet?« Sie blinzelte, und ihre Augen wurden noch feuchter. »Ich hatte Zwillinge, und ein Kind ist gestorben. Auch Aunty Rose hat ihren Zwilling verloren.«

Ich umarmte Mrs Ramseyer ganz fest und wollte sie gar nicht mehr loslassen. Was würde ich tun, wenn ich eines Tages erfahren sollte, dass Husseina nicht mehr lebte? Ich wusste nicht, wo sie steckte, aber tief in mir spürte ich, dass sie noch lebte. Ich würde doch merken, wenn sie gestorben war, oder etwa nicht?

»Rede mit Aunty Rose!«, sagte Mrs Ramseyer.

Jetzt verstand ich das verhärmte Gesicht von Aunty Rose, ihre Traurigkeit. Aunty Rose gab uns Englischunterricht, und selbst wenn sie lustige Geschichten durchnahm wie die mit diesem sprechenden Kaninchen in *Alice im Wunderland*, konnte sie sich kaum ein Lächeln abringen. Ich hatte sie nie die geringste Gefühlsregung zeigen sehen: weder Gelächter noch wütendes Brüllen. Ganz im Gegensatz zu ihrem Vater, Reverend Ramseyer, der, wenn er wütend wurde, im ganzen christlichen Dorf zu hören war – meist wegen Betrugs oder irgendeines Hühnerdiebs. Und Mrs Ramseyer, die Mutter von Zwillingen, war immer nur traurig. Aber jetzt konnte ich Aunty Rose verstehen.

»Danke, dass du mir von deinem Leben erzählt hast«, sagte ich.

»Gib Bescheid, wenn du über deine Traurigkeit sprechen willst – egal, wann«, sagte Mrs Ramseyer. »Soll ich Aunty Rose von unserem Gespräch erzählen?«

Ich schüttelte den Kopf. Das würde ich selbst tun. War das etwas, über das sie mit anderen Leuten redete? Wie sollte ich das Thema bei Aunty Rose bloß anschneiden? Ich grübelte und grübelte. Wenn ich nicht mit Afua spielte, verbrachte ich meine Zeit damit, Aunty Rose zu beobachten, auf einen geeigneten Moment zu warten, um es anzusprechen. Gleichzeitig hatte ich Angst, was nur aus mir werden sollte, falls ich Husseina nicht fände. Manchmal zuckte Aunty Rose zusammen und schaute sich um, so als wäre sie von einer unsichtbaren Hand berührt worden. Doch meist unterhielt sie sich ausgiebig mit den afrikanischen Katechisten der Missionsstation, wie Bruder Stefano einer war, um sich dann vor Lachen den Bauch zu halten. Nie sah ich, dass sie das bei ihren

Eltern oder bei anderen weißen Missionaren getan hätte. Ein andermal führte sie Selbstgespräche, und ich war mir sicher, dass sie mit ihrem Zwilling redete. In solchen Momenten suchte ich ihre Nähe, damit sie sich nicht so allein fühlte.

Als sie eine Gruppe von uns in den Garten neben dem großen Missionsgebäude begleitete, legte ich meine Hand in ihre. Zunächst erschlaffte ihre Hand, dann sah sie mich an und verstärkte ihren Griff. Wir steckten Tomatensamen in Löcher, die wir gegraben hatten, und bedeckten sie mit schwarzen Erdkrümeln. Wir besprengten den Boden mit einem leichten Wasserregen und kehrten dann zum Mittagessen in die Missionsstation zurück. Ich setzte mich zu den anderen Schülern, wie wir das sollten, hätte mich aber am liebsten mit meiner Schale mit Kochbanane und Kontomire-Eintopf zu Aunty Rose gesellt, die mit den anderen Lehrern am Tisch saß.

Als die anderen Mittagsschlaf hielten, tat ich kein Auge zu. Ich grübelte über Aunty Rose und ihren Zwilling nach, über ihren Gott. Mrs Ramseyer hatte uns erklärt, dass Menschen, die an ihren Gott glaubten, Gutes geschehe. Wie konnte ihr Gott dann diese Menschen strafen, die doch angeblich seine Botschaft verbreiteten? Sie hatten den Schutz ihrer Familie und die vertraute Heimat verlassen, ja, sie waren den weiten Weg bis hierher gegangen, in ein ganz neues Land, in denen die Menschen vollkommen anders aussahen. Trotzdem waren sie gefangen gesetzt worden, und Mrs Ramseyer hatte ein Baby verloren. Ich begriff nicht, wie ihnen da so etwas Schlimmes zustoßen konnte. Meines Wissens war es bei unserem Gott Otienu so, dass das einfach das Schicksal des Betreffenden war. Jeder hatte einen ganz bestimmten Lebensweg zurückzulegen. Jetzt hatte ich's! Ich würde mit Aunty Rose über ihren Gott sprechen. Hatte ich dann etwas mehr Mut geschöpft, würde ich ihr Fragen nach ihrem Zwilling stellen.

Ich verließ das Bett und den Schlafsaal, auch wenn wir das um diese Zeit eigentlich nicht sollten. Ich rannte quer über die Wiese, die wir erst am Vormittag frisch gemäht hatten, sodass ich ganz dicke Blasen am Daumen hatte, und nahm anschließend die Treppe, um bei Aunty Rose anzuklopfen.

Sie machte mir auf, ohne Fragen zu stellen. Sie hatte keinerlei Fotos oder Bilder an der Wand hängen, besaß also das schlichteste Zimmer der gesamten Missionsstation.

»Warum hat dein Gott dir deinen Zwilling genommen?«, platzte es aus mir heraus. Ich hatte schneller geredet als gedacht.

Sie machte die Tür hinter uns zu und zog einen Stuhl für mich heran.

Sie selbst ließ sich aufs Bett sinken.

»Mama hat es dir also erzählt.« Sie starrte ins Leere. »Ich war noch ein Baby, als es passiert ist, deshalb kann ich mich nicht daran erinnern. Wie viel weißt du?«

Ich wiederholte alles, was mir Mrs Ramseyer gesagt hatte.

»Die Leute, die meine Eltern gefangen genommen haben, haben eine Puppe aus Lehm gemacht, sie weiß angemalt und behauptet, so würde ich mich weniger allein fühlen. Meine Eltern haben es nicht gewagt, das Angebot der Aschanti abzulehnen, doch als wir gingen, haben sie sie zerstört. Sie meinten, das sei ein Fetisch. Keine Ahnung, wie ich mich gefühlt hätte, wenn ich sie hätte behalten dürfen.« Sie hielt inne und seufzte. »Offen gestanden weiß ich auch nicht, warum er nicht überlebt hat. Es war ein Junge. Gottes Wege sind unergründlich. Vielleicht wollte er meine Eltern Demut lehren, vielleicht auch ihr Leben retten. Denn vielleicht bekamen unsere Entführer ja Mitleid mit uns, als sie sahen, dass auch wir unter Verlusten, an einem gebrochenen Herzen leiden können.«

Ich sah, dass ich sie nur noch trauriger machte, deshalb sagte ich: »Tut mir leid.« Was ich dachte, war, dass ich ihren Gott kein bisschen mochte.

»Ich habe eine Zwillingsschwester«, hob ich an. »Ich weiß aber nicht, wo sie ist.«

Aunty Rose starrte mich an und sagte dann leise: »Du musst sie finden.«

Das hatte ich nicht von ihr erwartet, deshalb sagte ich: »Sie ist an einem Ort, der von jeder Menge blauem Wasser umgeben ist.«

»Erzähl mir mehr.«

»Ich träume viel von ihr. Aber manchmal träume ich auch ihre Träume. Daher weiß ich, wo sie ist. Ich kann nicht kontrollieren, wann ich ihre Träume habe.«

»Hassana, bitte, du musst deine Schwester um jeden Preis finden.«

Wenn ich wüsste, wie das geht, hätte ich es längst getan!, hätte ich beinahe gesagt. Sie bat mich, ihr die Träume und auch alles andere zu beschreiben. So langsam ging sie mir auf die Nerven.

»Du bist zu glücklich hier«, schlussfolgerte sie.

»So glücklich bin ich auch wieder nicht. Ich bin ziemlich einsam …«

»Du bist nicht unglücklich. Alles, was du mir erzählt hast, gehorcht einem Muster: Es klingt, als würdest du ihre Träume träumen, wenn du unglücklich bist. Ich kenne deine Schwester nicht und weiß nicht, ob es für sie genauso ist, aber *du* musst tiefe Traurigkeit spüren, um offen für sie zu sein.«

Das hatte ich gar nicht so wahrgenommen, aber es klang überzeugend. Schon als kleine Mädchen hatten wir manchmal dasselbe geträumt, wenn unsere Großmutter nicht mit uns singen wollte, weil wir zu lange am Wasserloch geblieben waren. Auch als unser Vater verschwand. Und als es mir bei Wofa Sarpong so schlecht ging. Vermutlich hatte Aunty Rose recht.

»Wie wird man traurig?«

»Du kannst nicht länger hierbleiben. Du musst fortgehen. Meine Eltern werden nicht zulassen, dass du traurig wirst. Sie finden, dass Kinder nicht unglücklich sein sollten. Ja, manchmal faucht Reverend Ramseyer wie ein Drache. Aber ist dir schon aufgefallen, dass er dir, nachdem er rumgebrüllt hat, immer ein Stück

Obst oder eine kleine Aufmerksamkeit bringt, um dich wieder aufzumuntern? Das hier ist ein zu glücklicher Ort.«

»Wo soll ich dann hin?«

»Wenn du viel Wasser in den Träumen siehst, solltest du an die Küste gehen. Vielleicht ist sie ja dort? Und wenn nicht: Sobald du mehr erfährst, wird es leicht sein. Du kannst ein Schiff nehmen und ablegen. Du schaust mich an, als würde ich Unmögliches von dir verlangen. Wo gehst du am besten hin?« Sie starrte an die Decke und biss sich auf die Unterlippe. »Nicht zu einer christlichen Familie, weil Mama und Papa alle Christen hier kennen … Hör zu, ich habe ein paar Freundschaften geschlossen, als der Hausa-Polizist herkam. Ein sehr netter Mann namens Osman. Ich schicke ihm eine Nachricht und frage, ob er dich aufnehmen kann. In der Zwischenzeit musst du etwas Schwieriges tun. Du musst versuchen, traurig zu werden.«

Ganz so, als wüssten der Reverend und Mrs Ramseyer von meinem Plan, brachten sie mir so viele gute Nachrichten, dass ich mich beim besten Willen nicht dazu bringen konnte, traurig zu sein. Ein seltsamer Gedanke, bewusst traurig sein zu wollen. Wo doch Traurigkeit etwas ist, was man verdrängt. Und jetzt stand ich da und sehnte mich danach wie nach einem geliebten Menschen. Mrs Ramseyer meinte, ich hätte solche Lesefortschritte gemacht, dass ich den jüngeren Kindern das Lesen beibringen könne.

Das Unterrichten machte mir solchen Spaß, dass ich immer nach Liedern und Geschichten Ausschau hielt, die ich den Kleinen erzählen konnte. Aber es gab auch Aufträge, die ich nicht mochte. Sie benutzten unsere Körperkraft zum Herbeischleppen von Ziegeln, die für den Bau eines weiteren Internats gebraucht wurden.

Die Zeit verging wie im Flug, ohne dass ich die Träume meiner Schwester träumte. Aunty Rose sah mich immer ganz vorwurfsvoll an, sodass ich begann, ihr aus dem Weg zu gehen: Ich hatte das Gefühl, sie zu enttäuschen.

Ich wurde zwölf, und da nahmen sie mich aus dem Zimmer mit den anderen Kindern heraus und gaben mir ein eigenes in dem neuen Gebäude, an dem wir mitgebaut hatten. Afua weinte, so als ließe ich sie im Stich. Aunty Rose überrumpelte mich, als ich gerade mein Bett machte.

»Ich hab ihnen lange damit in den Ohren gelegen, dass du einen Ort für dich brauchst, um unterrichten zu können«, sagte sie. »Aber jetzt tu, was du kannst, um deine Schwester zu finden.«

An diesem Abend rief ich die letzten Erinnerungen an meine Mutter wach, daran, wie unser Dorf niedergebrannt worden war. Ich rollte mich ganz klein zusammen, zu einem Klumpen Traurigkeit, die auch beim Einschlafen nicht nachließ.

Das Haar steht von unseren Köpfen ab wie große Blütenblätter. Auf einmal ist ihres geflochten und länger als meines. Es verwandelt sich in eine lange, endlose Straße.

Meine Träume wurden seltsamer, waren aber nach wie vor nicht die von Husseina.

Ich wurde dreizehn, und Mrs Ramseyer fand, ich sei genau die Richtige, um die Leute an Orten wie Aschantiland davon zu überzeugen, sich mit der Bibel zu beschäftigen. Ich müsse nur noch getauft werden. Ich sagte, ich sei noch nicht so weit. Das Leuchten in ihren Augen ließ nach.

»Hassana«, sagte sie. »Wenn du mit dieser Arbeit fortfahren willst, musst du dich taufen lassen. Wir erlauben, dass du die Kleinen unterrichtest, aber wenn du dich weiterentwickeln möchtest, musst auch du Christin werden. Du kannst nicht für immer eine Heidin bleiben.«

Das Wort *Heidin*, das so harmlos dahingesagt wurde, prägte sich mir unauslöschlich ein. Es lastete schwer auf mir, während ich es mit der Zunge befühlte. Es hatte etwas Schmutziges an sich, war das Gegenteil von gut. Ich kannte viele Heiden, doch sie waren weit davon entfernt, schmutzig oder böse zu sein. Ich konnte lügen und sagen, dass ich den neuen Namen, den sie mir geben würden, annähme. Ich konnte zulassen, dass sie mir Wasser über den Kopf schütteten, nur um den Frieden zu wahren. Aber ich wollte nicht unaufrichtig sein. Als ich das Aunty Rose anvertraute, schockierte sie mich mit dem Satz, dass es wichtiger sei, meine Zwillingsschwester zu finden, als getauft zu werden. Als Aunty Rose gegen Ende des Jahres damit beauftragt wurde, nach Accra zu gehen, um sich dort mit neu angekommenen Missionaren zu treffen, wollte sie mich mitnehmen. Das führte zum größten Streit, den ich in der Missionsstation je erlebt hatte.

»Das Mädchen bleibt!«, brüllte Reverend Ramseyer. »Die Reise nach Accra ist viel zu teuer. Wir brauchen sie, sie soll nach Kumasi gehen. Die dortigen Eingeborenen werden nur dann zum Glauben finden, wenn sie jemanden vor sich sehen, der genauso ist wie sie selbst.«

»Es wird ihr guttun, mich zu begleiten«, sagte Aunty Rose.

»Accra ist kein Ort für eine Dreizehnjährige«, erwiderte Mrs Ramseyer.

»Sie ist klug, und die Missionsstation braucht sie, damit wäre das also geklärt«, beschied Reverend Ramseyer.

Das Ganze ging endlos so weiter, bis Reverend Ramseyer schrie, das werde jetzt nicht mehr länger diskutiert.

In dieser Nacht wurde ich von Aunty Rose unsanft geweckt. Sie befahl mir, mich anzuziehen. In der Missionsstation war es so leise, dass ich ihren keuchenden Atem hören konnte. Ich stand auf und stieß mit dem Knie gegen den Stuhl vor meinem Schreibtisch. Aunty Rose, deren Gesicht ich nicht erkennen konnte, starrte mich bestimmt böse an.

»Beeil dich, und sei leise!«, sagte sie.

Ich schlüpfte in ein Kleid, nahm meinen Atlas und die beiden anderen Kleider, die ich von der Missionsstation bekommen hatte. Aunty Rose warf meine Bibel dazu, die ich schon zurücklassen wollte. Dann schlichen wir uns aus meinem Zimmer und die Treppe hinunter. Im

Dunkel der Nacht trafen wir uns mit zwei jungen Männern, mit einem Träger und noch einem, die uns nach Accra begleiten würden. Ich war traurig, dass ich mich nicht mehr von Afua verabschieden konnte, die so ein schüchterner Mensch war. Hoffentlich würde sie ohne mich zurechtkommen.

Bis nach Accra waren es zwei Tagesmärsche. Die waren das genaue Gegenteil der Reise, die ich nach Abetifi gemacht hatte und auf der wir immer höher geklettert waren. Um nach Accra zu gelangen, ging es bergab.

In Accra quetschten Aunty Rose und ich uns in eine Rikscha, die eigentlich nur für eine Person gedacht war. Vorn zogen uns zwei Männer, und hinten schoben uns zwei andere. Sie setzten uns unweit vom Meer ab, und ich merkte, dass ich Atemprobleme hatte, weil die Luftfeuchtigkeit so hoch war. Ständig hörte man Wasser gegen eine Mauer schlagen. Nachdem sich mein Körper daran gewöhnt hatte, fühlte es sich nicht mehr so an, als würde mir die Lunge zusammengepresst wie in den Bergen. Accra war eine verrückte Welt, zumal ich nach unserer Reise todmüde war. Dort lebten mehr Menschen, als ich das je zuvor gesehen hatte. Es gab Häuser, die das Missionsgebäude bei Weitem überragten, und zwar sehr viele davon.

Aunty Rose meinte, sie werde mich zu Private Osman bringen, bevor sie die Missionare in Empfang nehmen werde. Für sie sei es besser, später eine Geschichte erzählen zu können, für die es so gut wie keine Zeugen gebe. Sie würde ihren Eltern gegenüber behaupten, ich sei weggelaufen – etwas, was durchaus häufiger vorkam: In meiner Zeit in der Missionsstation hatte ich sechs Personen weglaufen sehen. Und immer gingen sie nach Accra. Die Vorstellung, Mrs Ramseyer könnte mich für eine undankbare, heidnische Ausreißerin halten, gefiel mir ganz und gar nicht, aber mein Ruf hielt so einiges aus. Ich musste Husseina finden.

Aunty Rose sprach mit Hajia Shetu, mit Private Osmans Frau, deren Mann nicht zu Hause war, die uns aber bereits erwartete. Aunty Rose drückte mir Münzen und Scheine in die Hand. Sie packte mich bei den Schultern, schaute auf mich herunter und beschwor mich, die Hoffnung, Husseina zu finden, nie aufzugeben. Dann nahm sie Hajia beiseite und zog sie neben das lehmfarbene Haus. Während ich auf sie wartete, fühlte ich mich nackt. Als Hajia zurückkam, wollte sie wissen, wie gut ich Hausa könne. »Gut«, sagte ich. Sie fragte, wie ich bei der Missionsstation gelandet sei, und da merkte ich, wie sehr ich die Sprache verlernt hatte, da es mir schwerfiel, Sätze zu bilden. Ich beherrschte jetzt Gourmanchéma, Hausa, Englisch und Twi, aber die Sprachen, die ich zuerst gelernt hatte, waren von den neuen verdrängt worden.

Es war, als könnte es Hajia kaum erwarten, Aunty Rose von hinten zu sehen und mir ihr wahres Gesicht zu zeigen. Ihr Goldzahnlächeln, das ich so warm und herzlich gefunden hatte, wich einem verkniffenen Mund. Ich fragte mich, ob ich so enden würde wie eine der Heldinnen in den Geschichten, die mir Aunty Rose immer erzählt hatte, als misshandeltes Kind.

»Du musst dir hier deinen Lebensunterhalt selbst verdienen«, sagte Hajia. »Wir sind keine europäischen Missionare, die andere einfach durchfüttern können. Du kochst, du putzt und wäschst in diesem Haushalt. Wenn du dir daneben noch eine Arbeit suchst – umso besser.«

Am liebsten wäre ich Aunty Rose nachgerannt, um ihr zu sagen, dass es noch einen anderen Weg geben müsse, Husseina zu finden. Doch so, wie Hajia sich in die Tür stellte und die Sonne komplett verdunkelte, wusste ich, dass es hoffnungslos war. Sie drängte sich an mir vorbei, wandte sich im kleinen Flur nach rechts und zog einen Vorhang beiseite.

»Hier wirst du schlafen.«

Der Raum war nackt, aber nicht so wie in der Missionsstation. Der hier sah nicht aus wie ein normales Zimmer. In der Missionsstation hatte es wenigstens richtige Betten und Fenster gegeben, von denen aus man in den Garten und auf die Berge schauen konnte. Hier dagegen waren die Wände lehmfarben, und das Bett war eine Matratze auf dem Boden: Das hier war eindeutig ein Lagerraum für Hajias zahlreiche Gefäße. Es gab ein kleines Fenster, das jedoch geschlossen war. Ich öffnete es und blickte direkt auf die Mauer des Nachbarhauses. Ich beschloss, mir so bald wie möglich eine Arbeit zu suchen, Geld zu verdienen und Hajias Haus zu verlassen.

Der Plan ließ sich nicht so leicht umsetzen wie gedacht, da Hajia darauf achtete, meine Tage mit *ihrer* Arbeit zu füllen. Sie verkaufte Waakye, Reis und Bohnen, vor dem

Gebäude des Obersten Gerichtshofs. Die Leute, die dort ihr Essen kauften, waren keine Justizangestellten, sondern solche, die nach Gerechtigkeit verlangten oder wegen irgendetwas angeklagt waren. In den ersten vier Wochen ließ Hajia mich nicht aus den Augen. Vormittags putzte ich das Bad, kochte Bohnen, las Reis, bereitete ihre Schalen vor und machte Frühstück für ihren Mann sowie für ihre beiden Söhne. Nachdem die Männer aufgebrochen waren – Private Osman zum Markt von Salaga, ihre Söhne zur Makaranta beziehungsweise Madrasa, um den Koran zu lernen –, putzte ich ihre Zimmer, badete und begleitete anschließend Hajia, um Reis zu verkaufen. Mit jedem Tag, den ich Bananenblätter für ihre Kunden vorbereitete, verblödete ich mehr. Wenn ich mich also nur einer einzigen Zeitungsseite bemächtigen konnte, schmuggelte ich sie in den Korb mit den Blättern, damit ich sie im ersten Morgenlicht lesen konnte. Abends hatte ich keine Laterne und keine Kerze zur Verfügung, in deren Schein ich hätte lesen können.

Als ich eines Abends so im Dunkeln dalag, nach zwei Monaten eines absolut eintönigen Lebens, wurde ich endlich von meiner Traurigkeit überwältigt. Sie lullte mich in einen tiefen Schlaf, bei dem mein Körper so schwer wurde, dass man mich grob hätte schütteln müssen, um mich wieder zu wecken.

Es regnet. Die Luft ist schwer. Meine Füße stehen auf schwarzer Erde. Ich verrenke mir den Hals, um nach oben zu schauen, und das Haus, vor dem ich stehe, ist ziegelrot. Vor mir befinden sich Menschen – Frauen –, die alle weiß gekleidet sind. Weiße Kopftücher, weiße Blusen, bunte Ketten, mit Armbändern geschmückte Arme. Sie stehen kurz davor zu tanzen.

Ich war wieder in meinen Körper zurückgekehrt und nass geschwitzt. Ich hatte das plötzliche Bedürfnis, mir zwischen die Beine zu fassen. Da unten befand sich eine ungewohnt dicke Flüssigkeit. Ich rieb sie zwischen den Fingern und hielt sie mir an die Nase. Blut. Ich blutete. Ich hatte gewusst, dass das eines Tages passieren würde, aber nicht, wie bald das sein würde. Obwohl ich wackelig auf den Beinen war, begrub ich die Angst tief in meiner Brust. Ich hatte miterlebt, wie meine große Schwester das jeden Monat durchmachte. Sie holte dann Baumwollbündel von Wofa Sarpongs Farm und schob sie sich zwischen die Beine. Ich hatte keine Baumwolle zur Hand, aber dafür meine Kleider. Ich besaß ein hübsches Kleid, das Mrs Ramseyer mir genäht hatte. Ich hatte es bei meiner Ankunft in Accra getragen, es war aus allerweichster Baumwolle. So ein elegantes Kleid würde ich bei Hajia sowieso nicht tragen können. Ich griff nach meinem Kleidersack und wühlte darin. Als meine Finger den leichten Stoff berührten, zog ich das Kleid hervor. Ich tastete nach einer Naht und zerrte am Saum, bis ich hörte, wie der Stoff nachgab. Anschließend riss ich das Kleid in Streifen und würgte an einem Kloß, der mir auf einmal in der Kehle saß, weil ich jetzt keine schönen Kleider mehr hatte. Ich stellte zwölf Streifen her, um vier Baumwollbündel daraus zu machen, die ich dann waschen und wiederverwenden würde.

Vermutlich bedeutete das, dass ich jetzt eine Frau war – so etwas in der Art hatte Aminah damals zu mir gesagt, als ich sie nach ihrer Blutung fragte –, auch wenn ich mich kein bisschen anders fühlte als vorher.

Als ich mich wieder hinlegte, dachte ich über den lebhaften Traum nach, der meine Blutung ausgelöst hatte. Die Leute waren so anders gekleidet als alle, denen ich auf meiner Reise bisher begegnet war. Sie sahen nicht so aus wie wir in Botu mit unseren leichten Baumwollgewändern. Sie sahen auch nicht so aus wie die Leute in Kintampo mit ihren bunten Wickeltüchern, geschweige denn wie Mrs Ramseyer und die anderen Missionare. Noch hatte ich in Accra niemanden gesehen, der sich so kleidete. Die Leute trugen entweder bodenlange Gewänder oder Wickeltücher wie in Kintampo. Kleideten sich die Menschen, dort, wo Husseina gerade war, so?

Es kam der Fastenmonat Ramadan, und Hajia hörte auf, Essen zu verkaufen. Noch nie in meinem Leben hatte ich mich so eingeengt gefühlt. Auf Wofa Sarpongs Farm hatte es wenigstens lauter Bäume gegeben, unter denen wir sitzen durften, nachdem wir unsere Pflichten erfüllt hatten. Hier konnte ich mich nur in den Lagerraum zurückziehen, der mir als Zimmer diente. Hajias Söhne gingen auch nicht mehr zur Schule, sodass das kleine Haus, wenn wir es alle füllten, noch mehr schrumpfte. Und dann war da zudem diese Hitze. Eine, bei der man ganz verklebt war, weil man ständig einen Schweißfilm auf der Haut hatte. Eine, der man einfach nicht entkommen konnte. Ob man sich nun drinnen oder draußen aufhielt – es änderte nicht das Geringste. Ich konnte unmöglich so lange im Haus bleiben, deshalb setzte ich mich nachmittags, wenn Hajia schlief, oft draußen auf die Treppe und las die Zeitungsausschnitte, die mir Private Osman mitbrachte. Er selbst konnte nicht lesen, aber wenn er ein Pfund Rindfleisch oder die Kolanüsse mitbrachte, auf denen er den lieben langen Tag kaute, kam ich an Zeitungen. Mir war gar nicht klar gewesen, dass ihm das aufgefallen war, aber er nahm, was auch immer in die Zeitung gewickelt worden war, heraus und steckte sie mir unauffällig zu. Es gab die *Gold Coast Echo*, das *Western Echo* und *Gold Coast People*.

»Was steht da?« Manchmal kam Private Osman heraus und flüsterte mir das zu.

Die Briten und die Aschanti – das war alles, was ihn interessierte. Zwei Mächte, die bereits drei Kriege ausgetragen hatten und kurz vor einem weiteren Krieg standen.

Aus den Zeitungen wusste ich, dass die britische Regierung, die hier in Accra ihren Sitz hatte, in den Krieg ziehen wollte, ganz einfach, um die Aschanti zu unterjochen und zu einem Teil ihres sogenannten »Protektorats« zu machen. Private Osman war wie mein Baba: Beide waren ruhige Männer, die sich von einer leidenschaftlichen Frau angezogen fühlten. Deswegen gab ich nach und erzählte ihm vom gescheiterten Besuch der Aschanti-Delegation in England, die darum gebeten hatte, in Ruhe gelassen zu werden. Ich erzählte ihm, dass die Regierung Rekruten anforderte, und zwar von den Völkern an der

Goldküste, die unter ihrem Schutz standen. Sie sollten in dem bevorstehenden Krieg gegen die Aschanti kämpfen. Bisher hatte sich der Ga-Chief geweigert.

»Wenn du zu den Waffen gerufen wirst – wirst du dann in den Krieg ziehen?«, fragte ich.

»Ein Soldat muss seine Pflicht erfüllen«, erwiderte er.

Ich war für Private Osman und die Briten, nicht zuletzt, weil es die Aschanti gewesen waren, die die Ramseyers entführt und den Tod von Aunty Roses Zwilling verursacht hatten.

Nachdem Private Osman wieder hineingegangen war, las ich die Themen, die *mich* interessierten: Debatten, die in Cape Coast stattfanden, was eine weitaus interessantere Stadt zu sein schien als Accra. Ich verschlang Artikel über das Ende der Sklaverei. Dann stieß ich auf einen Beitrag im *Western Echo*, der mit *»Ladies Column«* überschrieben war. Teile davon waren mit Palmöl befleckt, aber lesbar war die an Frauen gerichtete Aufforderung, *sich nicht nur darauf zu stürzen, eine Expertin auf dem Gebiet der Hauswirtschaft zu sein ... Das 19. Jahrhundert erfordert ... anspruchsvollere, bedeutendere Anstrengungen, nämlich die, den Intellekt zu kultivieren.* Genau das, was ich hören wollte! Hajias Arbeit ließ mich verblöden, dabei hätte ich unterrichten, mich sinnvoll betätigen können, statt schmutzige Schalen zu spülen. Darüber hinaus brauchte ich mehr Geld.

Das gab den Anstoß, der mir bisher gefehlt hatte. Noch am selben Tag ging ich zu Hajia, nachdem sie aus ihrem Mittagsschlaf erwacht war und ihr Asr, ihr Nachmittagsgebet, gesprochen hatte.

»Ich habe von meiner Schwester geträumt«, sagte ich.

Kurz schaute sie überrascht auf, dann fing sie sich wieder.

»Ja und?«

»Ich würde mir gern eine andere Arbeit suchen, damit ich Geld verdienen kann. Das brauche ich, wenn ich sie finden will.«

»Du kannst arbeiten, wo du willst. Niemand hält dich hier. Sonst zerrst du mich noch vor Gericht, weil ich dich angeblich zwinge, gegen deinen Willen für mich zu schuften … Du kannst gehen, wohin du willst.«

In den Zeitungen standen Geschichten über Leute, die wegen Sklavenhandels und Sklavenhaltung angezeigt worden waren. Aber ich war freiwillig zu Hajia gegangen, auch wenn meine Lage dort in Wahrheit nicht viel anders war als damals bei Wofa Sarpong. Ich wusste, dass Private Osman und sie mich aufgenommen hatten, um Aunty Rose einen Gefallen zu tun. Es kam nicht infrage, sie wegen irgendetwas anzuzeigen. Ich wollte bloß die eintönige Arbeit nicht mehr machen.

»Danke«, sagte ich und sah ihr in die Augen.

»Unsere Regeln gelten auch weiterhin. Solange du hier wohnst, übernimmst du die Hausarbeit.«

Mein erster großer Durchbruch fand an dem Tag statt, an dem mich Private Osman losschickte, um seine Uniform abzuholen. Die brauchte er für die Militäroperation namens *The Second Ashanti-Expedition*, sprich für den Vierten Aschanti-Krieg. Er schickte mich immer mal wieder für Botendienste Richtung Markt – meist, damit ich seinen Freunden Kolanüsse brachte.

»Geh zum Scissors House«, sagte er. »Es ist nicht weit. Dort hängt ein Schild, aber wenn du dich verläufst, frag einfach nach Shipemli – das bedeutet ›im Schiff‹.«

Gehorsam lief ich die Zion Street bis zur Horse Road und bog dann rechts ab. Da stand das Gebäude auch schon, das grün-gelb gestrichen war. Ich nahm die erste Tür unter dem Schild und stieß auf eine Schlange von Männern in Private Osmans Alter, die ebenfalls ihre Uniformen abholten. Ich stand hinter ihnen an, während sie auf Hausa miteinander plauderten. Die Männer vor mir hatten sich seit einem anderen Krieg in Kumasi vor zwanzig Jahren nicht mehr gesehen. Sie fragten einander nach Soldaten, mit denen sie gedient hatten, und schienen hocherfreut zu sein, sich wiederzutreffen. Ich wurde ganz aufgeregt. Wenn Husseina und ich uns endlich wiedersähen – wie wir da wohl reagieren würden?

Als ich an die Reihe kam, sagte ich Private Osmans Namen und dass er nicht persönlich kommen könne. Dann reichte ich dem Mann hinter dem Schalter das, was mir der Private gegeben hatte, um sich auszuweisen.

»*Tá bom*«, sagte der Mann mit der hellbraunen Haut, der die hinter ihm an einem Ständer hängenden Uniformen durchging.

Als er mir die frisch gereinigte schwarze Uniform gab, bedankte ich mich. Mein Blick huschte nach oben zu einem Bild von einer sitzenden Frau mit einem weißen Tuch um den Kopf. Um Hals und Handgelenke türmten sich Ketten und Armbänder. Sie trug eine weiße Spitzenbluse. Auf dem Bild standen Buchstaben, doch sie waren zu klein, als dass ich sie hätte lesen können. Mir stellten sich sämtliche Härchen auf.

»Wer ist das?« Ich zeigte auf das Bild.

»*Minha mãe.*«

»Was heißt das?«

»Meine Mutter.«

»Wo ist sie?«

»Du stellst aber viele Fragen! Das war in Brasilien. Inzwischen ist sie bei ihren Vorfahren.«

Endlich hatte mich mein Traum zu einem Ortsnamen geführt. Ich hatte noch mehr Fragen, aber andere Soldaten waren hinter mir hereingekommen und warteten darauf, ihre Uniformen abholen zu können. Ich bedankte mich bei dem Mann und kehrte zu Hajia zurück.

Ich übergab Private Osman seine Uniform, und er strahlte, betastete die Uniformknöpfe mit einem Gesichtsausdruck, den ich als Stolz interpretierte. Ich fragte mich, wie es wohl war, in den Krieg zu ziehen, doch etwas anderes war wichtiger: Ich musste herausfinden, wo Brasilien lag. Ich eilte zu meinem Atlas, studierte die Karte Afrikas, konnte aber keinen Ort namens Brasilien finden. Als Hajia nach mir rief, damit ich ihr in der Küche half, hatte ich Brasilien immer noch nicht gefunden.

Bevor es dunkel wurde, musste ich weitersuchen, also nahm ich den Atlas, setzte mich damit draußen auf die Treppe und legte den Daumen auf Accra. Ich musste wieder an das Wasser denken. Brasilien musste ein Ort jenseits des Meeres sein, also fuhr ich mit dem Zeigefinger der anderen Hand schräg nach unten über das große blaue Meer, weil mir das am einfachsten vorkam. Als ich wieder auf Land traf, war es da, ein großes Land, geformt wie ein Hühnerschenkel. Genau dort war meine Schwester.

Ich musste mir einen Vorwand ausdenken, um zu dem Mann im Scissors House zurückkehren zu können. Deshalb erzählte ich Hajia am nächsten Tag, ich hätte dort etwas vergessen. Zum Glück traf ich auf denselben Mann, der hinter einer Maschine saß, die mich an ein Pferd erinnerte.

»Ich möchte nach Brasilien«, sagte ich zu ihm.

»Guten Morgen, junge Dame«, erwiderte er. »Warum genau?« Er spähte über den Rand seiner Brille hinweg, ein Maßband um die Schultern.

»Um meine Schwester zu finden.«

»Das ist ein großes Land. Ist sie in Rio de Janeiro, in Bahia oder in Pernambuco?«

Ich starrte nur auf die Stelle auf der Landkarte, wo sich Brasilien befand. Keine Ahnung, von welchen Orten er da redete. Ich bekam Kopfschmerzen. Jeder Schritt, den ich unternahm, führte mich weiter von Husseina weg. Ob sie überhaupt noch an mich dachte? Hatte sie Zugang zu *meinen* Träumen?

»Sir«, sagte ich. »Wie heißen Sie bitte?«

»Nelson.«

»Mr Nelson, hat Ihre Mutter getanzt?«

»Sie hat es geliebt!«

»Tragen die Leute in Brasilien ausschließlich Weiß?«

Er lachte laut auf. »Viele. Meist bei Zeremonien.«

»Wie komme ich nach Brasilien?«

»Per Schiff.«

»Heißt dieser Ort deshalb Shipemli?«

»Die Leute sagen, dass wir von einem Schiff gekommen seien. Manche behaupten sogar, unser Gebäude sehe aus wie das Innere eines Schiffes.«

In der Ecke seines Zimmers befand sich ein Berg aus vergilbtem Papier. Meine Gedanken überschlugen sich.

»Haben Sie eine Buchhalterin?«, fragte ich.

Er schüttelte den Kopf.

»Ich kann hervorragend mit Wörtern und Zahlen umgehen und Ordnung halten. Sie könnten mich dafür bezahlen, dass ich Ihre Buchhaltung mache. Und dabei können Sie mir alles erzählen, was ich über Brasilien wissen muss.«

Der Mann hielt sich den Bauch vor Lachen.

»Gut, junge Dame. Aber nur weil du mich an meine Tochter erinnerst.«

Sollte Husseina in ihrem Traum sprechen, hatte ich jetzt jemanden, der mir ihre Worte übersetzen konnte. Vielleicht würde sie mir ja verraten, wo sie lebte.

5

Vitória

Salvador de Bahia war wie das gelbe Innere einer Blüte. Der Moment nach dem Regen, wenn die Sonne wieder mit voller Kraft schien. Jede Hautfarbe dieser Welt, an einem einzigen Ort versammelt. Während Yaya und sie in einer Dampfstraßenbahn dahinrumpelten, staunte sie, wie üppig hier alles war. Es war, als sähe, röche und schmeckte sie zum allerersten Mal. In Bahia häutete sich Husseina wie eine Schlange, ließ den Schmerz, der mit ihrem Namen verbunden war, und ihre Vergangenheit hinter sich, um Vitória begeistert willkommen zu heißen.

Als sie das erste Mal bei Yayas kleinem ziegelrotem Schachtelhäuschen am Hang angekommen waren, hatten schon jede Menge Leute auf sie gewartet. Überwiegend Frauen, die jeden Winkel des Hauses mit weißen und roten Blumen geschmückt, Bohnen gekocht, ein Ferkel gegrillt, Kochbananen frittiert und Gari – das sie hier Farina nannten – mit dickflüssigem Palmöl besprenkelt hatten. Sie machten großes Aufhebens um Vitória, drückten sie an sich und passten auf, dass ihr Teller nie leer war. Sie fühlte sich aufgenommen, auch wenn sie nicht immer verstand, was gesagt wurde – vor allem, wenn es so schnell und musikalisch aus ihnen heraussprudelte. Sie war begeistert, dass Yayas Viertel »Liberdade« hieß. Das fühlte sich an wie ein Triumph über die Leute, die ihr Dorf überfallen und sie entführt hatten. Jetzt lebte sie an einem Ort namens »Freiheit«. Sie war Vitória und lebte in Freiheit!

Yaya kehrte rasch zu ihren Gewohnheiten zurück und verlor keine Zeit, fürs Wochenende eine Candomblé-Zeremonie zu planen und zu organisieren. Vitória fragte sich, wie lange es wohl dauerte, bis ihr die vielen neuen Eindrücke alltäglich vorkommen würden. Wie anders Salvador doch im Vergleich zu Lagos war! Sogar Yaya war hier eine andere. Fest stand, dass das Haus in Lagos ihr Traumhaus war. Es war eindeutig von einem der großen Häuser, die Vitória in Salvador gesehen hatte, inspiriert. Vitória vermutete, dass sich Yaya hier kein so großes Haus leisten konnte, aber in Lagos durchaus. Hier verbeugte sich Yaya, wenn sie Besuch bekam, sie bekam einen regelrechten Buckel, den Vitória mit Traurigkeit verband. In Lagos hingegen verbeugten sich die Leute vor Yaya. Yaya schrumpfte in Bahia, doch etwas hier ließ sie stets wieder dorthin zurückkehren.

Sie erreichten den Markt. Vitória war daran gewöhnt, dass Märkte im Freien stattfanden, doch hier hatten die Händler Stände in einem großen Pavillon. Obwohl sie Waren verkauften, die sie kannte – Fleisch, Fisch, Gemüse –, sahen einige Blätter und Zweige anders aus. Yaya drehte eine Runde, um sich mit diesen fremdartigen Dingen einzudecken. Als eine Frau Yaya Kolanüsse anbot, schüttelte sie den Kopf. Und verkündete stolz, sie sei gerade erst mit einer frischen Ladung aus ihrer Heimat eingetroffen. Sie gingen zu dem Bereich mit tierischen Erzeugnissen, wo es nach rohem Fleisch und Hühnerklein stank. Yaya kaufte drei weiße Hühner, die der Verkäufer an den Füßen zusammenband und dann in den Korb legte, den Vitória tragen musste. Der einzige Trost war der, dass man ihnen auch die Schnäbel zugebunden hatte. Sie kauften so viele Lebensmittel, dass sie zwei Jungen anheuern mussten, um ihre Waren zu Yayas Haus zu transportieren.

Sie waren zu Beginn der Regenzeit in Bahia eingetroffen, aber es sah nicht danach aus, als ob die Trockenzeit zu Ende ginge. Zu Hause in Botu wäre alles verschrumpelt und von rotem Staub bedeckt gewesen. In Salvador waren die Pflanzen grün und alles voller rosa, gelber und oranger Blüten. Als Vitória den Hügel erklomm, staunte sie über einen farbenfrohen Garten vor einem Haus, das sich nicht groß von Yayas unterschied, nur dass seine Wände mit einem Mond und einem Stern geschmückt waren. Die hineingeritzten Motive waren so unscheinbar, dass man sie leicht übersehen konnte, doch ihr waren sie trotzdem aufgefallen. Das musste eine Moschee sein, was erstaunlich war. Es war, als sähe sie einen Löwen in einem Teich baden. Es passte so gar nicht hierher. In Lagos gab es sowohl Kirchen als auch Moscheen, aber so etwas wie eine Moschee hatte sie in Salvador bisher noch nicht gesehen. An jeder Ecke stand eine Kirche, ansonsten gab es Terreiros, Tempel, die sich in Wäldern oder Häusern wie bei Yaya verbargen. Sie merkte sich die Moschee und griff nach dem Korb mit den Hühnern, Blättern und knotigen Zweigen.

Die Einkäufe würden im Rahmen einer Zeremonie verwendet werden, die nicht bei Yaya zu Hause stattfinden sollte, so, wie es in Lagos der Fall gewesen war, sondern in einem kleinen im Wald gelegenen Tempel. Vitória, Yaya und einige der Frauen, die Vitória bei Yaya kennengelernt hatte, verbrachten den Samstag damit, den staubigen, schimmeligen Tempel zu reinigen und Palmzweige gegen die bösen Geister aufzuhängen. Vitória verstand einfach nicht, wie Trockenheit und Nässe in Salvador zusammengingen: Der Ort war staubig und gleichzeitig schimmelig. Sie befestigten rote Stoffstreifen an den Säulen sowie an allem, woran man etwas festbinden konnte. Rot, Xangos Lieblingsfarbe. Xango, der Orixá, der Yaya erwählt hatte.

In einem kleinen Raum übernahmen Yaya und eine Frau namens Maria, die darauf bestand, Vitória »Bela« zu nennen, das Kochen. »Bela, warum bist du nur so schön?«, pflegte sie zu sagen. Das hatte noch nie jemand zu ihr gesagt.

Bis zum Abend hatten sich alle lange, weite Kleider mit bauschigen Röcken angezogen. Zunächst kamen drei junge Männer. Zwei davon nahmen hinter langen, mit Seilen umwickelten Atabaques, Handtrommeln aus

Holz, Platz, während der Dritte eine Shékere schüttelte, die durch das Rasseln von hundert gegen eine Kalebasse schlagenden Kaurimuscheln zum Leben erweckt wurde. Vitória servierte ihnen Wasser mit Wassermelonensaft. Der junge Mann in der Mitte strahlte sie an, und ihr Herz schlug einen Purzelbaum. Sie strahlte zurück. Yaya ließ sich in einem breiten Sessel nieder, in dem sie aussah wie eine Königin. Währenddessen betraten die Gemeindemitglieder den Tempel.

Obwohl noch mehr Menschen eintrudelten, musste Vitória einfach nach dem Gesicht des jungen Mannes Ausschau halten. Das war neu für sie, ihr Herz träumen zu lassen. Sie gesellte sich zu den Frauen auf der linken Seite des Raumes, die Männer saßen rechts. Ein Gong wurde geschlagen, und das Trommeln begann, was dazu führte, dass einige Gemeindemitglieder aufstanden. Sie sangen, klatschten und bildeten einen Kreis.

Zwei davon, ein Mann und eine Frau, wirbelten in die Mitte, während das Trommeln lauter wurde. Sie bewegten sich leichtfüßig und schnell, die Fußsohlen berührten kaum den Boden. Eine junge Frau stöhnte laut auf und fiel auf die Knie, während sie ihren Orixá empfing. Schwester Maria und eine andere ältere Frau eilten zu ihr, tupften ihr die Stirn ab und schoben sie näher zu den Trommeln. Ein anderer Mann wiegte sich vor und zurück, geriet in Trance. Viele andere fielen ebenfalls in Trance, und das Singen ging weiter. Yaya führte den ersten Mann, der Xango empfangen hatte, in einen Nebenraum. Die Gemeindemitglieder sangen weiterhin Lieder, von denen Vitória nur ein paar kannte, und davon auch meist nur die Melodie.

Jetzt begann der Teil, der ihr besonders gut gefiel: Jemand, der als Xango verkleidet war, kam durch die Tür, durch die Yaya hinausgegangen war. Er trug eine Krone mit roten Perlen, die seine Augen verdeckten. Sein Hals war mit roten Perlenschnüren umwickelt, außerdem hatte er ein rotes Tuch um die Taille gebunden. Er hielt zwei Äxte, die er wild und zugleich wunderschön durch den Raum schwang. Als das Trommeln verstummte, eilten Vitórias Augen wieder zu dem Trommler in der Mitte, dessen Gesicht schweißnass glänzte.

Die Zeremonie endete, und Vitória eilte in die Küche, da sie völlig vergessen hatte, die Speisen zu verteilen. Schwester Maria war da und reichte ihr die Teller, ohne sie zu ermahnen. Vitória bediente die Gäste und lief zwischen dem Zeremoniensaal und der Küche hin und her. Als sie vor dem Trommler stehen blieb, platzte es aus ihr heraus: »Du spielst wunderschön. Ich heiße Vitória.«

»Joaquim«, sagte er. Er hatte grüne Augen, die einen starken Kontrast zu seiner Hautfarbe bildeten, die dunkler war als ihre. Er begann, seine Trommel abzuwischen. »Ah, du bist Yayas Patentochter.«

Sie nickte.

»Vor der Zeremonie hat sie uns erzählt, dass du gerade erst aus der Heimat gekommen bist. Ich würde gern einmal nach Afrika reisen.«

Vitória sah sich verstohlen nach Yaya um, die den Kopf gesenkt hatte und einer anderen älteren Dame in

Weiß etwas zuflüsterte und daraufhin in glucksendes Gelächter ausbrach.

»Gib Bescheid, wenn du etwas brauchst«, sagte Joaquim und säuberte die Seiten seiner Trommel. Dann zeigte er auf die Gemeindemitglieder. »Diese Leute hier wissen das zwar nicht, aber ich bin sozusagen der Bürgermeister von São Salvador.«

»Herr Bürgermeister, würden Sie mir Ihr Salvador zeigen?«, fragte sie.

»Mit Vergnügen«, erwiderte Joaquim.

Das Warten auf ihr Rendezvous schien gar kein Ende nehmen zu wollen. Alles davor fühlte sich wie eine Pflicht an. Zum Beispiel als Yaya sie Walfleisch kochen ließ, das seltsamste Fleisch, mit dem Vitória je zu tun gehabt hatte. Es war weich, konnte sich aber nicht recht entscheiden, ob es eher wie Huhn oder wie Fisch war. Sie selbst aß jedenfalls nichts davon. Es war für einen wichtigen Gast, der eine besondere Vorliebe für so etwas hatte.

Als der Gast kam, entpuppte er sich als älterer Mann, der Vitória zur Begrüßung die Hand drückte, als wäre sie schmutzig, und ganz vorn auf der Stuhlkante saß. Yaya und er redeten so schnell, dass sie oft schwer zu verstehen waren. Es ging ausschließlich um Politik, und warum Yaya wegen irgendeines Krieges im Hinterland von Bahia vorsichtig mit den Candomblé-Zeremonien sein müsse. Langsam dämmerte es Vitória, warum Yaya ihr vor der Abreise nach Bahia eingeschärft hatte, sie solle sich als Katholikin ausgeben. Yaya hatte ihr erklärt, dass die Sklavenhalter es damals gar nicht mochten, wenn die Menschen, die sie gekauft hatten, ihre Religionen ausübten. Deshalb taten alle so, als wären sie katholisch, und gaben ihre Orixás als katholische Heilige aus. Es war gefährlich, etwas anderes als katholisch zu sein. Da Yemanjá sie erwählt hatte, sollte sie die Jungfrau Maria, Unsere Liebe Frau Unbefleckte Empfängnis, anbeten.

Der Mann hielt alles so vorsichtig fest, dass Vitória glaubte, er wäre so leicht, dass sie ihn umpusten könnte. Seine Haut war fast durchsichtig, Augenbrauen und Schnurrbart waren buschig weiß. Als sie sich an den Tisch setzten, stocherte er in seinem Teller mit grünen Kochbananen, Walfleisch und Gemüse herum. Erst nachdem er weg war, nannte Yaya ihn Canalha, Schuft.

Als Vitória mit dem schmutzigen Geschirr in die Küche gegangen war, hatte sie gesehen, wie Yaya ihm etwas in die Hand drückte. Bestimmt einige Réis, wie viel, konnte sie nur raten.

In solchen Momenten fragte sich Vitória, ob es für Yaya und sie nicht besser wäre, in Lagos zu leben, doch dort gab es Baba Kaseko.

Vitória hatte Yaya nicht erzählt, dass Joaquim und sie einen Ausflug planten. Sie wusste selbst nicht, warum sie jetzt schon ein schlechtes Gewissen hatte, wo sie doch gar nichts getan hatte. Sie zog ein langes gelbes Kleid an, scheitelte ihr Haar, gab jede Menge Kokosnussöl darauf und flocht zwei Cornrows, die ihr auf den Rücken fielen.

»Du siehst hübsch aus«, sagte Yaya.

»Danke«, erwiderte Vitória. Nach kurzem Schweigen platzte es aus ihr heraus: »Joaquim gibt mir eine Stadtführung.«

Yaya schürzte die Lippen, zuckte mit den Schultern und sagte nur: »Er ist ein guter Junge. Gut erzogen. Sobald die Sonne untergeht, bist du wieder zu Hause.«

Ein dreimaliges Klatschen kam von draußen herein und verkündete, dass jemand vor der Tür stand. Kurz darauf merkte sie, dass das Klatschen sie regelrecht gelähmt hatte. Yaya war aufmachen gegangen. Vitória war nervös.

»Mein Sohn«, sagte Yaya. »Pass gut auf Vitória auf, verstanden? Bevor es dunkel wird, seid ihr wieder zurück.«

Vitória betrat den von Blumen gesäumten Weg vor ihrem Haus. Joaquim trug ein schlichtes weißes Hemd, eine braune Hose, einen Strohhut und keine Schuhe. Er hatte sich eindeutig keine Mühe gegeben. Aber seine schlichte Garderobe besaß ihren eigenen Charme.

Er lief rückwärts, zeigte auf die Häuser und sagte: »Das ist unser Quilombo. Wir leben hier, seit die ersten Sklaven beschlossen haben, vor ihren Herren hierher zu fliehen. Deswegen heißt die Siedlung Liberdade.«

Wie Vitória wusste, wurde man in Bahia täglich daran erinnert, dass die Sklaverei erst vor wenigen Jahren abgeschafft worden war. Sie wusste auch, dass Yaya und die anderen Mitglieder des Terreiro ihren Göttern nicht offen huldigen konnten und sich nach wie vor hinter katholischen Heiligen versteckten. Ob Joaquim genau wie sie versklavt gewesen war? Doch sie wollte nicht an die

Vergangenheit denken. Stattdessen fragte sie ihn, wo sie hingingen.

»Ich zeige dir meine Lieblingsorte.«

Sie liefen den Hügel hinunter, an dem an eine Moschee erinnernden Haus vorbei Richtung Hauptstraße, auf der Pferde und Kutschen vorbeirasten und Dampfstraßenbahnen auf ihren Gleisen vorbeischnauften, begleitet von einem Tschuku-tschaka-tschuku-tschaka-Geräusch. Die Bucht lag rechts von ihnen, und sie schlenderten eine mehr oder weniger verlassene Straße entlang, bis sie einen Platz mit vielen Sonnenschirmen erreichten, unter denen Frauen frittiertes Acarajé in wahren Ozeanen von Palmöl frittierten. Es war fast so wie in Lagos, nur die Geräuschkulisse war eine andere. Die Leute sangen beim Sprechen. Sie winkten Joaquim und neckten ihn wegen Vitória, schlugen sich auf die Schenkel, als Joaquim ihnen spielerisch drohte. Männer mit nacktem Oberkörper, die Lasten in und aus Läden trugen, blieben ebenfalls stehen, um Joaquim aufzuziehen. Er war beliebt.

»Diese Ganhadeiros haben nichts Besseres zu tun, als zu klatschen. Die haben keinerlei Respekt vor ihrem Bürgermeister.«

Oben auf dem Berg standen sie auf einem kopfsteingepflasterten Platz, umringt von gelben, blauen, hellgrünen und rosa Gebäuden. Sie erinnerten Vitória an die Kuchen, die Yaya Silvina für die Yemanjá-Zeremonien backte.

»Pelourinho«, sagte er.

»Wer kennt dieses Viertel nicht?«, erwiderte Vitória.

»Ich zeig es dir von einer anderen Seite.«

Eine Frau, die hinter einem großen Gefäß mit blubberndem Palmöl hockte, winkte sie näher, und Joaquim winkte zurück.

»Sie ist die einzige Mãe, zu der ich gehe. *Tudo bem, Mãe Stella?*«

»*Tudo bem*«, erwiderte die füllige Frau, die goldene Acarajé-Bällchen in einen Korb neben ihr gab.

Joaquim kaufte ihnen ein Bananenblatt mit diesen knusprigen Bohnenküchlein und bedankte sich bei Mãe Stella.

Bei einem heruntergekommenen lila Haus drückte Joaquim eine von Regen und Sonne braun-weiß verfärbte Tür auf. Sie fanden sich in einem Raum mit verblichenen Sesseln wieder, aus deren Polstern die Baumwollfüllung quoll. Zu Füßen der Möbel wuchs Unkraut. Vitória trat darauf und drehte sich um die eigene Achse.

»Willkommen bei mir zu Hause«, hob sie an, doch Joaquim sorgte dafür, dass sie wieder ernst wurde.

»Als die Sklaverei abgeschafft wurde, sind sie geflohen.«

Sie. Vitória ging davon aus, dass er Weiße meinte. Pelourinho war der Ort, an dem Sklaven an Schandpfähle gefesselt und öffentlich ausgepeitscht worden waren, weil sie ihren Herren nicht gehorcht hatten. Vitória schauderte bei dem Gedanken, was Joaquim oder seine Vorfahren, vielleicht sogar Yaya, alles erduldet hatten. Sie war sich sicher, dass die Weißen aus Angst vor Vergeltung geflohen waren.

Er führte sie die Treppe hoch, vorbei an gespenstischen Zimmern und dann auf den Balkon. Von dort aus konnten sie den ganzen Platz überblicken, die Dächer der Kirche Rosário dos Pretos und die Bucht dahinter.

»Wir leben an einem wunderschönen Ort«, sagte sie.

»Wunderschön, aber verflucht.«

Schreie hallten zu ihnen empor. Vitória musste sich nicht groß den Hals verrenken, denn mehrere Kinder tauchten auf, die sich gegenseitig schubsten und herumstießen. Ein Junge rannte voraus und stopfte sich gierig ein Stück Acarajé in den Mund, das er eigentlich mit den anderen hätte teilen sollen.

»Waisenkinder«, erklärte Joaquim.

»Wo schlafen sie?« Vitória dachte daran, dass sie ebenfalls kein Dach über dem Kopf hätte, wenn Yaya sie nicht vor Baba Kaseko gerettet hätte. Die Gesichter der Kinder waren schmutzverkrustet.

»In diesen Häusern«, erklärte Joaquim. »Und einer meiner Lieblings-Orixás, Ibeji, beschützt sie.«

Vitória kannte Ibeji und hatte alles getan, um sich nicht mit der Zwillings-Gottheit beschäftigen zu müssen.

Joaquim fragte sie, ob sie je an einem Ibeji-Fest teilgenommen habe.

Sie schüttelte den Kopf.

»Wir werden dieses Jahr zusammen hingehen. Bei diesem Fest müssen die Erwachsenen warten, bis wir fertig gegessen haben, bevor sie selbst etwas zu sich nehmen dürfen. Ich wünschte, jeder Tag wäre ein Feiertag zu Ehren von Ibeji.«

Hassana würde so ein Fest lieben, dachte Vitória und verscheuchte den Gedanken an ihre Schwester. Stattdessen betrachtete sie Joaquim, während er sprach, bemerkte die Sommersprossen auf seinen Wangen und, als er lachte, seinen angeschlagenen Schneidezahn. Er nahm ihre Hand, und sie gingen wieder hinunter ins Freie. Bei einem blau-weiß gefliesten Brunnen beugte sich Joaquim nach vorn und ließ sich das Wasser in den Mund und über den Hals laufen. Er wischte sich mit dem Handrücken über die Lippen. Vitória mochte seine einfachen, selbstverständlichen Gesten. Er war das genaue Gegenteil des Mannes, der Yaya besucht hatte. Der Schuft.

»Warum ist es gefährlich, Candomblé zu praktizieren?«, fragte Vitória.

»Wer hat dir das gesagt?«

»Ich habe da so ein Gespräch belauscht.«

»Hier gibt es zwei Arten von Menschen. Einigen bedeutet Afrika alles, anderen nichts. Letzteren sogar noch weniger als nichts. Unsere Hautfarbe, unsere Speisen, unser schönes Candomblé – sie wollen uns das alles wegnehmen. Sie schicken die Polizei, um unsere Versammlungen zu zerstreuen. Sie schließen unsere Tempel.«

Vitória war sich sicher, dass Yaya dafür bezahlte, dass ihr Tempel geöffnet bleiben konnte.

Sie kamen an prächtigen Gebäuden vorbei, die so leer wirkten, dass nur noch Geister darin wohnen konnten. Sie gingen zum Elevador Lacerda, und Joaquim verkündete stolz, dass sein Pai dort arbeite. Dieser Schnellaufzug brachte sie von Pelourinho, oben auf der Klippe, hinunter zum Hafen. Sie liefen die Küste entlang, und Joaquim hatte so viel zu erzählen, dass Vitória gar nicht merkte, dass sie im Kreis gegangen waren. Ehe sie sich's versah, befanden sie sich wieder in Liberdade am Fuß ihres Hügels. Er führte sie zu Yayas Haus und versprach, ihr bald mehr zu zeigen.

In Salvador war Vitórias Alltag fast so wie in Lagos. Sie nähte Kleider mit Yaya und nahm an Zeremonien teil. Yaya erwähnte mehrmals, dass Vitória nach ihrer Aufnahme in den Tempel bald mehr Verantwortung übernehmen werde, doch erst müsse sie erwachsen werden. Vitória freute sich schon auf den Tag, an dem sie Yemanjás schönes blau-weißes Gewand tragen und bei einer Zeremonie anmutig tanzen würde.

Was das Nähen anbelangte, war es hier viel detailreicher, spezialisierter. Viele Frauen gingen zu Yaya, weil sie Kleider für ihre Zeremonien brauchten. Die Röcke bestanden aus einer besonderen Baumwolle, die in stärkehaltigem Wasser gekocht werden musste. Vitória brauchte mehrere Anläufe, bis sie einen Rock stärken konnte. Anschließend brachte ihr Yaya das Spitzeklöppeln bei. Bei der ersten Lektion stach sich Vitória mit den hölzernen Klöppeln so oft in den Daumen, dass sie weinen musste. Yaya meinte, eine echte Frau wisse Schmerzen auszuhalten. Vitória konnte sich nicht verkneifen zu sagen, dass sie ein Mädchen sei und keine Frau.

»Ja«, sagte Yaya. »Weil echte Frauen nicht mit Jungen durch die Gegend ziehen.«

Yayas Worte konnten sie nicht davon abhalten. Ihre Freundschaft mit Joaquim wurde enger, und sie unternahmen viele Spaziergänge. Dabei prägten sich die meisten Ecken von Salvador, seine Berge und Schattenplätze, Vitória unauslöschlich ein. Schon bald kannte sie es besser als Lagos – zumindest Pelourinho, die Unterstadt und Liberdade. An Orten wie dem Campo Grande waren sie so eindeutig fehl am Platz, dass Joaquim und sie nie dorthin gingen. Dort sei sogar das Wetter wie in Europa, behauptete er immer. Die Spaziergänge taten ihnen gut. Sie streiften durch die Stadt, mit dem einzigen Ziel, etwas zu essen, zu lachen und aufregende Dinge zu entdecken. Es gab immer neue verblüffende Details. Wie die Kirche, die sie betratet, in der Joaquim energisch das Kreuz schlug und den Daumen küsste. Die Wände waren voller Gold. Vitória staunte, dass sie noch stand. Joaquim erklärte ihr, das Gold stamme aus der Heimat. Anderswo wäre die Kirche längst geplündert worden.

Ihr Leben war angenehm abwechslungsreich: Sie nähte, wohnte Zeremonien bei und ging mit Joaquim spazieren.

»Er ist ein netter Junge, aber du bist ein sehr hübsches Mädchen und hast jetzt deine Blutungen. Wenn deine Mutter hier wäre, würde sie dir wohl kaum erlauben, mit ihm loszuziehen, oder?«

Vitória war beleidigt. Am liebsten hätte sie gesagt, dass Yaya nicht ihre Mutter war, aber das wäre sehr undankbar der Frau gegenüber, die ihr wirklich eine Mutter geworden war. Und wenn Na hier wäre … Vitória konnte sich nicht ansatzweise vorstellen, wie ihre Mutter reagieren würde. Bevor Vitória Botu verlassen hatte, war Aminah nur ein, zwei Jahre älter gewesen als sie jetzt. Und das einzige Mal, dass ein Mann gekommen war, um sein Interesse an der großen Schwester zu bekunden, war er so verschrumpelt gewesen wie die Trockenfrüchte, die die Leute hier so gern aßen. Na und Aminah hatten sich damals miteinander verbündet und den alten Mann zum Teufel gejagt. Vitória wusste nicht, wie man mit solchen Herzensangelegenheiten umging. Doch bestimmt hätte ihre Mutter ihr geraten, auf ihren Körper zu hören. Vitórias Schönheit hätte Na aber keinesfalls erwähnt – sie pflegte nämlich zu sagen, dass man Schönheit nicht essen könne.

»Das nächste Mal wirst du ihn nicht begleiten«, sagte Yaya und rührte in einem Topf auf dem Herd.

»Warum, Yaya?«, fragte Vitória.

»Du hast deine Blutungen, und Männer, seien sie nun jung oder alt ... Man kann sich einfach nicht darauf verlassen, dass sie sich beherrschen können. Er ist erst ... wie alt? Fünfzehn? Wenn er dich will, sollte seine Mutter tun, was sich gehört. Zu meiner Zeit durften sich anständige junge Damen nicht mal draußen blicken lassen.« Dann seufzte sie und sagte: »Ich mache Feijoada mit Speck und Bohnen, die du so gern magst.«

»Ich habe keinen Hunger.«

»Jetzt, wo du eine Frau bist, bereitest du dich ab morgen auf deine Aufnahme in den Tempel vor. Dafür musst du stark sein. Das ist auch der Grund, warum ich dir sage, dass du dich von *diesem* Jungen fernhalten sollst. Du musst dich konzentrieren.«

Yaya tat, was sie konnte, um Vitórias Tage mit Vorbereitungen auf ihre Initiation zu füllen. Vitória wusste nicht, ob Joaquim nach ihr fragte, weil sie tagelang Stoff und andere Dinge kauften, die Vitória in ihrer Zeit der Abgeschiedenheit brauchen würde. Deshalb hatte diese gar keine Lust mehr darauf, eine Novizin zu werden, spielte aber brav mit. Von Tag zu Tag wuchs ihr Ärger, der sich in kleinen Wutausbrüchen Bahn brach – meist dann, wenn Yaya sie bat, etwas zu besorgen oder zuzubereiten.

Am Abend vor ihrer Initiation kam es zum großen Krach. Nachdem sie Joaquim tagelang nicht gesehen hatte, lief sie gerade den Berg hinauf, als sie ihn und eine Gruppe von Liberdade-Jungs sah. Sie hatten sich um einen Berimbau-Spieler geschart. Sie liebte den Klang des Musikbogens mit seiner unverwechselbaren Form, bestehend aus einer Kalebasse, einem Holzstab und Draht. Ein gelenkiger Junge sprang auf und machte Saltos. Sie winkte Joaquim, aber er brauchte so lange, um zu antworten, dass sie die Hand sinken ließ und ihren Aufstieg fortsetzen wollte, als er endlich aufstand und zu ihr kam. Er schaute ihr nicht in die Augen, sondern starrte stur aufs Meer.

»Lange her«, sagte Vitória.

»Ja.«

»Wie geht es dir?« Das war nicht die Frage, die sie ihm stellen wollte. Wäre sie mutiger gewesen, hätte sie gesagt: *»Hast du nach mir gefragt?«*

»Du solltest stärker sein«, meinte er. »Wissen, was du willst, und dafür kämpfen.« Dann kehrte er in den Kreis seiner Freunde zurück.

Sie konnte kaum fassen, dass er sie einfach so stehen ließ. Als sie nach Hause kam, leierte Yaya, ein Stück Stoff in der Hand, eine Liste mit Dingen herunter, die Vitória noch erledigen musste: Ein altes Kleid finden, eine Klinge … Sie brauche noch dieses, sie brauche noch jenes …

»Ich bin müde«, sagte Vitória.

»Wie redest du mit mir? Ay, Xango, wie sich die Menschen verändern! Vergiss nicht, wer du warst, als ich dich aufgenommen habe.« Yaya presste den Stoff an ihre Brust und ging dann in ihr Zimmer am Ende des Flurs.

Die Worte taten weh. Mit so einer Reaktion hatte Vitória nicht gerechnet. Sie hatte nicht erwartet, an die Vergangenheit erinnert zu werden. Sofort fühlte sie sich befleckt, selbst noch so gründliches Waschen würde den Stempel *Sklavin* nicht entfernen können. Sie fühlte sich innerlich und äußerlich beschmutzt und wollte sauber geschrubbt werden. Es war, als hätte Yaya gesagt: *»Wie kannst du es wagen zu träumen? Wie kannst du es wagen, auf Liebe zu hoffen?«* Ganz so, als verdiente sie nichts Gutes. Nur Schmerz. Oder lag es daran, dass sie vergessen wollte? Sagte ihr Yaya damit, dass es keine gute Idee war, die Vergangenheit zu vergessen, weil sie sie so erst recht verfolgen würde? An dem Tag, an dem Vitória von ihrer Familie getrennt worden war, hatte sie beschlossen, nie mehr zurückzuschauen. Sie hatte beschlossen, zu leben, sich ein neues Leben aufzubauen. Rächte sich diese Entscheidung jetzt, indem sie ihren Hals verrenkte und sie biss? Auch wenn Yaya sie ermahnte, ihre Vergangenheit nicht zu vergessen, war es doch dieses Vergessen gewesen, das sie gerettet hatte. Hätte sie nicht vergessen, wäre sie verrückt geworden.

Als sie zu Bett ging, war Vitória dermaßen bekümmert, dass sie glaubte, nicht einschlafen zu können, tat es dann aber doch.

Das Tosen der Wellen, die gegen die Küste schlagen, ist ohrenbetäubend. Sie schützt die Augen vor der Sonne und betrachtet die endlose Weite des Meeres. Es ist rau, weniger ruhig als in der Bucht. Das Wasser ist grau und der Himmel voller Wolken. Erdrückend. Bist du da?

Am nächsten Tag riss ein Klopfen sie aus ihrer unruhigen Nacht. Sie hatte kaum Zeit, über ihren Traum nachzudenken, weil Yaya bereits die Tür aufgestoßen hatte und auf ihrem Bett saß. Sie legte die Arme um Vitória und massierte ihr die Schultern.

»Ich wollte nur sicherstellen, dass du alle Riten lernst. Was ich da gesagt habe, war nicht sehr nett von mir – das war wirklich das Letzte, was ich hätte sagen dürfen. Ich weiß, wie es ist, einem anderen Menschen zu gehören. Wir teilen dasselbe Schicksal.«

Vitória beschloss, die Candomblé-Initiation mitzumachen und eine gelehrige Schülerin zu sein, um Yaya eine Freude zu machen. Was Joaquim anging, würde sie ihn irgendwie ermutigen müssen. Sie mussten es langsam angehen, aber das war ohnehin das Beste. Sie wollte ihn als Freund nicht verlieren.

Vitória und andere, die ebenfalls in den Tempel aufgenommen werden sollten, wurden tief in einen Wald hinter Liberdade gefahren, wo sie einen Monat lang in völliger Abgeschiedenheit leben würden. Der Wald besaß eine von dichten Kletterpflanzen umgebene Lichtung sowie einen Altar, der mit katholischen Heiligen und Figuren von verschiedenen Orixás geschmückt war, darunter Exú mit einem Zylinder und Yemanjá in ihrem blauen Kleid mit den Wasserkrügen. Die Einzuweihenden lebten in Hütten, die sie an die in Botu erinnerten, nur dass sie dort stabiler und bunter gewesen waren und hier aus Lehm und Zweigen bestanden.

Als Erstes absolvierten die Einzuweihenden ein Haarschneideritual. Als die Rasierklinge Vitórias Kopfhaut berührte, weinte sie. Mit anzusehen, wie ihr Haar in dicken Strähnen zu Boden fiel, machte ihr bewusst, dass sie in eine neue Lebensphase eintrat. Sie hatte sich nie die Haare geschnitten, und jetzt war alles weg. Anschließend ritzte der Friseur eine Kerbe in ihre Kopfhaut. Sie hatte gewusst, dass das passieren würde. Dadurch erhielt ihr Orixá Zugang zu ihr, trotzdem machte ihr das Angst.

Yaya kam und ging und brachte ihnen Lieder und Tänze bei. Eine ihrer ersten Lektionen lautete: gucken, nicht reden. Es gab Dinge, die keiner Erklärung bedurften.

Es war vor dem Altar, als der Babalorixá, nachdem man sechzehn Kaurimuscheln auf den staubigen Boden geworfen und gesungen hatte, sagte, Yemanjá habe sie als ihre Tochter auserwählt. Er warf die Muscheln erneut und meinte, er bekomme auch Signale von Ibeji. Er fädelte durchsichtige Perlen auf eine Schnur und legte diese mehrfach um Vitórias Hals. Tag für Tag musste sie sowohl die Lieder und Tänze Yemanjás als auch die Ibejis lernen und die Speisen zubereiten, die beide Gottheiten glücklich machten. Yemanjás waren überwiegend weiß: Reis, Mais, weiße Kolanüsse und Zwiebeln. Ibeji mochte Süßigkeiten, Reis, Huhn und eine dicke Okrasoße, Carurú.

Die tief empfundene Isolation und die Nähe zu Ibeji sorgten dafür, dass sie öfter an Hassana dachte, als ihr lieb war. Sie vermisste ihre Schwester, blühte aber ohne sie regelrecht auf. Außerdem war sie früher in Botu von Hassana und anderen in ihrer Entwicklung gehemmt worden. Wie oft hatte sie sich in ihrer Kindheit anhören müssen, dass sie ohne ihre Schwester ein Nichts wäre? Diese Stimmen waren es auch gewesen, die ihre Tränen hatten versiegen lassen, als sie mit der Menschenkarawane um die Ecke gebogen war und ihre Schwester aus den Augen verloren hatte. Sie hielten Vitória für ein schwaches, unreifes Ding, das die Kräfte ihrer Schwester anzapfen musste, um zu überleben. Sie wollte ihnen das Gegenteil beweisen. Deshalb bekämpfte sie jedes Verbundenheitsgefühl mit Hassana, sobald es sich einzustellen drohte.

Dennoch musste sie Tag für Tag Türen zu ihrer Vergangenheit aufstoßen, damit Ibeji oder Yemanjá sie als Gefäß benutzen konnten, und das war ein Kampf. Nicht nur, weil sie diese Türen lieber für immer geschlossen gehalten hätte, sondern auch, weil die Gottheiten in ihr miteinander zu wetteifern schienen – ein Streit, bei dem keiner von beiden den Sieg davontrug. In Lagos war es leicht gewesen, Yemanjá zu empfangen, aber hier war das anders. Vielleicht lag es ja an dem Pakt, den sie mit sich geschlossen hatte – nämlich dem, es allein zu schaffen?

Die anderen Einzuweihenden wurden von ihren Orixás in Besitz genommen – einer war Xango und die andere Oxum –, und es war wunderschön mitanzusehen, wie die Orixás beschlossen, dass sie so weit waren. Ein Mädchen, das sogar noch schüchterner war als Vitória, verwandelte sich regelrecht, als Xango von ihr Besitz ergriff. Ihre gebeugten Schultern strafften sich, und ihre Augen glänzten selbstbewusst. Sie sprang und hüpfte zu einem fast kriegerischen Rhythmus und hörte erst damit auf, als die Trommeln verstummten.

Der Babalorixá meinte, Ibeji sei ein schwieriger, verspielter Orixá, der Yemanjá einfach zum Spaß blockieren könne. Doch Vitória war sich sicher, dass sie bei dem Versuch, ihre Vergangenheit zu vergessen, ihre Schwester leugnete. Und das war nicht die Art von Umgebung, die Ibeji, die Zwillings-Gottheit, oder Yemanjá, die Schutzgöttin von Zwillingen, aufsuchen wollten.

Als Vitória nach zwei Wochen immer noch weder Ibeji noch Yemanjá empfangen hatte, warf der Babalorixá

Kaurimuscheln und sagte: »Du verheimlichst mir etwas. Derjenige, der das Orakel belügt, belügt sich selbst.«

Vitória schwieg.

»Vitória, du musst dir selbst gegenüber aufrichtig sein, damit das hier funktioniert. Die Initiation bedeutet, Zeit mit den besten und schlechtesten Anteilen in uns zu verbringen. Alles anzunehmen, aus dem wir gemacht sind. Du verheimlichst etwas.«

Er sah Vitória tief in die Augen, als könnte er so die Wahrheit zutage fördern.

Fast hätte sie ihm von Hassana erzählt, da sie Angst hatte, er könnte es selbst herausfinden. Gleichzeitig hatte sie Angst davor, zurückgeschickt zu werden, um nach Hassana zu suchen. Sie war noch nicht so weit, deshalb hielt sie diesen Teil von sich geheim.

Der Mann seufzte.

»Was auch immer du vor mir verbirgst – Ibeji ist gar nicht glücklich. Yemanjá wird dich so oder so beschützen. Behalte es für dich, wenn du nicht willst, aber bitte Ibeji um Vergebung, dann zeigt dir die Zwillings-Gottheit vielleicht den Weg.«

Sie hatte nichts falsch gemacht. Der Bruch zwischen ihr und ihrer Schwester war nicht ihre Schuld, wie sie fand. Aber der Babalorixá sah sie dermaßen eindringlich an, dass sie glaubte, einknicken und ihr Geheimnis lüften zu müssen. Leise murmelnd betete sie verzweifelt zur Zwillingsgottheit Ibeji.

»Ihr seid diejenigen, die auf der Erde Türen aufstoßen; ihr seid diejenigen, die im Himmel Türen aufstoßen.

Wenn ihr erwacht, sorgt ihr für Geld, Kinder und ein langes Leben. Ihr, die ihr Brüder seid«, rezitierte Vitória.

Es ging die Sage, dass Xango und Oxum die ersten Zwillinge auf Erden zeugten. Da das als Abscheulichkeit galt, wurde Oxum des Dorfes verwiesen. Sie verließ ihre Zwillinge und verlor alles, einschließlich ihres Verstands. Yemanjá nahm die Zwillinge und beschützte sie. Wenn man ihnen gut diente, sorgten sie für großen Wohlstand – ansonsten konnten sie auch Unglück bringen.

Gemäß dem Wissen, das sie über die Ibeji-Zwillinge hatte, ließ sie Zuckerrohr für sie am Eingang der Hütte zurück, in der sie schlief, und sagte ihnen, es tue ihr leid, dass sie dem Babalorixá gegenüber nicht ehrlich gewesen sei. Sie wolle eine gute Gläubige sein und tun, was getan werden müsse.

Jedes Mal, wenn Ibejis Trommeln geschlagen wurden, tanzte Vitória und tanzte, ohne sich auch nur das geringste bisschen anders zu fühlen, ja, sogar ohne auch nur das Kribbeln in den Zehen zu spüren, das sie manchmal bei anderen Orixás hatte. Sie stand kurz davor aufzugeben, den Babalorixá zu bitten, es vielleicht mit einem anderen Orixá zu versuchen, der sie akzeptieren würde, doch sie hatte solche Angst, vom Babalorixá entlarvt zu werden, dass sie sich lieber von ihm fernhielt.

Der Babalorixá sagte, dass es noch keinen Einzuweihenden gegeben habe, den er nicht empfänglich gemacht habe. Er befahl Vitória, darum zu beten, dass Yemanjá sie während der Zeremonie im Freien empfangen werde. Dabei würde jeder Einzuweihende die Abgeschiedenheit verlassen und seinen ersten Orixá vor großem Publikum empfangen.

Am Tag der Zeremonie im Freien wurden die Einzuweihenden mit weißem Kalk bedeckt. Vitória war nervös – aus gutem Grund. Die Waldlichtung füllte sich mit Menschen aus Yayas Terreiro, aber es waren auch viele neue Gesichter darunter. Der Babalorixá schaute vorbei, malte Kreise und ritzte Linien in ihre Haut. Sie sah Joaquim und bekam Herzklopfen. Sie hatte nicht gewusst, dass er bei der Zeremonie trommeln würde. Niemand sprach mit ihnen, so, wie es Brauch war, und sie mussten sich setzen und den Blick gesenkt halten, bis sie von ihrer Musik gerufen wurden.

Das Trankopfer wurde dargebracht. Der Babalorixá begann zu singen, und die Versammelten gingen tanzend und klatschend herum. Die Xango-Geweihte machte die erste Runde, und die kriegerischen Trommelschläge brachten alle in Stimmung. Der Oxum Geweihte war der Nächste, und der Tanz ging geschmeidig und feminin vonstatten. Obwohl er ein Junge war, war er der schönste Mensch im ganzen Wald. Als Yemanjás Trommeln erklangen, erhob sich Vitória und stemmte die Arme in die Seiten wie Flügel. Sie schritt vorwärts und rückwärts, und das Lied begann, zu ihr zu sprechen.

Sie schwebt. Sie ist von einem wunderschönen, lieblichen Lied umgeben, das sie einlullt. Sie verwandelt sich in Wasser, wird von einer Kraft getragen, die sich vertraut anfühlt, wie Wellen, wie die Umarmung einer Mutter. Sie ist in ihr und um sie herum. Sie ist von Heimat und Liebe eingehüllt, und sie ist unerschrocken.

Vitória kam wieder zu sich, und Yaya wischte ihr über das Gesicht. Ihre Haut war schweißbedeckt. Sie war so erleichtert, dass Yemanjá sie nicht verlassen, dass Ibeji sie nicht bestraft hatte. Neben der Erleichterung verspürte sie auch so etwas wie Ehrfurcht. Sie konnte nicht fassen, dass sie jetzt eine von Yemanjás Töchtern war.

Nach der Zeremonie umarmten alle die Eingeweihten, und ein großes Fest begann. Es gab so viel zu essen, und Vitória schlang den Mais und das Palmöl hinunter, die extra für sie gekocht worden waren. Ihr war gar nicht klar gewesen, wie viele Leute zur Zeremonie kommen würden. Nachdem sie gegessen hatte, sah sie sich um. Einige Gäste saßen auf Matten und tranken aus Kalebassen. Neben dem Altar standen bequeme Sessel für den Babalorixá und die anderen Ältesten, die noch leer waren, daneben säuberten zwei Trommler ihre Trommeln. Kleine Grüppchen hatten sich gebildet, man unterhielt sich und lachte.

»Du hast anmutig getanzt.« Eine Stimme ließ sie zusammenzucken.

Joaquim betrachtete sie, ein Lächeln in den grünen Augen.

Vitória drängte die Tränen zurück. »Yemanjá hat mich gerettet.«

»Du bist eine der wenigen in diesem Terreiro, die Yemanjá empfängt. Gut gemacht.«

Jetzt, wo sie eines von Yemanjás Kindern war, ertappte sich Vitória dabei, dass sie sich auf die Zeremonien im Tempel freute.

Während der dritten Regenzeit, die Vitória nun schon in Bahia verbrachte, an einem Tag, an dem Yaya an ihrem Regenzeit-Unwohlsein litt, tauchte der schleimige Canalha vor ihrer Tür auf, so wie ungefähr jedes halbe Jahr. Vitória führte ihn ins Wohnzimmer und bot ihm einen Stuhl an.

»Wie wär's mit einem Mango- oder Guavendrink?«

»Ich habe es eilig, richte Yaya bitte aus, dass Senhor Ferreira da ist, um sie zu sehen.«

Vitória fand eine von Kissen gestützte Yaya vor, die eine Nadel durch dicken Webstoff führte. Die Vorhänge waren aufgezogen, und die Sonne fiel herein. Vitória sagte Yaya, dass es der Mann eilig habe.

Die alte Dame zuckte zusammen, schlug ihre Decken zurück und schwang die Beine aus dem Bett. Sie stemmte sich von der Matratze und schlurfte zum Toilettentisch. Obwohl sie versuchte zu verhindern, dass Vitória etwas mitbekam, hatte die das Geld in den faltigen Händen längst gesehen.

»Bitte wechsele meine Bettwäsche«, sagte Yaya. »Hier stinkt es bestimmt nach Krankheit.«

Vitória war sich sicher: Die alte Frau wollte nicht, dass sie die Geldübergabe mitbekam. Wie viel zahlte sie diesem Mann genau, und wer war er? Wenn es so viel Geld kostete, den Terreiro offen zu halten – warum blieb Yaya dann nicht in Lagos?

Später an diesem Tag gingen Vitória und Joaquim zum Markt, um für den Candomblé-Gottesdienst am Wochenende einzukaufen. Immer, wenn Yaya das Bett nicht verlassen konnte, nutzte Vitória die Chance, sich heimlich mit Joaquim zu treffen. Sie war schockiert, den schmierigen Mann aus einem anderen Haus kommen zu sehen. Von wem erpresste er noch alles Geld?

»Dieser Mann da!«, sagte Vitória. »Ich glaube, Yaya bezahlt ihn, damit unser Terreiro geöffnet bleiben kann.«

Joaquim murmelte etwas und spuckte aus. Seine Kiefermuskeln mahlten. Dann sagte er: »Die wollen einfach nicht, dass wir glücklich sind.«

»Ich bin mir nicht sicher, aber er hat bestimmt zweimal vorbeigeschaut. Und mir fällt kein anderer Grund ein, warum sie ihm Geld geben sollte.«

»Lass uns mit Baba Sule sprechen«, meinte Joaquim. »Der weiß alles beziehungsweise hat auf alles eine Antwort. Er ist zwar kein Anhänger des Candomblé, aber er ist weise.«

Sie liefen den Berg nur ein kleines Stück hinunter und blieben dann vor dem Haus mit dem Mond und den Sternen stehen. Die Moschee, endlich! Vitória fragte sich, wie Joaquims Freund wohl war. Schon der Name Baba Sule sorgte für eine gewisse Vertrautheit.

Joaquim klatschte dreimal in die Hände, und ein Mann mit einem kurzen weißen Bart und einem Haarbüschel unter der Nase machte auf. Auf dem Kopf trug er eine eng sitzende gewebte Kappe – so eine, wie auch Baba sie getragen hatte, und sein Gewand war wie eines aus Botu.

»Baba Sule«, sagte Joaquim. »Guten Nachmittag.«

»Willkommen«, erwiderte er.

»Danke.«

Sule zog die Tür auf, um sie hereinzulassen.

»Wie geht es unserer neuen Yemanjá-Eingeweihten?«, sagte er, um gleich darauf erklärend hinterherzuschicken: »Eure Gemeinde ist nett. Yaya lädt mich immer ein, wenn neue Einzuweihende willkommen geheißen werden, und ich liebe es zuzuschauen. Deine Zeremonie war wunderschön. Bitte setzt euch.« Er zeigte auf Bastmatten auf dem Boden.

Weihrauch kitzelte Vitórias Nase. Sule reichte ihr eine Schale mit Kolanüssen, und Vitória nahm die kleinste, die sie finden konnte, biss in ihre Bitterkeit. Joaquim kaute sie wie Zuckerrohr.

»Wie kann ich euch helfen?«

»Ich glaube, Yaya bezahlt jemanden, damit unser Tempel geöffnet bleiben kann«, sagte Vitória. »Und das verwirrt mich.«

»Es waren mal Polizisten da, um unseren Gottesdienst zu beenden«, sagte Joaquim. »Yaya hat Tage damit verbracht, immer wieder zur Polizei zu gehen. Wir dachten, das wäre vorbei.«

Vitória ließ Sule nicht aus den Augen. Seine waren grau und ruhig.

»Wenn sie ihn bezahlt und eure Zeremonien nach wie vor stattfinden, gibt es nichts, worüber ihr euch Sorgen machen müsstet«, meinte er.

»Es ärgert mich nur«, erwiderte Joaquim.

»Würde sie das nicht tun, gäbe es keinen Tempel«, erklärte Sule.

An Vitória gewandt sagte er: »Joaquim hat mir erzählt, dass du aus Lagos bist. Bist du eine Oyo oder eine Egba oder …?«

»Nein. Ich bin eine Gurma.« Vitória wusste, dass das ganz schön weit von Lagos entfernt war, konnte aber nicht sagen, wie diese beiden Orte zusammenhingen, wenn überhaupt.

»Ich wünschte, ich könnte Gourmanchéma. Willkommen, meine Tochter«, sagte der Mann und schaltete auf Hausa um.

»Danke.« Vitória erschrak, weil er eine Sprache beherrschte, die sie seit Lagos nicht mehr gehört hatte.

»Offen gestanden hättest du mir das gar nicht erst sagen müssen. Dein Gesicht erinnert mich an die Heimat. Ich würde sagen, du bist eine Grunshi. Gefällt dir Bahia?«

»Ja.«

»Hört mir mal gut zu, junge Freunde, Yaya tut einfach nur, was sie tun muss, um die Gemeinde zu erhalten. Wenn ihr erst mal erwachsen seid, werdet ihr schon noch merken, welch absurde Opfer man bringen muss.«

Ein paar Tage später fand sich Vitória erneut vor der Moschee wieder. Vielleicht weil Sule Hausa sprach und sogar ein paar Worte Gourmanchéma kannte. Dadurch fühlte sie sich näher an zu Hause als mit sonst irgendwem, mehr noch als mit Yaya.

Er hieß sie willkommen, bot ihr Kolanüsse an und begrüßte sie auf Hausa.

»Was führt dich heute zu mir?«

Vitória schwieg, dann sprudelte es nur so aus ihr hervor: »Ich habe eine Zwillingsschwester und niemandem davon erzählt.«

»Weißt du, wo sie ist?«

Vitória schüttelte den Kopf. Warum war sie bloß hergekommen? Das war schmerzhaft.

»Wenn zu Hause jemand einen Zwilling verloren hat, haben wir Zeremonien abgehalten, um dem toten Zwilling sicheres Geleit zu geben und den noch lebenden auf der Erde zu halten. Ich bin mir aber sicher, dass deine Zwillingsschwester noch lebt, sonst wärst du ihr gefolgt. Dann wärst du nicht hier, um mit mir zu reden. Oder aber du wärst sehr krank.«

Bei dem Gedanken fröstelte es Vitória. Sie wusste nicht recht, ob sie ihm glauben sollte.

»Hast du Träume von ihr geträumt?«

Woher sollte sie das wissen? Sie entspannte sich ein wenig und erzählte ihm ihre Träume. Der letzte war ein Traum von einem Gebäude. Es war grün-gelb. Hassana öffnete die Tür und schloss sie wieder.

»Zwillinge sind zwei Hälften eines Ganzen. Ihr müsst

euch wiederfinden. Nur so könnt ihr wieder vollständig werden. Ohne sie bist du nur ein halber Mensch.« Dann fügte er noch tröstend hinzu: »Und ohne dich ist sie nur ein halber Mensch.«

Sie hatte das genaue Gegenteil empfunden. Mit ihrer Schwester hatte sie sich wie ein halber Mensch gefühlt, doch hier in Bahia verehrten sie die Leute förmlich … weil sie Afrika pur war, wie es hieß. In Botu hatten die Leute Hassana als schönen Zwilling bezeichnet. *»Du siehst genau gleich aus, aber sie ist die Schöne«*, pflegten sie zu sagen. Dieser Blick in die Vergangenheit war bittersüß. Seit sie Yaya in Lagos kennengelernt hatte, war es leichter, nach vorn zu schauen.

»Was, wenn ich nicht gefunden werden möchte?«, fragte sie.

»Ah«, meinte Sule. »Ich dachte, Zwillinge wären durch ein unsichtbares Band miteinander verbunden.«

»Ich habe meine Gründe.«

Er musterte sie, sein Schnurrbart blieb unbewegt, und seine Augen blinzelten kein einziges Mal. Es gefiel Vitória ganz und gar nicht, wie er sie zwang, die Stille zu durchbrechen.

»Ich habe mich so klein gefühlt neben ihr«, sagte Vitória und tätschelte den leeren Raum neben ihr wie einen Hund. »Und alle anderen haben mir auch dieses Gefühl gegeben. Sie hatte die lautere Stimme, sie war diejenige, die man fragte, erst danach wurde ich gefragt, ob ich auch mitkommen wolle. Es gab keinen Rückzugsort nur für mich selbst. Immer hieß es: Hassana und ihre Zwillingsschwester. Sie ist schuld an unserer Trennung, aber als es so weit war, konnte ich endlich durchatmen. Ich selbst sein.«

»Jetzt, wo du dich zu einer starken, freien Frau entwickelt hast, kannst du ihr mit Sicherheit Paroli bieten.«

»Was, wenn sie nur noch schlimmer geworden ist? So war sie, als wir noch zehn waren. Mit fünfzehn könnte sie unerträglich geworden sein. Ich möchte nicht, dass sie mich findet.«

»Das ist brutal. Etwas an ihr musst du doch vermissen.«

Vitória verstummte und starrte auf die arabischen Schriftzeichen an der Wand. Sie vermisste die Art, wie Hassana sich nicht um Autoritäten scherte und sich über den Chief des Dorfes lustig gemacht hatte. Auch, wie sie, ohne etwas sagen zu müssen, in gemeinsames Gelächter ausgebrochen waren. Sie vermisste ihre gemeinsamen Träume. Sie erzählte Sule das mit den Träumen.

»Hör weiterhin darauf. Meiner Meinung nach besagt dein Traum, dass sie auf dich aufpasst. Heute bin ich müde. Aber wenn du das nächste Mal kommst, kann ich die Kaurimuscheln lesen.«

Vitória dankte ihm und kehrte zu Yayas Haus zurück, den Blick auf den Boden geheftet. Sie fürchtete sich vor dem, was die Kaurimuscheln enthüllen würden. Was, wenn ihre Schwester schwer krank war? Was, wenn sie nach Botu zurückmüsste?

Ein paar Tage später schickte Baba Sule nach ihr und meinte, er habe Zeit für das Orakel.

Als er seine Kaurimuscheln warf, sagte er: »Sie ist weit weg, ihr seid durch ein Meer voneinander getrennt, trotzdem ist sie dir näher denn je. Ihr beide seid eine Einheit. Eine Reise, die sich schließen muss wie ein Kreis – eine, die schon andere vor euch gemacht haben. Du wurdest fortgeschickt, um etwas zu lernen, und jetzt musst du den Kreis schließen. Die Reise hat dich von hier nach da geführt, doch jetzt müsst ihr euch wiederfinden.«

»Bitte erklären Sie mir mehr«, flehte Vitória.

»Das ist alles, was die Dschinns für dich haben. Du musst selbst daraus schlau werden.«

Sie hätte sich gern die Eingeweide gekratzt, so sehr juckte es sie vor Ungeduld und Verärgerung über diese rätselhaften Botschaften. Sie hatte sich eher eine Botschaft wie die gewünscht, dass Hassana wohlauf war – keine, die sie zwang zurückzukehren. Sie wollte Salvador nicht verlassen.

6

Hassana

Am ersten Tag, den ich für Mr Nelson arbeitete, achtete ich darauf, dass das Haus blitzblank war, bevor ich ging – Hajia sollte nicht in der Lage sein, auch nur ein einziges Kakerlakenbein zu finden.

Ich war gerade aus der Tür, als Hajia den Kopf herausstreckte und so als fiele ihr das soeben erst ein, sagte: »Du nimmst die Mahlzeiten nach wie vor bei uns ein.« Sie schenkte mir ein verkniffenes Lächeln und ging wieder hinein, ohne meine Antwort auch nur abzuwarten. Doch ihre Worte wärmten mir das Herz, da ich so immer noch Speisen genießen würde, die mich an Nas Küche erinnerten. Hajia fühlte sich an wie Familie, und ihre Reizbarkeit erinnerte mich an Issa-Na, die zweite Frau meines Baba. Daher störte ich mich nicht weiter an ihrer Art. Ich ging auch davon aus, dass sie einsam war, da Private Osman vor wenigen Tagen in den Vierten Aschanti-Krieg gezogen war. Die Briten hatten eine Riesenarmee aus Soldaten wie Private Osman zusammengestellt, um in Kumasi, der

Hauptstadt des Aschanti-Landes, einzumarschieren. Als seine Kompanie – ungefähr zehn Mann in schnittigen Uniformen – gekommen war, um Private Osman abzuholen, standen Hajia, ihre Söhne und ich draußen vor der Tür, um ihm zum Abschied nachzuwinken. Der Mann strahlte, und ich war stolz, dass ich ihn kannte.

Ich betrat das Scissors House, und Mr Nelson, ein lebhafter Mensch, der Grübchen in den Wangen bekam, wenn er lächelte, führte mich durch eine Nebentür in einen anderen Raum, in sein Wohnzimmer. Dort bewahrte er all die Unterlagen auf, die ich gesehen hatte … und noch viele weitere mehr. Der Stapel war so hoch wie ich.

»Du hast um Anstellung gebeten. Bitte sehr! Das sind Bestellungen, Quittungen, Rechnungen, vielleicht sogar Briefe. Womit möchtest du anfangen?«

»Erst werde ich alles kategorisieren, dann nach dem Datum sortieren und für alles einen eigenen Ordner anlegen. Ich brauche etwas zum Schreiben, ein Buchführungsbuch, ein Lineal und Mappen.«

»Du bist *wirklich gut*«, sagte Mr Nelson. »Schreibmaterial habe ich da. Und was die Mappen angeht, kauf ich dir später welche.«

Ich war dankbar, dass ich in Abetifi so gut aufgepasst hatte. In der Basler Mission hatte alles seinen Platz, und der Reverend und Mrs Ramseyer hatten mich manchmal gebeten, klar beschriftete Akten zu holen. Darin war alles festgehalten, jeder Einzelne, der sie besucht hatte, jeder Shilling, der ausgegeben worden, und jedes

Stück Holz, das für ihre Gebäude verwendet worden war. Ich warf einen Blick auf den Stapel vor mir und bekam ganz feuchte Hände und ein nervös zuckendes Lid angesichts der vielen Arbeit. Aber das war immer noch besser, als Essen zu verkaufen. Aus meiner Nervosität wurde Stolz. Ich war froh, dass ich Geld verdienen würde, das ich Hajia geben, in Zeitungen investieren und für eine Schiffspassage zu Husseina sparen wollte. Ich konnte die Tinte des Tickets, mit dem ich an Deck stehen und auf die kleiner werdende Küste schauen würde, jetzt schon riechen, ja beinahe schmecken.

Meine Arbeit nahm mich täglich für vier Stunden in Anspruch, dazwischen gab es eine kurze Pause. Während einer dieser Pausen betrat ich gerade den Innenhof von Mr Nelsons Haus, als mein Blick die strahlendsten, schelmischsten Augen erfasste, die ich je gesehen hatte. Die junge Frau, der sie gehörten, schloss sie, saugte fest an dem weißen Stöckchen in ihrem Mund, warf es anschließend zu Boden und zertrat es.

»Nicht meinem Vater sagen!«, meinte sie auf Englisch. Es war ein perfektes Englisch, ohne auch nur den Hauch eines portugiesischen Akzents. »Augustinha Amerley Nelson. Nenn mich einfach Amerley.«

Ich ergriff ihre ausgestreckte Hand und schüttelte sie. »Hassana.«

»Ich hoffe, mein Pai bezahlt dich gut. Er hat versucht, mich dazu zu bringen, diese langweilige Arbeit zu machen, aber ich habe keine Geduld für so was.«

»Er ist großartig.«

»Was machst du heute Nachmittag?«, fragte Amerley. »Mein Großonkel Mr Brimah veranstaltet jeden Donnerstag und Freitag Pferderennen. Ich besitze ein Pferd, das heute Glück haben dürfte. Kommst du mit?«

Nach der Arbeit ging ich normalerweise zu Hajia nach Hause, aß mit ihr zu Mittag, spülte das Geschirr und las, was auf den Zeitungsfetzen stand. Hatte ich nichts zu lesen, lief ich durch den Zongo, den Teil der Stadt, in dem die meisten Leute aus dem Norden lebten, bis es langsam dunkel wurde. Ich war noch nie bei einem Pferderennen gewesen, und es klang nach einer spannenden Abwechslung.

»Sei um drei Uhr nachmittags hier«, sagte sie und ging die Treppe zu einem Zimmer hinauf, von dem man bestimmt Blick aufs Meer hatte.

Ich aß genüsslich Hajias Tuo und ihre Ayoyo-Suppe und ging in mein Zimmer, um in der Kiste mit meinen Kleidern zu wühlen. Ich hatte nicht ein einziges vorzeigbares Kleidungsstück. Alles war abgetragen oder vergilbt. Ich entschied mich für ein schlichtes weißes Kleid, das vorn geknöpft war. Ich schlüpfte hinein, und es war so eng, dass es mir Brust und Bauch platt drückte, aber es gab nichts sonst, was ich hätte anziehen können.

Hajia lag auf der Matte im Wohnzimmer, während ihr ältester Sohn arabische Buchstaben aus einem Gebetbuch in ein Notizheft übertrug.

»Hajia«, sagte ich.

»Ja?« Sie hob nicht mal den Kopf.

»Heute Abend komme ich erst später zum Essen.«

Sie schien über meine Worte nachzudenken, ihre Kiefermuskeln mahlten. Schließlich sagte sie: »Wie heißt es so schön? Wenn du an einem Geier Gefallen findest, wirst du das Perlhuhn übersehen. Ist es der Mann, für den du arbeitest? Er wird dich davon abhalten, deine Schwester zu finden.«

Ich konnte nicht anders, ich musste lachen. Mir war gar nicht klar gewesen, wie sehr Hajia mein Wunsch, Husseina zu finden, bewusst war.

»Oh, es geht nicht um einen Mann. Nur um Mr Nelsons Tochter.«

»Ah«, sagte Hajia. »Dann geh, und komm wieder. Und vergiss nicht: Lügen haben kurze Beine.«

Hajias Sprichwort erinnerte mich an meine Großmutter. Frauen wie sie waren darauf geeicht, niemandem zu trauen – nicht einmal sich selbst.

Als ich wieder bei Mr Nelson war, war er im Zuschnittraum gleich hinter dem Eingang und sprach mit einem Kunden. Er winkte mir zu, ohne Fragen zu stellen, wusste also bestimmt, dass ich mich mit Amerley traf. Ich ging durch den Hof und dann die Treppe hinauf. Kurz zog mich das Meer mit seiner endlosen Weite in den Bann, und ich fragte mich, welche Richtung mich wohl zu meiner Schwester führen würde. Dann ging ich die Treppe weiter hinauf und klopfte an der Tür, die ich Amerley schon einmal hatte öffnen sehen.

»Wir müssen uns umziehen«, sagte sie und zog mich ins Zimmer.

Ich versuchte, die Falten zu glätten, die sich bei meinem Kleid vervielfältigt zu haben schienen.

»Wir gehen als Männer hin. Zum Glück gibt mir mein Vater die Sachen, um die ich ihn bitte. Du bist so klein.« Amerley schälte sich aus ihren Kleidern und warf sie zu den anderen, die sich bereits auf dem Boden türmten.

Das Zimmer verströmte einen Duft, der mich an Blumen erinnerte, ohne dass ich ihre Namen gewusst hätte. Am liebsten wollte ich alles wissen, meinen Kopf mit Fakten zu Blumen, Wolken, Gerüchen, Erfindungen und Politik füllen. Es störte mich, dass ich nur so wenig von der Welt wusste.

Amerley öffnete die Tür eines massiven Mahagonischranks und nahm zwei grüne Reithosen heraus. Sie reichte mir ein weißes Hemd und entschied sich für ein beiges Leinenhemd. Zum ersten Mal schämte ich mich meines Körpers und drehte mich zum Fenster mit Meerblick, als ich dankbar mein Kleid auszog. Ob ich wohl schön anzusehen war? Ob ich wohl schön war? Meine Schwester Aminah war diejenige, die alle begehrten. Was ihr kein bisschen gefiel. War es besser, begehrt oder in Ruhe gelassen zu werden? Als ich mir das Hemd überstreifte, spürte ich Amerleys Blick auf meinem Rücken.

»Wir sollten dir ein Korsett besorgen«, meinte Amerley. »Das stützt die Brüste.«

Ich hatte in der »Ladies Column« von Korsetts gelesen, doch sie schienen so gar nichts mit meiner Welt zu tun zu haben.

»Macht die dein Vater?«

»O nein, viel zu kompliziert. Beim nächsten Mal gehen wir in Christiansborg einkaufen. Ich würde dir ja eines geben, aber meine sind so abgetragen … und wie hat meine liebe Mutter immer so schön gesagt? Man kann tauschen, was man will, nur keine Unterwäsche.«

Ich drehte mich um. Amerley war von der Taille aufwärts nackt. Ihre Brüste erinnerten mich an die Baobabschoten mit den süßesten Früchten. Natürlich brauchte sie ein Korsett! Meine Brüste erinnerten an Knoblauchzehen.

»Wo ist deine Mutter?«, fragte ich.

»Sie ist gestorben, als ich sechs war. Aber dem guten alten Mr Nelson ist es hervorragend gelungen, mich alleine groß zu ziehen, meinst du nicht auch?«

Sie zog ihr Hemd an und ging zu einer braunen Kiste auf ihrem Schreibtisch. Sie öffnete das Schloss und ging ihren Inhalt durch, ihre Finger waren wie kleine Tänzer.

»War sie nicht atemberaubend?« Sie zog ein Foto heraus und gab es mir.

Das Haar ihrer Mutter fiel in Korkenzieherlocken um ein zartes Gesicht. Was hätte ich darum gegeben, ein Foto von meiner Mutter und meinen Schwestern zu besitzen!

Ihre Mutter wirkte hellhäutig. Amerleys Haut war etwas dunkler als meine und erinnerte mich an Husseinas. Ob wir wohl mit der Zeit dieselbe Hautfarbe bekommen würden? Oder würde sie dunkler werden? Meine Haut schien mit zunehmendem Alter immer heller zu werden.

»Bist du hier geboren?«

»Genau in diesem Haus. Stell dir vor, meine Eltern haben sich auf dem Schiff aus Brasilien kennengelernt! Sie ist in Lagos von Bord gegangen, und er war mit seiner Familie nach Accra unterwegs. Erst als meine Mutter Jahre später eine Tante besucht hat, hat sie meinen Vater wiedergefunden. Sie hatte Schwierigkeiten, Kinder zu bekommen, doch eines Tages kam ich, um zu bleiben. Das ist meine Geschichte.«

Amerley stellte mir keine Fragen, sodass ich meine Geschichte für mich behielt. Stattdessen steckte ich mein Hemd in meine Hose, wie ich es bei ihr gesehen hatte. Ich schwieg auch deshalb, weil Amerley mir interessante Informationen mitteilte: Es hatte ein Schiff gegeben, das von Brasilien über Lagos nach Accra gefahren war. Was, wenn Husseina es genau umgekehrt gemacht hatte und so in Brasilien gelandet war? Würde es mich meiner Schwester näher bringen, wenn ich ihre Etappen nachvollzog?

»Warst du schon mal in Brasilien?«, fragte ich.

»Noch nie.«

»Aber du bezeichnest dich als Brasilianerin?«

»Das sagt mein Vater, aber offen gestanden fühle ich mich eher als Ga als sonst irgendwas. Mein Portugiesisch ist schauderhaft.«

Sie warf mir einen Kastorhut zu.

Weil ich über all das nachdachte, was Amerley mir erzählt hatte, sah ich auf dem kurzen Weg zum Pologelände und während des Rennens, das ganz unterhaltsam war, aber nichts, worauf ich viele Nachmittage verschwenden würde, alles nur noch verschwommen. Amerley ging jede Woche dorthin. Sie gewann Geld bei den Pferderennen. Sie versuchte, mich dazu zu überreden, Geld auf ihr Pferd zu setzen, aber Geld war nichts, womit ich spielen wollte. An diesem Tag ging es so aus, dass Amerleys Pferd, ein grau geschecktes Geschöpf, verlor.

Amerley rauchte Pfeife und starrte auf den Staub, der sich wieder auf die Rennstrecke legte.

»Ich sollte das Gegenteil von dem tun, was mein Instinkt mir sagt«, sagte sie, und das Funkeln in ihren Augen bewies, dass sie kein bisschen traurig war.

Bald wartete Amerley in jeder Pause auf mich. Sie gab mir Zeitungsausschnitte zu lesen, die sie amüsant fand, oder bot mir Obst aus einem der Gärten ihrer Tante an. Manchmal begleitete sie mich nach der Arbeit nach Hause – für sie eine willkommene Gelegenheit, eine von ihren Zigaretten zu rauchen. Sie war eine willkommene Abwechslung von den monotonen Ablage- und Buchführungsarbeiten für Mr Nelson, denn irgendwann begannen die ganzen Rechnungen und Quittungen vor meinen Augen zu verschwimmen.

So vergingen zwei Monate, bis wir eines Abends, als wir zu Hajia zurückkehrten, Private Osman auf der Treppe sitzen sahen. Er war seit Dezember des Vorjahres weg gewesen, seit 1895, bald nachdem er mich gebeten hatte, seine Uniform bei Mr Nelson abzuholen. Ich war ihm dankbar für diesen Auftrag, da er mich nicht nur Husseina einen Schritt näher gebracht, sondern mir mit Amerley auch eine neue Freundin geschenkt hatte.

»Abend, Sir«, sagten Amerley und ich im Chor.

Er schaute auf, und seine Lippen bewegten sich, allerdings völlig lautlos.

»Bis Morgen, Hassana.« Amerley winkte mir zu.

Private Osman trug dieselbe Uniform, die ich damals abgeholt hatte. Doch was einst schnittig und makellos gewirkt hatte, war jetzt an den Ärmeln ausgefranst und staubbedeckt. Die Uniformhose war durch eine blau-weiße Batakari-Hose ersetzt worden. Er hatte das Kinn in die Hände gestützt und starrte vor sich hin. Ich setzte mich zu ihm. Wo war nur das Lächeln geblieben, mit dem er aufgebrochen war? Er schaute mich nicht an, sondern quittierte meine Anwesenheit lediglich mit einem Seufzen.

Eine gefühlte Stunde verging, bevor er sagte: »Sie sorgen dafür, dass Krieg ruhmreich klingt. ›Wir beenden den Sklavenhandel‹, haben sie gesagt. ›Wir beenden das menschliche Leid. Danach ist die Goldküste sicher.‹ Aber mussten dafür so viele Leben geopfert werden? Ich bin in Cape Coast dermaßen krank geworden, dass meine Genesung und Rückkehr einzig und allein Allahs Wille zu verdanken sind. Sie haben den König der Aschanti nach Freetown verbannt, aber die Aschanti sind mächtig. Sei es nun auf dem Land- oder auf dem Wasserweg – zwischen Freetown und hier werden sie Mittel und Wege finden, stark zu bleiben. So viel Krankheit und Tod. *Kai!*

Krieg ist nichts Gutes. Der alte Ga-Chief hatte recht, als er meinte, dass wir den Briten nicht helfen sollten. Er war der einzige Vernünftige, was das angeht. Hinzu kommt, dass sie uns schlecht bezahlen. *Kai!* Krieg …«

Ich saß fast den ganzen Abend bei ihm, während er den Refrain, »Krieg ist nichts Gutes«, ständig wiederholte. Noch im Einschlafen hörte ich ihn *»Kai!«* schreien.

Wir verkaufen den Karawanen Essen und singen unser Lied: »Massakokodanono.« Die Leute gehen vorbei; andere flechten Palmzweige für ihre Zelte, wieder andere kaufen unsere Hirsekuchen. Ein Feuer bricht aus und verbreitet sich rasch. Ich halte ihre Hand, aber sie zieht sie weg. Ich werfe Sand ins Feuer, das jetzt ganz nahe ist. Es hilft nichts. Sie steht da und tanzt.

Als Amerley und ich uns nach diesem seltsamen Abend mit Private Osman das nächste Mal sahen, verließen wir Scissors House und gingen, das Meer in unserem Rücken, die Horse Road hinauf, schlängelten uns zu meinem Zongo empor. Obwohl sie frech und weltgewandt war, wurde ich den Eindruck nicht los, dass Amerley sich normalerweise nie weit von ihrem Grundstück entfernte beziehungsweise von der Welt der Brasilianer. Auf dem Markt plauderten die Metzger mit lauten Stimmen und hauten auf Fleischstücke ein. Sie winkten mir zu, und ich winkte zurück, voller Stolz, dass sie mich als eine der ihren betrachteten. Das war *meine* Chance anzugeben.

Wir gingen an Frauen vorbei, die Waakye verkauften, an Männern, die mit Stoffen handelten, und landeten schließlich bei Mama Z's Pito Parlour. Ich hatte oft davon geträumt, das mit Husseina zu tun, die es geliebt hätte, sich über die Besitzer dieses Lokals zu amüsieren. So still und schüchtern Husseina auch war – sie mochte so peinliche Momente, zum Beispiel, wenn wir vier Füße in einem Karawanenzelt sahen oder wenn sie zuhörte, wie die Frauen von Botu über ihre Männer klatschten. Doch ich freute mich, dass ich das mit Amerley teilen konnte. Wir setzten uns beide auf einen großen Stein und beobachteten das Mama Z's. Wir lachten, bis uns der Bauch wehtat, als Leute heraustaumelten, die sich verfluchten, um sich gleich darauf ans Herz zu fassen und zu tanzen. Was auch immer das Pito enthielt – es verwandelte erwachsene Männer in Narren.

Bei Hajia verging uns jedoch das Lachen. Private Osman wurde immer seltsamer. Jedes Mal, wenn ich nach Hause kam, egal, ob morgens oder abends, saß er draußen auf der Treppe und klagte über die Schlechtigkeit des Krieges. Nachts schrie er sich heiser, und seine Kinder, damals acht und zehn, flohen zu mir ins Zimmer vor dem beängstigenden Geschimpfe ihres Vaters. Das nahm Hajia für mich ein, nahm ihr die Ecken und Kanten. Sie bat mich, ihr mit den Jungen zu helfen.

Ich ging gern mit ihnen im Zongo spazieren und holte sie nach der Arbeit von der Koranschule ab. Dadurch erwärmte sich Hajia so sehr für mich, dass sie mich, als ich sie fragte, ob ich das Wochenende bei Amerley verbringen dürfe, ohne die sonstigen Ermahnungen ziehen ließ. Ich brauchte einfach mal eine Nacht Schlaf, ohne heiseres Geschrei zu hören.

An diesem Nachmittag nahm ich nach der Arbeit meinen Bastkorb mit Schlafsachen, Wechselkleidung für den nächsten Tag und mit einem Kleid, das Amerley mir gegeben hatte, und ging quer über den Innenhof zu Amerleys Zimmer. Sie war noch nicht von ihrem Unterricht zurück, weshalb ich meinen Korb abstellte, die Fenster öffnete, um die stickige Luft rauszulassen, und mir die Bücher in ihren Regalen ansah. Ich griff nach einem, *Jane Eyre*, das auf Amerleys Bett lag, und begann, darin zu lesen.

Als ich aufwachte, sah ich Amerleys breites Strahlen über mir – sie kam ganz nach ihrem Vater.

»Ich freue mich so, dass du bei mir übernachtest.« Sie hatte ihre Schulbücher auf den Boden fallen lassen und sich aufs Bett geworfen. »Heute gehen wir zur High Street, um dieses Korsett zu kaufen. Morgen auf die Hochzeit meines Cousins, und am Sonntag geht es in die Kirche.«

Ich für meinen Teil fühlte mich, als hätte ich eine Schwester dazubekommen. Ich war dermaßen glücklich, dass es mir die Sprache verschlug. Deshalb grinste ich nur dümmlich.

»Das Buch ist langweilig«, sagte Amerley. »Siehst du, du bist beim Lesen eingeschlafen.«

»Ich fand es toll! Ich habe dort, wo ich wohne, bloß schlecht geschlafen.« Ich merkte, dass ich kein richtiges Zuhause hatte. Ich konnte das Wort »Zuhause« nicht benutzen, weil ich schon so lange keines mehr besaß. Ich befand mich in einer Art Schwebezustand.

So als könnte sie Gedanken lesen, sagte Amerley: »Warum erzählst du nie von dir?«

»Du fragst ja nie.«

»Das sollte ich gar nicht erst müssen. Ich platze mit jedem noch so unwichtigen Detail heraus, wenn ich mit dir zusammen bin.«

Als ich bei Wofa Sarpong gewesen war, hatte ich meine Stimme verloren. Ich glaubte nicht, sie schon wiedergefunden zu haben. Und Amerley war dermaßen raumgreifend gewesen, dass sie mir das Gefühl gegeben hatte, meine Geschichte sei nicht so wichtig. Auch deshalb hatte ich gar nicht erst versucht, mir Gehör zu verschaffen. Ich musste an Husseina denken, daran, wie selten sie etwas sagte. Wenn ihr jemand Fragen stellte, antwortete ich an ihrer Stelle, so als könnte sie nicht für sich selbst sprechen. Zum ersten Mal begriff ich, wie sie sich gefühlt haben musste.

»Woher stammt deine Familie?«, fragte Amerley.

Ich setzte mich auf und klopfte ihr Kissen auf meinem Schoß auf. Ich erzählte ihr, wie es war, in Botu aufzuwachsen – ein Ort, der mir immer unwirklicher vorkam, da ich ihn auf keiner Landkarte gefunden hatte. Ich erzählte ihr von unserem Dorf, das von Sklavenjägern in Brand gesetzt worden war. Davon, wie ich meine Zwillingsschwester verloren hatte und wie ich von Ort zu Ort gezogen war.

»Und jetzt bin ich hier.«

Amerley hatte Tränen in den Augen und drückte mich.

»Das hättest du mir längt erzählen sollen. Wie finden wir deine Schwester?«

»Ich träume die ganze Zeit von ihr. Manchmal träume ich sogar ihre Träume, aber das ist so lange her, dass ich nicht mal mehr weiß, ob sie überhaupt noch am Leben ist.« Damit machte ich einer Angst Luft, die ich bisher verdrängt hatte. »Sogar diese Träume kommen mir jetzt vor wie kindische Sehnsucht. Vielleicht hat mir mein Kopf Träume vorgegaukelt, die mich fälschlicherweise haben glauben lassen, dass es ihre sind. Hajia sagt immer, dass man Hunger haben muss, wenn das Herz essen soll. Je mehr man sich etwas wünscht, desto mehr denkt man daran. Offen gestanden verliere ich so langsam alle Hoffnung, Amerley.«

»NEIN!«, brüllte Amerley so laut, dass ich regelrecht zusammenzuckte.

»Ich glaube, sie ist in Brasilien«, sagte ich.

Amerley stand auf und stemmte die Hände in die Hüften. »Mein Vater und ich haben keine Kontakte mehr nach Brasilien, aber eine meiner Tanten kennt bestimmt Leute, die von dort zurückkehren. Hassana, gib bitte nicht auf! Wir können während des Einkaufens einen Plan schmieden.«

Um zum Handelsposten zu gelangen, schlängelten wir uns durch gewundene Gassen, die sich endlos teilten und wieder miteinander vereinten. Bis wir schließlich die High Street mit Blick auf Ussher Fort erreichten, ein Gebäude, das von den Niederländern errichtet worden war und jetzt als Gefängnis genutzt wurde. Immer wieder schrieben die Zeitungen, wie überfüllt es sei. Ich war schon ein paarmal mit Hajia die High Street entlanggegangen – damals, als ich noch Essen mit ihr verkauft hatte –, war aber nie über Christiansborg hinausgekommen. Amerley und ich gingen weiter, blieben vor kleinen Läden, die Töpfe, Wannen und Stoffe verkauften, stehen, bis wir einen Teil der Straße erreichten, der auf einmal viel grüner, ja wie ein anderes Land wirkte.

»Wo sind wir?«, fragte ich.

»Victoriaborg.«

Die Häuser sahen ganz anders aus als unsere im Zongo, sie waren sogar noch prächtiger als das von Amerley, von unten bis oben weiß gestrichen und von großen Gärten umgeben. Einige Gebäude besaßen sogar drei oder vier Stockwerke. Allein daran, wie die Bäume hier aus dem Boden schossen, sah man, dass hier die Reichen lebten.

»Gibt es hier Afrikaner?«, fragte ich.

»Nicht viele. Der Arzt meines Vaters. Ein paar Anwälte. Nur *sehr* vornehme Schwarze aus Sierra Leone.«

»Die Luft hier ist besser. Irgendetwas fehlt.«

Wir gingen weiter, und dann begriff ich.

»Ich kann die Lagune nicht mehr riechen. Ich kann keinen geräucherten Fisch riechen. Das ist nicht fair! Wir leben unweit der Lagune – und die Europäer können sich trockenes Land aussuchen?«

Amerley zuckte nur mit den Schultern.

In den Zeitungen hatte ich auch gelesen, dass es Landstreitigkeiten zwischen der europäischen Regierung und den hiesigen Königen gebe. Alles verstand ich nicht, aber irgendwie kam es mir so vor, als zögen wir gegen die Europäer ständig den Kürzeren. Private Osman war in ihren Krieg gezogen und daraus zurückgekehrt, zwar zum Glück körperlich unversehrt, aber seelisch krank.

Wir gingen weiter, vorbei am grünsten Gras überhaupt, das teilweise perfekt gemäht war. An anderen Stellen wuchs es erstaunlich hoch, und dahinter schien ein kleiner See zu liegen. Wir blieben vor einem riesigen Gebäude mit zwei Stockwerken stehen, das mich an die Missionsstation in Abetifi erinnerte. Als ich sah, dass es tatsächlich der Handelsposten der Basler Mission war, erstarrte ich. Was, wenn Mrs Ramseyer und ihr Mann hier waren? Doch ich wollte Amerley gegenüber nicht feige wirken, weshalb ich meine Angst hinunterschluckte und ihr folgte.

Der Laden wurde von einem Mann in einer zerknitterten Uniform bewacht. Ich ging hinein, und tausend verschiedene Düfte rangen um Aufmerksamkeit – manche verführerisch wie der Geruch von Neuem, andere abstoßend wie der von Stinkefüßen. Über uns hingen reihenweise Fahrräder, und ich fragte mich, wie sie wohl an der Decke befestigt waren.

Amerley trödelte weniger, als es mir lieb gewesen wäre. Ihr war das alles altbekannt. Sie eilte durch Gänge, die von Regalen mit Zucker, Konserven, Obst und Keksen gesäumt wurden – solche, die Mrs Ramseyer und ihre

Familie zu besonderen Anlässen servierten. Wir kamen an einer wunderschönen Pyramide aus Lampen vorbei, an Rattansesseln und stabil wirkenden Schreibtischen, um dann in einer Abteilung stehen zu bleiben, in der nur zusammengefaltete Kleidung in den Fächern lag.

Als ich den Preis für ein winziges Kleid sah, quollen mir beinahe die Augen aus dem Kopf. Drei Pfund. Ich konnte kaum glauben, dass jemand so viel Geld für ein Kleid übrighatte. Mit meiner Arbeit für Mr Nelson verdiente ich ein Pfund im Monat, davon gab ich Hajia fünfzig Shilling für Kost und Logis ab, die Hälfte meines Gehalts. Ich würde mir das Korsett nicht leisten können und wollte auch nicht, dass Amerley für mich bezahlte. Sie ging Kleider durch und hielt sie sich an, und ich tat dasselbe, um mich von meiner Schnappatmung abzulenken. Wer konnte sich diese Dinge leisten?

Amerley zog mich zu dem Regal mit aufeinandergestapelten Korsetts, und auch dort war alles teuer. Sie griff nach einem schwarz-weißen Exemplar mit Spitzenbesatz, schaute nicht auf den Preis und meinte, wir sollten es anprobieren. Bei den weiter hinten gelegenen Umkleiden musterte uns eine junge Frau und ließ uns passieren – bestimmt, weil sie Amerley wiedererkannte. Wäre ich allein hergekommen, hätte sie mich mit Sicherheit weggeschickt. Schon der Wärter am Eingang hätte mir den Zugang verwehrt.

Ich musste mich vor Amerley ausziehen, woran ich mich so langsam gewöhnte. Ich hatte wirklich das Gefühl, sie wäre eine Art Schwester. Um das Korsett anzuziehen, musste ich den Bauch einziehen und ihn sekundenlang so lassen, während Amerley mir half, es hochzuziehen. Danach versuchte ich auszuatmen, aber mir stockte der Atem.

»Ich krieg keine Luft mehr«, sagte ich.

»Prima, es funktioniert.«

»Ich krieg wirklich keine Luft mehr. Zieh es mir aus!«

»So funktionieren Korsetts nun mal.«

»ZIEH ES MIR AUS!«

Erst da gab sie nach.

Ich war so froh, dass ich es unbequem gefunden hatte.

»Egal, meine Brüste sind ohnehin klein«, sagte ich.

»Du Glückliche.« Sie kniff mir in die Brust. »Ich hab eine Idee wegen deiner Schwester: Du solltest einen Leserbrief an eine brasilianische Zeitung schicken.«

»In welcher brasilianischen Stadt? Wie hat dein Pai so schön gesagt? Das ist ein großes Land.«

Wir gingen wieder, ohne auch nur einen Shilling ausgegeben zu haben, und ich war erleichtert.

Als die Nacht kam, dachte ich daran, dass ich, seit ich Aminah auf Wofa Sarpongs Gehöft zurückgelassen hatte, mit niemandem mehr ein Bett geteilt hatte – auch in der Basler Mission hatten wir jeder ein eigenes Bett gehabt. Es war tröstlich, einen Körper neben mir zu spüren, auch wenn es einer war, der schnarchte. Da ich wegen des Schnarchens nicht richtig zur Ruhe kam, lauschte ich auf die Brandung. Davon wurde ich in den Schlaf gewiegt, nur um wenige Minuten später erneut von Amerleys Schnarchen geweckt zu werden. Ich hätte das als schlimme Nacht betrachten können, aber ich döste zufrieden vor mich hin.

»Ziehen!«, befahl Amerley mir am nächsten Tag, während ihr das Korsett um die Taille hing.

Ich zog es energisch hoch, und sie fiel aufs Bett. Ich lachte, aber sie scherzte nicht. Wir versuchten es immer wieder. Um zehn sollten wir in der Kirche sein, aber als wir Amerley endlich in ihr Korsett und anschließend in ein Blumenkleid mit glockenförmigen Ärmeln gezwängt hatten, war es deutlich später. Ich schlüpfte in ein gelbes Kleid, das sie mir gegeben hatte. Sie nahm mein Haar nach oben, wickelte es zu einem Dutt und steckte eine mit einem Schmetterling verzierte Haarnadel hinein, damit er hielt. Ihre Frisur machte sich Amerley selbst. Offen gestanden wusste ich, vom Flechten zweier Cornrows einmal abgesehen, nicht, wie man sich die Haare macht.

Als wir zur Kirche kamen, ging ich davon aus, dass die Hochzeit längst vorbei sein würde. Aber zu meiner Überraschung waren nur der Bräutigam und die Gäste dort. Amerley schien das bereits vermutet zu haben. Die Kirche, die zum Glück nur eine Straße von Scissors House entfernt lag, war ein Ziegelbau, der prunkvoller war als die Missionskirche. Darin gab es Skulpturen von Yesu am Kreuz mit Dornenkrone – eine Szene, die ich gut aus dem Bibelunterricht in der Missionsstation kannte, auch wenn das in meiner Fantasie ganz anders ausgesehen hatte als hier, weil man sie uns in der Missionsstation meist nur mit Worten und ohne viele Bilder geschildert hatte. Auf dem Altar brannten Kerzen, und die Leute schlugen beim Hereinkommen ein Kreuz, bevor sie sich setzten.

In der Kirche war es heiß. Ich bekam Schweißflecken unter den Armen und fragte mich, wie Amerley überhaupt noch Luft bekam in dem Korsett, das ihre Organe zusammenquetschte – noch dazu unter all ihrer Kleidung. Als die Braut mit ihrem Vater zum Altar schritt, spielte die Orgel eine Melodie, die eher wie ein Trauermarsch klang statt wie ein Hochzeitslied. Wir erhoben uns, während ich mich fragte, wie auch sie genug Luft bekam. Sie war von Kopf bis Fuß in weiße Seide gehüllt, bestimmt trug sie ebenfalls ein Korsett darunter. Auch die Männer schwitzten. Die meisten trugen schwarze Jacketts über weiß gestärkten Hemden und wischten sich ständig über die Stirn. Am glücklichsten wirkten diejenigen, die ihre traditionellen Wickeltücher um die nackten Schultern geschlungen hatten und Shorts trugen. Ich wünschte mir sehnlichst, eine von ihnen zu sein. Der Gottesdienst war der längste, an dem ich jemals teilgenommen hatte. Wir mussten uns so oft erheben und wieder setzen, dass ich versucht war, einfach stehen zu bleiben.

»Wenn ich die Wahl hätte«, flüsterte ich Amerley zu, »wäre ich lieber Protestantin statt Katholikin. Dieser Gottesdienst ist zäh und langweilig.«

Amerley zwinkerte mir zu, riss sich dann aber zusammen, schlug das Kreuz und gebot mir zu schweigen.

Als der Priester das Paar endlich zu Mann und Frau erklärte, war die Hälfte der Gemeinde eingeschlafen.

Erst bei der darauffolgenden Zeremonie wurde die Hochzeit interessant. Wir trafen uns in einem großen Haus in James Town, das laut Amerley ein Mann namens Mama Nassu gebaut hatte. Er war der wichtigste Chief der Brasilianer in Accra, und in seinem Gebäude wurden Familientreffen abgehalten. Heute gehörte das Haus Mr Lutterodt. Im Innenhof wimmelte es nur so von Leuten: Manche Frauen trugen Kentestoffe, andere Weiß. Es gab Männer mit Zylindern und Anzügen und solche in bunten Gewändern. Hocker und Bänke waren um Wannen mit Getränken gruppiert worden. Amerleys Tanten tranken ununterbrochen Palmwein aus Kalebassen. Sie und ich hielten uns an Nmedaa, ein Maisgetränk ohne Alkohol.

Eine der Tanten winkte uns zu sich.

Amerley erzählte mir, dass sie gefragt habe, wer die junge Bohnenstange sei.

Sie redeten auf Ga weiter, dann musterte mich die Tante von Kopf bis Fuß, als stünde ich zum Verkauf. Das erinnerte mich daran, wie Wofa Sarpong Aminah und mich ausgesucht hatte. Meine Kiefermuskeln mahlten, und ich musste die Stirn gerunzelt oder eine Grimasse gezogen haben, weil sie auf einmal abschätzig schnalzte und sich abwandte. Amerley sagte, ihre Tante wolle wissen, woher ich stamme.

»Sie ist neugierig und betrunken«, erklärte Amerley. »Achte nicht weiter auf sie.«

Wir setzten uns und aßen eine Schale Kenkey mit frittiertem Fisch, pürierten Tomaten und Paprika. Obwohl ich schon seit zwei Jahren in Accra lebte, mochte ich diesen fermentierten Maiskloß immer noch nicht, aber der Fisch war frisch und knusprig.

Amerley, die sich die Lippen leckte, stockte plötzlich der Atem.

»Nicht gucken!« Sie drehte sich so, dass wir das große Gebäude im Innenhof statt den Eingang im Blick hatten. »Mr Lutterodt und sein Sohn.«

Mr Lutterodt war ein bedeutender Anwalt, der wollte, dass sein Sohn und Amerley heirateten. Der Sohn war neunzehn, und wir waren erst fünfzehn. Mr Nelson wünschte sich, dass Amerley zuerst die Schule beendete, wollte ihr aber auch nicht die Chance nehmen, die soziale Leiter der Goldküste noch weiter emporzuklettern. Deshalb hatte er eine lose Vereinbarung mit dem Vater des Bräutigams getroffen, die die beiden jungen Leute aneinander band. Wenn Amerley dann so weit wäre, würde es eine offizielle Verlobung geben. Das einzige Problem war nur, dass Amerley es kaum ertrug, auch nur kurz in Gegenwart des Sohnes zu sein. Insgeheim war ich froh, dass ich ohne jede familiäre Einmischung selbst über mein Leben bestimmen konnte. Ich durfte tun und lassen, was ich wollte – ein schwindelerregender Gedanke.

Wir liefen zwischen den Gebäuden umher und probierten noch von anderen Köstlichkeiten, die überall bereitstanden. Mein Bauch war dermaßen voll, dass er weit vorstand. Was war ich froh, dass ich keines von diesen schrecklichen Korsetts trug! Ich amüsierte mich damit zu zählen, wie viele Frauen hier wohl eines trugen – je nachdem, wie gequält ihr Gesichtsausdruck war. Ich konnte Amerley leider nicht einbeziehen, weil sie mit dazugehörte und meinen Humor bestimmt nicht zu schätzen gewusst hätte. Auf jeden Fall fragten ihre Verwandten ständig nach Fortschritten in der Schule und warum sie nicht mehr zu Besuch komme. Dann liefen wir John Lutterodt junior direkt in die Arme. Ich versuchte, jemanden zu finden, und das Universum tat alles, um die Person von mir fernzuhalten. Jemandem aus dem Weg zu gehen war das genaue Gegenteil.

John Juniors Haut war so hell wie Sheabutter, obwohl Amerley erzählte, es sei mindestens vier Generationen her, dass er einen weißen Vorfahren gehabt habe. Er strahlte Amerley an und reichte erst ihr und dann mir die Hand.

»Und deine Freundin ist …?«, fragte er.

»Hassana, John.«

»Es ist mir eine Freude«, sagte John. Dann stand er da und starrte uns an. Amerley hatte recht – was für ein Langweiler!

»Wie fandest du die Hochzeit?«, fragte ich schließlich, weil die Stille zu ohrenbetäubend war.

»Schön. Aber wenn wir so weit sind, wird es noch schöner.«

Amerley rang sich ein Lächeln ab und behauptete, Aunty Adukoi wolle sie sehen. Sie zerrte an meinem Arm, und wir gingen.

»Wo ist deine Aunty?«, fragte ich.

»Ich habe gelogen. Stell dir bloß vor, mit so was auf immer und ewig verheiratet zu sein«, stöhnte sie, als wir uns einer Gruppe von Frauen genähert hatten, die inzwischen noch viel betrunkener waren. Im Zongo, ja sogar damals, während meiner Kindheit in Botu, war es ungewöhnlich, dass Frauen so viel tranken. Mir gefiel, dass sie hier tun und lassen konnten, was sie wollten. »Wir können uns nicht mal unterhalten, ohne dass ich mich unwohl fühle. Lass uns tanzen.«

Trommler schlugen ihre Instrumente, spielten Kpanlogo-Musik, und die Aunties schwenkten Hüften und Po dazu, gingen immer tiefer Richtung Boden. Amerley und ich machten mit. Ich konnte mich nicht mehr daran erinnern, wann ich das letzte Mal getanzt hatte. Als ich so acht oder neun gewesen war? Wir tanzten, aßen, tranken Nmedaa und landeten dann bei einer Gruppe von Aunties, die sich gerade Geschichten erzählten. Ich bat Amerley, mir die lustigsten Stellen aus dem Ga zu übersetzen, hörte aber nicht richtig zu. Sie sprachen darüber, wie sie ihre Männer verführt hatten. Eine sprach von Juju; eine andere sagte, es sei beim Dorftanz passiert. Ich saß da und schaute in den Himmel. Er war tiefviolett, Wolkenfetzen umgaben einen vollen Mond. Ich fühlte mich glücklich, aber auch leer, und fragte mich, wie sich diese beiden Empfindungen so problemlos in mir vermischen konnten. Ich war zufrieden damit, hier zu sein, trotzdem klaffte da immer eine Lücke in mir. Ich wünschte mir ein Ziel, einen Grund, hier zu sein. Trotzdem wollte ich in diesem Moment nirgendwo sonst sein.

Wir blieben so lange auf, dass ein Kirchgang am nächsten Tag außer Frage stand, und ich war froh darüber. Ich konnte mir nicht vorstellen, noch so einen katholischen Gottesdienst über mich ergehen lassen zu müssen. Als ich dies Amerley, die auf dem Rücken lag, mitteilte, drehte sie sich zu mir und sagte: »Und welcher Religion gehörst du an?«

Ich kannte die Bibel in- und auswendig, konnte aber nicht behaupten, Christin zu sein. Und was Otienu und meinen alten Glauben anging, schien ich beides in Botu zurückgelassen zu haben. Ich war in einem Schwebezustand.

»Keine Ahnung«, sagte ich.

»Du solltest dich taufen lassen. Dann kommt deine Seele wenigstens nicht in die Hölle.«

»Als ich in der Missionsstation lebte, habe ich eine meiner Lehrerinnen nach der Hölle gefragt und gesagt, dass sich dieses Leben manchmal wie die Hölle anfühle. Zum Beispiel, als ich mit ansehen musste, wie mein Zuhause in Flammen aufging, mit meiner Mutter darin … Schlimmer kann es kaum werden. Sie hatte mir nichts dazu zu sagen. Nach allem, was ich von unserem alten Glauben weiß, wurde unser Gott nur wütend auf uns, wenn wir etwas falsch gemacht hatten. Dann haben wir ihm Opfer dargebracht, um ihn wieder zu beruhigen. Ich weiß heute noch nicht, was unser ganzes Dorf falsch gemacht haben soll, um die Sklavenjäger zu verdienen, die uns ermordet und entführt haben. Offen gestanden weiß ich gar nicht mehr, was ich glauben soll.«

»Wir sind jung«, sagte sie. »Wir haben noch ein Leben lang Zeit, uns zu entscheiden.«

Die Übernachtung bei Amerley hatte mir gutgetan, sodass ich es noch eine Woche mit Private Osmans Albträumen aushielt. Vor lauter Schlafmangel und Angst, was er als Nächstes tun würde, fühlte sich Hajia jedoch gezwungen, Private Osmans Vorgesetztem von seinem Zustand zu erzählen. Der Mann ließ ihn einweisen.

Private Osman war fast zwei Monate weggesperrt, als Hajia, ihre Söhne und ich zur High Street aufbrachen. Wir nahmen denselben Weg wie ich damals mit Amerley, nur aus einem ganz anderen Grund. Während Amerley und ich ausgiebig das Gebäude und die dort ein- und ausgehenden Leute beobachtet hatten, lag Hajia und mir jetzt eine schwere Last auf der Brust. Wir erreichten das Gebäude, das einst das Oberste Gericht von Victoriaborg gewesen war, und wurden von dem Wort *Irrenhaus* willkommen geheißen, das ins Gesims gemeißelt worden war. Der lange Eingangsflur war dunkel und stank nach Desinfektionsmitteln und Urin. Am Ende des Flurs schaute ein weiß gekleideter Mann auf.

Tränen standen in Hajias Augen, und sie brachte kaum ein Wort heraus, sodass ich ihm Private Osmans vollständigen Namen nannte.

»Dritter Stock«, sagte er.

Im ersten Stock sorgten die Schreie, die durch die verschlossenen Türen drangen, dafür, dass wir schnell weitereilten. Im zweiten Stock herrschte weniger Lärm, und im dritten war es so still wie auf einem Friedhof. Es war dort auch heller als unten. Wir öffneten die Tür zur Krankenstation und sahen, dass der Raum auf beiden Seiten von Betten gesäumt war. Ich las die Namen an ihrem Fußende, weil hier ein jeder in seiner eigenen Welt und nicht wiederzuerkennen war.

Als sie ihren Mann sah, schluchzte Hajia laut auf, und der Wärter ermahnte uns, nicht so viel Krach zu machen. Hajia umarmte Private Osman, und die Kinder näherten sich ihrem Vater, wollten ihn aber nicht anfassen. Er sah mich an und nickte. Er, der ohnehin klein gewesen war, schien regelrecht geschrumpft zu sein. Seine Haut war wie vertrocknet, wie Elefantenhaut. Hajia öffnete ihre Tasche und holte ein grünes Bündel hervor, das sie öffnete, um Kafa, weißes, geschmackloses Maismehl, zu enthüllen – Schonkost für Kranke. Private Osman kaute langsam, betrachtete seine Kinder und lächelte.

Ich wollte jemanden fragen, wann er wieder nach Hause dürfe, aber die Wärter – es waren zwei – wirkten derart einschüchternd, dass ich mich erst einmal an Hajia wandte.

»Soll ich mit ihnen reden?«, fragte ich, und sie nickte.

Ich stand auf, reckte das Kinn und näherte mich den Männern. Ich wollte den britischen Akzent nachahmen, hatte aber das, was ich bei Richard aufgeschnappt hatte, wieder verlernt. Deshalb nahm ich einfach meinen ganzen Mut zusammen und sagte: »Guten Morgen.«

Sie reagierten nicht, nahmen mich aber wenigstens wahr.

»Meine Tante und ich möchten wissen, wann mein Onkel wieder nach Hause darf.«

»Nur die Ärzte können ihn entlassen«, sagte einer der Wärter.

»Wo ist der Arzt?«

»Der kommt und geht. Nächste Woche.«

Auf einmal wurde mir ganz heiß, und ich hätte am liebsten geschrien, dass sie sich besser um ihn kümmern sollten. Das war ungerecht und unfair, aber ich wollte nichts tun, was ihm schaden konnte. Ich betrachtete die anderen Patienten und fragte mich, wie lange sie schon hier waren. Sie wirkten vollkommen verloren, so als flehten sie darum, von diesem Leben erlöst zu werden. Das hier war nicht mehr Private Osman. Sein Arzt hatte Hajia gesagt, dass er gegen Melancholie behandelt werde. Er war zerstört, wollte diese Welt aber nicht verlassen.

Als ich Hajia Bescheid gab, drückte sie Private Osman noch mehr Kafa in die Hand, umarmte ihn und verließ mit uns das Krankenhaus.

Es ist eine Sache, nicht zu wissen, wo die eigene Familie geblieben ist. Aber mit ansehen zu müssen, wie ein Familienmitglied schlecht behandelt wird, und nichts dagegen tun zu können … Das machte mich rasend. Ich kannte jemanden, der mir helfen würde: Amerley. Wir würden für Private Osman kämpfen.

»Lass uns eine Petition verfassen«, sagte sie, als ich ihr von unserem Besuch erzählte.

Sie löste ein Blatt aus einem ihrer Notizbücher, legte ein Holzlineal an und riss die ungleiche Kante ab. Mit einem Tintenfass und einer Schreibfeder, die sie mitsamt einem Wörterbuch vom Schreibtisch geholt hatte, setzten wir uns auf ihr Bett. Wir schrieben, strichen aus, formulierten um und korrigierten, bis wir einen anständigen Text hatten. Mein Lieblingsabsatz lautete: *Es ist unerhört, dass ein Mann, der der Queen und dem Land in der Gold Coast Constabulary gedient hat, nach einem leichten Nervenzusammenbruch in einem erbärmlichen Irrenhaus festgehalten wird. Wir fordern seine unverzügliche Entlassung.*

»Und jetzt?«, fragte ich.

»Jetzt bringen wir das zum Freund meines Vaters, der Anwalt ist. Er ist recht kämpferisch.«

Ich war mir sicher, dass das Feuer, das ich in Amerleys Augen sah, dem in meiner Brust kein bisschen nachstand. Was, wenn wir es wirklich schaffen würden, den Leuten in Accra zu Gerechtigkeit zu verhelfen und anschließend der gesamten Goldküste? Wenn wir dafür sorgen würden, dass Leute wie Wofa Sarpong für die Sklavenhaltung büßen müssten, ja dass die Menschen dingfest gemacht würden, die mein Dorf niedergebrannt und mich von meiner Familie getrennt hatten? Was, wenn ich selbst Anwältin würde?

Anwalt Easterman war sehr beschäftigt, bat uns aber, den Brief dazulassen. Ich hatte den leisen Verdacht, der Brief könnte in seinem Büro unter Spinnweben begraben werden – und mit ihm sämtliche Träume, die Wehrlosen zu verteidigen. Ich fragte mich, was mir mehr Macht geben würde. Würde es helfen, wenn ich in eine große Goldküstenfamilie hineingeboren worden wäre? Wenn ich ein Junge wäre? Wenn ich keine Sklavin gewesen wäre?

Amerley klatschte in die Hände und strahlte. Wir bedankten uns beim Sekretär von Mr Easterman, doch die gute Laune meiner Freundin konnte mich nicht anstecken. Ich war mir nicht mal sicher, ob Mr Easterman unseren Brief überhaupt lesen würde. Ich fühlte mich alles andere als siegesgewiss. Ich fühlte mich machtlos.

7
Vitória

Der Himmel verdunkelte sich. Es donnerte, und die Bäume schwankten, wie von Pinga berauscht. Obwohl das schon Vitórias fünfte Regenzeit in Bahia war, staunte sie immer noch, wie Erde so durstig sein konnte – sie wollte einfach nicht, dass der Himmel aufhörte, sich zu entleeren.

Yaya hatte das Bett schon seit einer Woche nicht mehr verlassen, und als Vitória das Zimmer der alten Frau betrat, hörte sie leises Schnarchen. Sie ging in die Küche, gab Bohnen in eine Schale und Palmöl sowie Farina dazu. Sie hatte schon so viel Farina und Bohnen gegessen, dass sie glaubte, ihr würden bald Bohnensprossen und Maniokriebe aus dem Kopf schießen. Vitória nahm ihre Schale mit ins Wohnzimmer, setzte sich ans Fenster und schaute in den strömenden Regen hinaus. Yayas Schmerzen hielten in der Regel mehrere Tage lang an. Dieses Jahr war es beängstigend, wie lange sie im Bett blieb.

Vitória verbrachte den Regentag überwiegend damit,

Kleider für ihre Kunden zu nähen. Als der erste Sonnenstrahl durch die Wolken brach, griff sie nach einem Korb und ging zum Markt. Huhn oder Schweinefleisch würde die Monotonie der Bohnen durchbrechen. Wenn Yayas Knochen nicht mehr so schmerzten, würden wenigstens die Einkäufe erledigt und die Kleider fertig sein.

Das Kreischen eines Tukans verstummte, als Vitória den Berg hinunterging. Er klang wie ein großer Frosch. Sie schaute auf und sah, wie der große schwarz-gelbe Vogel im Wipfel eines Cashewbaums landete. Immer, wenn sie einen Tukan sah, musste sie an den Toko denken, den Hassana als ihren Cousin im Vogelreich bezeichnete, weil diese Tiere auch immer zu zweit herumflogen: Der eine rief, und der andere folgte. Die in Botu waren oft schwarz-weiß gewesen, manche mit einem roten Schnabel. Außerdem war ihnen ein melodiöses Lied vergönnt, das weit von diesem Froschquaken entfernt war. Doch auch der Tukan wirkte einsam. Sie pfiff sein schreckliches Lied und ging dann weiter zum Markt.

Bei ihrer Rückkehr ließ sie den Korb in der Küche stehen und schaute erneut nach Yaya, die geschrumpft und grau wirkte. Als Vitória näher schlich, sah sie, dass Yaya der Schweiß auf der Stirn stand. Sie holte einen Krug Wasser und ein Handtuch und tupfte Stirn und Brust der alten Frau ab. Sie löste Yayas straffe graue Cornrows, griff in die Locken und massierte ihr die Kopfhaut. Dann kochte sie eine Tomatensuppe mit Schweinefleisch und brachte ihr die Schale. Yaya nippte daran, verweigerte aber das Fleisch.

Während der vorherigen Regenzeiten hatte es Vitória nicht so ernst genommen, wenn Yaya im Bett blieb. Das war die Gelegenheit für die alte Frau, etwas Ruhe zu haben, bevor andere wieder etwas von ihr wollten – Kleider, Ratschläge, Anweisungen für die Zeremonien. Doch diesmal war es anders. Vitória hatte das Gefühl, als hätte man ihr sämtliche Träume erfüllt – nur um ihr anschließend wieder alles wegzunehmen. Sie konnte sich nicht mehr allein um Yaya kümmern. Sie ging Schwester Maria holen, die bei den Candomblé-Zeremonien half, und kehrte mit ihr in Yayas dunkles Zimmer zurück. Schwester Maria schnupperte und jammerte.

»Yaya, du weißt, dass wir dich alle brauchen, also bitte halte durch. Kämpfe, uns zuliebe.«

Nachdem sich die Frau wieder beruhigt hatte, fragte Vitória: »Was hat sie denn?«

»Bela, sie glüht förmlich. Fieber.«

Yaya murmelte etwas.

Schwester Maria beugte sich zu ihr, nickte und sagte: »Vitória, zeig mir Yayas Blätter. Die Medizin.«

Vitória ging in die Küche, wühlte im Schrank, in dem Yaya Blätter für Zeremonien aufbewahrte, und kehrte mit einem Topf voller Kräuter zurück. Schwester Maria nahm eine Rinde und weichte sie in einem Glas Wasser ein, das sie anschließend an Yayas Lippen führte. Die alte Frau zuckte zusammen und schluckte die Medizin. Dann schloss sie die Augen. Schwester Maria und Vitória verließen das Zimmer.

An den darauffolgenden Tagen verbesserte sich ihr Zustand nicht. Schwester Maria übernahm die Candomblé-Zeremonien im Tempel, und Vitória bereitete die Speisen dafür zu, schützte Yaya vor zu vielen Besuchen. Wenn Yaya jemals etwas Negatives über ein Gemeindemitglied gesagt hatte, ließ Vitória es nicht zu ihr vor. »Yaya schläft«, sagte sie dann.

Drei Wochen vergingen, und Yaya weigerte sich, einen Arzt hinzuzuziehen: Da drei Orixás für sie arbeiteten, brauche sie niemanden zu sehen, dessen Medizin sowieso nicht helfe. Sie sagte Vitória und Schwester Maria, welche Kräuter diese heraussuchen sollten, damit es ihr wieder besser gehe. Yaya hatte ihre letzten Rundungen verloren und sah ganz verschrumpelt aus, wie sie da so in ihrem Bett lag. Schließlich bat sie darum, von dem Babalorixá, der Vitória eingeweiht hatte, behandelt zu werden. Er blieb den ganzen Tag bei ihr im Zimmer.

Einmal erzählte Schwester Maria unaufgefordert, Yayas Leben sei ausschließlich schwierig gewesen. Sie habe als Amme für eine wohlhabende Familie in Salvador gearbeitet, die Yayas Kinder an andere Plantagen verkauft habe. Sie habe Geld beiseitegelegt, Münze für Münze, bis sie in der Lage gewesen sei, sich freizukaufen. Das Ganze habe über dreißig Jahre gedauert. Danach habe Yaya sich geschworen, alles zu tun, was in ihrer Macht stehe, um andere zu befreien. Die Leute hätten sie nicht gemocht, weil sie gedacht hätten, sie kaufe die Menschen, um sie zu versklaven.

»Ja«, sagte Schwester Maria, »auch wir Schwarzen versklaven andere Schwarze – sogar hier in Bahia.«

Yaya wollte nichts anderes, als ihnen die Freiheit zu schenken. Und mit einigen dieser befreiten Männer und Frauen gründete sie ihren Terreiro, recht spät im Leben, bekam dadurch aber deutlich mehr Kinder als die, die sie verloren hatte. Vitória fragte, warum Yaya nach Brasilien zurückgekehrt sei, und Schwester Maria meinte, Yaya habe ihr gesagt, die Gottheiten hätten sie gebeten, diese Arbeit zu tun, um allen zu helfen, sich zu befreien. So lange, bis jeder in ihrem Umfeld körperlich und seelisch frei sei, könne sie nicht aufhören zu arbeiten. Die Sklaverei sei vorbei, aber die Seelen der Menschen seien nach wie vor gefesselt.

Vitória stahl sich manchmal davon, wenn Schwester Maria kam, damit sie durchatmen konnte. Sie wollte nicht das Gefühl haben, dass auch Yaya zu den Vorfahren gehen würde. Oft erzählte sie Schwester Maria, dass sie zum Markt gehe – was sie auch tat, allerdings in Begleitung von Joaquim. Er schlug vor, nach Itaparica zu fahren, zu der Insel, auf der sein Vater aufgewachsen war.

»Wie das?«

»Ich werde dich auf eine Jangada mitnehmen.«

»Ich fürchte mich vor Wasser.«

»Ah, Vitória! Du bist eine Tochter Yemanjás.«

»Du weißt, dass sie ihre Kinder manchmal gern bei sich behält.«

»Wenn Yemanjá sich für dich entschieden hat, wird sie dich beschützen.«

Das sagte er dermaßen überzeugt, dass sie ihm zwar nicht wirklich glaubte, aber bereit war, ihm zu vertrauen. Sie musste wieder an Yayas Worte denken, daran, dass man Männern nicht trauen dürfe. Gott sei Dank war Joaquim noch kein Mann! Sie willigte ein mitzufahren.

Sie kehrten der Stadt den Rücken zu, und Vitória drehte sich um, um sich davon zu überzeugen, dass Schwester Maria ihr nicht gefolgt war. Ihr gefielen die Fragen nicht, die die Frau stellte, wenn sie vom Markt zurückkam. Warum sie so lang gebraucht habe? Ob der dünne Acarajé-Verkäufer am Straßenrand gestanden habe? Mit Sicherheit dachte die Frau, Vitória sei wer weiß wo gewesen.

An der Küste schob Joaquim die floßartige Jangada mit ihren weißen Segeln ins Wasser, die Muskeln seiner dünnen Arme spannten sich an. Vitória staunte, dass er überall barfuß hinging. Als Tochter eines Schuhmachers hatte sie stets Schuhe besessen – bis die Reiter sie entführt hatten.

Er rief nach Vitória, doch ihre Füße wollten sich nicht vom Ufersand lösen.

»Komm!«, beharrte er.

»Ich kann nicht.«

»Gut. Schließ die Augen.«

Sie kniff die Lider zusammen. Plötzlich wurde sie leicht wie Luft, als er sie hochhob und auf einen Sitz auf dem Floß setzte. Sie schlug die Augen auf. Er ruderte, und schon bald waren sie von klarem Wasser umgeben.

Sie schaute nach unten und merkte, dass der Meeresgrund ganz nah war. Schulen von Fischen sausten vor den Rudern davon, und wenn Joaquim sie betätigte, wirbelte Sand auf und trübte das Wasser der Bucht.

»Ich könnte dir das Schwimmen beibringen«, schlug Joaquim vor, ließ die Ruder los und die Segel die Arbeit machen.

»Meine Schwester hat es versucht. Es funktioniert nicht.«

Sie schaute nach vorn, mit steifem Nacken, und sah, wie die grüne Insel Itaparica näher kam. Sie warf einen kurzen Blick aufs Wasser und bereute es sofort. Sie konnte den Meeresgrund der Bucht nicht mehr erkennen.

»Der Blick auf Salvador, den du von hier aus hast, ist atemberaubend«, sagte Joaquim.

Sie versuchte, sich umzudrehen, aber die Jangada schaukelte nach links, also straffte sie sich und beschloss, den Blick auf dem Rückweg zu genießen. Sie sah Boote voller Bananen und Ananas, die auf Salvador Kurs hielten. Ein Mann in einer anderen Jangada winkte Joaquim zu. Nachdem sie zwischen den vielen Mangrovenarmen hindurchgerudert und an einem Sandstrand von Itaparica gelandet waren, tat ihr der Nacken weh. Sie waren, so kam es ihr vor, Stunden gesegelt. Die grüne Insel hieß sie mit ihren pastellgelben, blauen und rosa Häusern willkommen.

»Wie retten wir Yayas Terreiro?«, fragte Vitória, als sie auf eine gemauerte Kirche zugingen. Es war einfach nicht fair, dass diese Kirchen aufhaben konnte, nicht aber der Terreiro, nur wegen seiner Wurzeln. »Ich habe Angst, dass Yaya stirbt.«

Sie unterdrückte ein Schluchzen, und er nahm sie in den Arm, tätschelte ihr den Rücken.

»Yaya sollte nicht die Einzige sein, die Geld in einen Ort steckt, der uns alle rettet«, meinte Joaquim und führte sie zurück ans Meer.

Sie setzten sich an den halbmondförmigen Strand und sahen dem unaufhörlichen Gewusel der Krabben zu. Eine Krabbe verschwand in einem Loch, kam wieder heraus, lud ihre Last ab, und dann begann das Ganze von vorn.

»Was, wenn wir herumgehen und alle bitten, ein paar Réis im Monat zu spenden?«, schlug Vitória vor. »Viel dürfte nicht zusammenkommen, aber immerhin etwas, was wir Senhor Ferreira geben können.«

»Ja«, sagte Joaquim. »Mein Pai hat immer gesagt: ›Beamte sind solche Banditen, dass sie jede Summe nehmen.‹«

»Wir machen das Yaya zuliebe – wir werden ihre Arbeit, die Menschen und ihre Seelen zu befreien, fortsetzen.«

Sie starrten sich an, und Joaquim beugte sich vor. Ihre Haut berührte sich. Verglichen mit ihrer Wärme, war er kühl. Sein Duft war zitronig, mit einem Hauch von Salz. Salz? Sie hatte gar nicht gemerkt, dass sie kurz mit der Zunge über seine glatte Haut gefahren war. Ehe sie sich's versah, streiften seine Lippen die ihren, und sie erwiderte den Kuss – die schönste Erfahrung, die ihr Körper je gemacht hatte. Ihr Herz schlug schneller, das Blut rauschte ihr in den Adern, und sie schmiegte sich an ihn. Er wich zurück und schaute ihr in die Augen. Erst da landete sie wieder auf dem Boden der Tatsachen.

Er zeigte ihr den Hauptplatz der Insel, ihre Festung und ließ sie das leise Quaken ihrer Frösche hören, die sogar tagsüber sangen. Sie liefen die Küste entlang, und Vitória staunte, wie weit das Meer während ihres kurzen Aufenthalts zurückgewichen war. Sie würden über zwanzig Schritte zum Wasser machen müssen. Sie blieben vor dem Haus von Joaquims Vater stehen, und Vitória wurde ganz beklommen zumute. Grünes Gestrüpp überwucherte, was von den roten Ziegeln noch übrig war. Mit ihrem Terreiro durfte das auf keinen Fall passieren.

Als sie nach Hause kam, hatte Schwester Maria Tränen in den Augen.

»Ich glaube, es geht zu Ende«, flüsterte sie.

Vitória bekam ein schlechtes Gewissen, weil sie den Tag mit Joaquim statt mit Yaya verbracht hatte. Noch mehr setzte ihr zu, dass sie nicht auf Yaya gehört und ihre Ausflüge mit ihm fortgesetzt hatte.

Sie schlich in Yayas Zimmer und setzte sich zu ihr aufs Bett, das Quietschen der Matratze weckte die alte Frau. Ihr Gesicht war glatt und erinnerte sie an das Neugeborene ihrer Mutter. Wie konnte es sein, dass sich Geburt und Tod so sehr ähnelten? Vermutlich waren sie einfach nur die zwei entgegengesetzten Enden eines Seils. Und ein Seil konnte einen Kreis bilden. Was war das Leben anderes als ein Kreis?

»Vitória, zieh los, und finde sie«, flüsterte Yaya.

»Wen?«

»Deine Zwillingsschwester.«

Vitória fuhr herum. Yayas Worte überraschten sie dermaßen, dass sie viel zu laut sagte: »Woher weißt du das?«

»Ich dachte mir schon, dass du was Besonderes bist, als dir der Babalorixá sagte, dass du sowohl Yemanjá als auch Ibeji empfangen kannst. Aber offen gestanden hat es mir Sule erzählt. Vielleicht vor ein, zwei Jahren kam er zu mir, weil er etwas zu lesen für dich dabeihatte. Nebenbei ließ er fallen, dass es um deinen Zwilling gehe. Ich tat so, als wüsste ich davon. Ich hätte dich niemals hierhergebracht, wenn ich gewusst hätte, dass du ein Zwilling bist. Ich hatte sogar vor, dich höchstpersönlich wieder zurückzubringen, aber meine Krankheit hat das verhindert. Warum hast du mir nie davon erzählt?«

Yaya schürzte die Lippen, und Vitória schwieg. Die ganze Zeit über hatte sie geglaubt, Yaya einen Teil von sich verheimlichen zu müssen.

»Ich wollte nicht … ich wusste nicht, wie ich sie finden soll«, flüsterte Vitória verlegen.

»Du musst es versuchen«, sagte Yaya erneut und grub ihre Finger in Vitórias Handgelenk.

»Ich kann nicht einfach nach Botu zurückkehren und sie suchen. Sie ist entführt worden, genau wie ich.«

»Wenn sie nach dir sucht und du nach ihr suchst, werdet ihr euch finden. Ihr müsst euch nur im selben Land aufhalten. Dieses Wasser, das Meer – es kann die Verbindung unterbrechen. Es macht die Dinge unscharf. Überquere es, und kehre zu ihr zurück. Ihr habt dieselbe heilige Seele.« Yaya hielt inne. »Ich weiß, wie es ist, wenn man Familienmitglieder verliert. Es kann einen einsam und verbittert machen. Finde sie.«

Das war Vitória nicht neu, brachte aber alle ihre Pläne durcheinander. Ihre Mutter hatte immer das Wort *Misuama* für Blut verwendet und oft gesagt, Vitória und Hassana hätten dasselbe *Misuama*. Deshalb waren ihre Träume miteinander verbunden. Doch Vitória hatte andere Fragen.

»Yaya, warum bin ich so weit fortgebracht worden, wenn ich jetzt wieder dahin zurücksoll, wo ich hergekommen bin?«, fragte Vitória. Sie dachte an ihren Plan, den Terreiro zu retten, an eine mögliche Zukunft mit Joaquim.

»Der Weg wird dir mit der Zeit klarer werden. Du bist nicht mehr diejenige, die ich vor fünf Jahren auf den Straßen von Lagos aufgelesen habe. Wer kam zuerst zur Welt? Du?«

»Sie.«

»Das ist wichtig ...«

Vitoria gefiel die Endgültigkeit dieses Gesprächs nicht. Es war, als übermittelte ihr Yaya den letzten Rest Weisheit, bevor sie diese Welt verließ, und das schmerzte Vitória. Sie wollte aus dem Zimmer gehen, doch Yayas Finger hielten ihre energisch fest.

»Du bist Kehinde«, sagte Yaya mit heiserer Stimme.

»Das heißt, dass du die Zweitgeborene von Zwillingen bist. Dennoch bist du die Ältere. Du hast deine Taiwo vorgeschickt, um die Welt kennenzulernen, und sie, der erstgeborene Zwilling, hat gesagt, dass du rauskommen kannst. Das bedeutet, dass du die Anweisungen gibst. Du bist diejenige, die den Schlüssel dazu in der Hand hält, dass ihr euch findet. Du hast dich stets für die Kleinere gehalten, aber du hast das Kommando. Ohne dich hat sie kein Ziel. Sie macht, was du sagst. Du bist die Hüterin eurer gemeinsamen Seele.«

Yaya redete zu viel. Was waren das für neue Namen, Kehinde und Taiwo? Sosehr sie sich diese Worte auch übersetzen lassen wollte: Es gefiel ihr gar nicht, wie pfeifend Yayas Atmung geworden war. Sie nahm Yayas Hände und schaute in die kleinen Augen der Frau. Die starrte zur Decke, und Vitória folgte ihrem Blick. Da war nichts, doch Yaya hörte nicht auf, nach oben zu schauen. Die Augen der alten Frau wurden kleiner, und bald verlangsamte sich ihre Atmung.

Vitória schloss Yayas Augen. Sie hatte noch nie so etwas tun müssen, dennoch fühlte es sich völlig natürlich an, die Läden der Fenster zu Yayas Seele zu schließen. Dann verließ sie das Zimmer und rief nach Schwester Maria, die in der Küche etwas zu essen zubereitete.

»Sie ist von uns gegangen.« Vitória schluchzte laut.

Schwester Maria begann zu stöhnen und summte dann ein Lied für Xango, Yayas Orixá.

Vitória ging in ihr Zimmer und rollte sich auf ihrem Bett zusammen.

Leute kamen, und Vitória musste hinausgehen und sie begrüßen – Yayas Beerdigung sei ein Anlass, zu dem die Menschen sogar aus Rio anreisen würden, so Schwester Maria.

Recht hatte sie: Die Beerdigung war ein so großes Ereignis, dass sie in einem der größeren Terreiros von Bahia stattfand. Alle trugen Weiß und sangen von morgens bis abends. Es waren jede Menge Leute da, zu viele Leute. Vitória saß in einer Ecke des Zimmers. Sie saß einfach nur da. Sie war nicht in der Lage gewesen, irgendetwas zu tun, und hatte ihren Plan, Geld zu sammeln, aufgegeben. Schwester Maria und die anderen älteren Mitglieder des Terreiro ließen sie in Ruhe. Vitória fühlte sich wie ausgeweidet. Joaquim brachte ihr einen Teller Feijoada, die sie nicht anrührte. Nach allem, was mit ihrer Familie passiert war, hatte sie geglaubt, erst einmal keine weiteren Tragödien erleben zu müssen. Doch sie waren ihr weiterhin auf den Fersen. Sie weinte sich in den Schlaf.

Sie ist unter Wasser und atmet. Sie umkreist ihre Schwester. Sie durchbricht die Wasseroberfläche, schießt hoch in die Luft, und ihre Lunge weitet sich. Sie schwimmt ohne jede fremde Hilfe.

Nach der Beerdigung zog Vitória zu Schwester Maria auf die andere Seite des Berges. Eines Abends hörte sie, wie diese mit ihrem Mann stritt. Zunächst dachte sie, das gehe sie nichts an, weshalb sie in ihrem Zimmer bleiben wollte. Aber als sie mitbekam, dass sie über das Vorhaben der Stadt Salvador redeten, ihren Terreiro zu schließen, verließ sie es.

Schwester Maria stritt nicht. Tränen liefen ihr über die Wangen, und ihre Augen waren ganz rot. Ihr Mann saß da und musterte sie mit hervorquellenden Augen, aber er schwieg. Aus seinem Gesicht war jede Farbe gewichen, er tat nichts anderes, als Bier zu trinken und mit seinen Freunden Brettspiele zu machen.

»Sie schließen den Terreiro?«, sagte Vitória.

Schwester Maria erklärte, dass Yayas gute Beziehungen zu einem Politiker der einzige Grund waren, warum sie noch so lange Candomblé hatte praktizieren und den Terreiro geöffnet halten dürfen. Die Stadt wollte die Candomblé-Anhänger reduzieren und nutzte dafür schon kleinste Regelübertretungen als Vorwand. Yayas einziger Regelverstoß war der, zu sterben und eine verwaiste Gemeinde zurückzulassen. Schwester Maria erzählte, Yaya habe sie noch vor ihrer Bettlägerigkeit zu einem Treffen mit dem Politiker mitgenommen, und der Mann habe sie auch empfangen. Aber als Schwester Maria versucht habe, ihn alleine zu treffen, mit dem Geld, das Yaya hinterlassen hatte, behauptete er, sie nicht zu kennen.

Vitória fielen die Krabben am Strand wieder ein – damals, als sie mit Joaquim auf Itaparica gewesen war. Sie hörten nie auf, sich zu bewegen. Selbst als Vitória sie verscheucht hatte, hatten sie nur kurz innegehalten, um ihre Arbeit anschließend sogleich wiederaufzunehmen.

»Wir gehen noch mal hin«, sagte Vitória. Ihr war schlecht vor Angst, gleichzeitig war sie ganz aufgeregt. »Wir setzen uns jeden Tag vor seine Tür. Wir haben das Geld.«

Im Terreiro hatte Vitória nur Gutes erlebt: Es handelte sich um eine Glaubensgemeinschaft, die zusammenkam, um mit den Vorfahren und Schutzgeistern zu kommunizieren. Um einen Ort, von dem jeder mit vollem Magen zurückkehrte – einen Ort mit Segnungen im Überfluss. Jedes Mal, wenn sie Yemanjá in sich spürte, fühlte sie sich stark, freundlicher und strotzte nur so vor Leben. Sie verstand einfach nicht, warum das ein Ende haben sollte. Es handelte sich schließlich nicht um eine Gemeinschaft, die anderen den Tod wünschte. Sie verdammten niemandes Seele in die Hölle. Jeder war willkommen, und Vitória hatte miterlebt, wie viele Yayas Terreiro besuchten.

Vitória und Schwester Maria betraten eines der imposanten Gebäude, die sie für von Geistern heimgesucht gehalten hatte, weil niemand hinein- oder hinauszugehen schien.

Sie staunte über die Welt, die sich darin auftat: ein Meer aus weißen Männern. Diese Männer lachten, klopften einander auf den Rücken und hatten keine Zeit, sich mit zwei schwarzen Frauen abzugeben, von denen eine eher noch ein Kind war.

Die beiden erkundigten sich nach dem Politiker und wurden durch einen langen Flur zu einem Zimmer voller Akten geschickt. Vitória staunte und freute sich, dass der Politiker der Schuft war, dem sie einst Walfleisch vorgesetzt hatte. Sie hatte das dumpfe Gefühl, dass die Kollegen nichts von seinen Besuchen bei Yaya wussten.

Sollte er versuchen, sie erneut auszutricksen, würde sie ihm vorhalten, wie oft er vorbeigekommen war.

»Ich bin Yayas Tochter«, sagte Vitória. »Aus Liberdade.«

Senhor Ferreira lächelte und entschuldigte sich bei den Männern, mit denen er das Büro teilte, um Schwester Maria und Vitória anschließend hinauszuscheuchen.

»Es ist zu spät«, flüsterte er im Flur.

»Nichts ist zu spät«, erwiderte Vitória.

»Wir haben das Geld«, sagte Schwester Maria und tätschelte Vitórias Hände, damit sie verstummte.

»Und wir werden auch weiterhin Geld für Sie haben«, bluffte Vitória. »Wie oft möchten Sie bezahlt werden?«

Er schwieg.

»Wir kommen wieder.«

»Psst, leise!«, sagte er Mann. »Ich kann nichts versprechen, aber kommt nächste Woche wieder, dann habe ich Neuigkeiten.«

Er sah sich um und zog die Brauen hoch. Lippen und Finger tropften nur so vor Gier.

Schwester Maria knipste ihr Portemonnaie auf und holte ein Bündel Réis heraus.

Senhor Ferreira hielt sie wochenlang hin, sodass Vitória viel Zeit zum Nachdenken hatte. Immer wieder kamen ihr Yayas letzte Worte in den Sinn. Außerdem träumte sie viel von ihrer Schwester. Meist kam Wasser in diesen Träumen vor. Sie wusste, dass sie für immer bei Schwester Maria bleiben konnte, aber beim Gedanken, nach Hassana zu suchen, rumorte es in ihren Eingeweiden vor

Angst. Und dann war da noch Joaquim. Was, wenn sie gemeinsam im Gewimmel von Bahia untertauchten? Sie könnte ihren eigenen Terreiro gründen und Kleider nähen. Wieder schlich sich Hassana in ihre Gedanken. Die Welt war riesig. Und die Chance, sie zu finden, winzig. Warum sollte sie noch mehr Leid durchmachen, anstatt nach vorn zu schauen?

Sie suchte nach Antworten. Baba Sule war die Weisheit in Person. Sie fragte Schwester Maria, ob sie ihn besuchen dürfe, und die Frau begleitete Vitória den Berg hinunter. Vor Sules Tür klatschte sie, um ihren Besuch anzukündigen. Als er aufmachte, bat Schwester Maria ihn, Vitória nach Hause zu bringen, wenn die beiden fertig geredet hätten.

»Kehr zurück!«, sagte Sule. »Dort wird euer Band stärker sein.«

»Yaya hat genau dasselbe gesagt.«

Yayas Adoptivtochter Tereza war in Lagos – sie konnte zurückgehen und bei ihr wohnen. Vitória gestand, dass sie nicht schreiben könne.

»Du hast einen britischen Pass«, sagte Sule. »Du wirst keine Probleme bei der Rückreise haben. Maria und ich werden Tereza schreiben. Solltest du je hierher zurückkommen wollen, ist das natürlich auch möglich. Zwischen hier und dort liegt nur ein Fluss.«

Während Yaya eine Glucke für Vitória gewesen war, war Schwester Maria eine Löwenmutter: Joaquim durfte nicht zu Besuch kommen, weil anständige Mädchen im

Haus blieben und schon gar keinen männlichen Besuch empfingen. Vitória stand ständig unter Aufsicht.

Schwester Maria erlaubte nicht, dass Vitória allein zu Senhor Ferreira ging, was Vitória liebend gern getan hätte. Dann hätte sie von morgens bis abends vor seinem Büro gesessen, um ihn zur Rede zu stellen. Stattdessen verbrachte sie die Tage damit, die Kleiderbestellungen abzuarbeiten, die Yaya nicht mehr geschafft hatte. Sie sammelte Pitangas auf, die in Schwester Marias Garten zu Boden gefallen waren, und legte sie in Körbe. Sie wartete auf das Datum ihrer Rückkehr nach Lagos. Das wurde bald langweilig.

Vitória ging zu Schwester Maria in die Küche.

»Wir sollten allen sagen, dass der Terreiro wieder aufmachen wird«, verkündete sie. »Sonst werden sie einen anderen Tempel besuchen.«

»Das sind viele Leute, Bela.«

»Ich mach das schon. Und ich werde die anderen jungen Leute zusammentrommeln, damit sie mir helfen.«

»Ich weiß nicht recht …«

»Wir können nicht auf diesen schrecklichen Mann warten. Und je mehr Leute hinter uns stehen, desto mehr Macht haben wir.« Vitória würde Yayas Fehler nicht wiederholen. Wenn sie in Heerscharen vor dem Büro des Mannes auftauchten, würde ihm das dermaßen unangenehm sein, dass er sich beeilen musste. Schwester Maria und sie allein waren einfach zu Wenige.

»Wir müssen mit Liberdade anfangen«, sagte Schwester Maria. »Von dort aus wird es sich herumsprechen.«

»Ich kann morgen mit Liberdade anfangen«, sagte Vitória.

»Morgen habe ich einige Besorgungen zu erledigen, Bela. Ich muss dabei sein.«

Vitória wollte ohne Schwester Maria unterwegs sein. Sie starrte sie in Grund und Boden.

»Vielleicht können wir ja vormittags losziehen … ah«, wechselte Schwester Maria das Thema. »Ich habe Tereza geschrieben. Sobald wir etwas von ihr hören, kaufen wir deine Schiffspassage nach Lagos.«

Vitória wäre lieber mit Joaquim losgezogen, aber am nächsten Tag lief sie mit Schwester Maria den Berg hinunter, an Sules Haus vorbei, um dann einen schmalen roten Weg auf der windabgewandten Hangseite hinaufzugehen. Vor dem Haus auf dem Gipfel klatschten sie in die Hände, doch der alte Mann, der aufmachte, meinte, das interessiere ihn nicht.

Das nächste Haus war das von Joaquim, und Vitória hielt die Luft an. Seit Yayas Beerdigung hatte sie nur einen flüchtigen Blick auf ihn erhaschen können.

»Ich komme mit«, sagte er zu Schwester Maria.

»Du bist beliebt. Und du kennst alle, sodass ich nicht ablehnen kann«, erwiderte sie. »Wir sagen den Leuten, dass der Terreiro nach wie vor geöffnet ist.«

»Und dass wir Geld sammeln, damit das auch so bleibt«, fügte Vitória hinzu.

Das Trio lief schweigend weiter. Vitória dachte über die vielen ungesagten Dinge zwischen Joaquim und ihr nach. Sie malte sich ein Gespräch unter vier Augen aus.

»Wir haben noch nicht über das geredet, was in Itaparica passiert ist«, würde er sagen.

»Das bringt nichts – ich werde abreisen. Ich kehre nach Lagos zurück.«

»Bitte nicht. Bleib hier, bei mir.«

Als sie vor dem nächsten Haus standen, wurde Vitória aus ihren Gedanken gerissen. Dort machte eine Frau auf, die sagte, sie habe bereits zu einem anderen Terreiro gewechselt. Woanders riss eine ältere Frau die Arme in die Luft und meinte, Yaya wäre stolz auf sie. Am Fuß des Berges trommelten sie Landsleute von Joaquim und Schwester Maria zusammen – alles junge Leute, die tun wollten, was in ihrer Macht stand, um ihnen zu helfen. Vitória nutzte die Gelegenheit, sich zu Joaquim zu schleichen.

»Ich werde nach Lagos zurückkehren«, sagte sie.

Er schwieg und sagte dann: »Ich bewundere dich dafür, dass du dich immer noch für den Terreiro einsetzt. Du bist wirklich ein wunderbarer Mensch.«

»Danke.« Sie war froh, dass er ruhig blieb.

Sie wurden immer mehr, und irgendwann mussten sie stehen bleiben und den Leuten erklären, warum sie sich versammelt hatten. Schwester Maria und Joaquim wandten sich an Vitória.

Sie bekam einen Kloß im Hals. *Oh, Yemanjá!*, dachte sie.

»Wir sind hier«, krächzte sie und räusperte sich. »Wir sind hier, um die Gemeinde aufrechtzuerhalten. Wie haben niemandem etwas getan und kämpfen für einen Ort, an dem wir friedlich beten können. Wir sind für

Yaya hier. Die Stadt Salvador soll wissen, dass sie uns nicht einfach so auslöschen kann. Wir – die Kinder Xangos, Yemanjás, Obatalás und all der anderen Orixás – sind nach wie vor vorhanden, wir sind freie Menschen, und wir lassen nicht zu, dass man derart auf uns herumtrampelt.«

Joaquim klatschte und ermutigte die Menge, ihr ebenfalls zu applaudieren.

»Nächste Woche gehen wir zu den Beamten der Stadt, bis sie uns erlauben, in unserem Terreiro zu beten.«

Gegen Ende des Tages hatten Vitória und ihre Leute vor fast jeder Tür in Liberdade gestanden. Sie trafen auf bellende Hunde, bekamen Mangos angeboten, hörten, sie sollten aufgeben, und wurden mit offenen Armen empfangen.

Vitória bat Joaquim, vier weitere vertrauenswürdige Personen auszuwählen, die sie zu Senhor Ferreira begleiten würden. Bei Schwester Maria plante Vitória das Treffen, servierte ihnen Saft und setzte sich in den von ihnen gebildeten Kreis.

»Es ist jetzt über einen Monat her, dass wir ihn zum letzten Mal gesehen haben«, sagte Vitória. »Er mag es gar nicht, wenn wir kommen. Wenn wir mit vielen anrücken, wird er uns empfangen müssen.«

Senhor Ferreira schaute tatsächlich bei Schwester Maria vorbei, nachdem Vitória, Schwester Maria, Joaquim und die vier anderen bei ihm im Büro aufgetaucht waren. Er meinte, sie dürften den Terreiro wieder aufmachen, würden aber vierteljährlich Steuern an ihn zahlen müssen. Sobald er sich sicher sein könne, dass sie auch wirklich zahlten, werde er zweimal im Jahr vorbeischauen.

»Ihr braucht nicht zu meinem Arbeitsplatz zu kommen«, sagte Senhor Ferreira. Er werde bei Schwester Maria vorbeischauen und das Geld abholen.

Vitória fragte sich, ob er sie als Nächstes darum bitten würde, Walfleisch für ihn zu kochen.

»Danke, Sir«, meinte sie, erstaunt, dass sie keinerlei Feindseligkeit mehr gegenüber dem Mann empfand. Sie war einfach nur erleichtert, dass der Terreiro gerettet war.

Nachdem er fort war, fragte sie Schwester Maria, ob sie ein kleines Festmahl für Yemanjá zubereiten könnten.

Noch bevor sie ihren Satz zu Ende gesprochen hatte, hatte Schwester Maria Vitória bereits in die Küche geführt. Während Vitória eine kleine weiße Zwiebel klein hackte, kochte Schwester Maria Mais. Sie mischten Zwiebeln und Mais mit Palmöl, gaben beides auf einen weißen Teller und stellten ihn in einen Korb.

Beide schlüpften in weiße Kleider und gingen den Berg hinunter zur Hauptstraße, wo die Straßenbahnen vorbeisausten. Sie überquerten die Straße und gingen hinunter zur Bucht. Dort, wo das Wasser die Küste küsste, stellten sie den Korb ab. Schwester Maria sang Yemanjá ein Loblied.

»Danke«, sagte Vitória und vertraute den Korb dem Wasser in der Bucht an.

Nachdem sie einen Tag lang Fenster und Bänke im Tempel entstaubt hatten, kamen Vitória und Schwester Maria nach Hause und fanden dort Sule vor. Er saß Marias blassem Mann gegenüber, der wie immer ein Bierglas in der Hand hielt.

Vitória wusste, was Sules Besuch bedeutete, und es brach ihr das Herz. Sie hatte gerade etwas Bedeutendes geschafft. Wahrscheinlich das Mutigste, was sie je in ihrem Leben getan hatte. Und schon musste sie es wieder hinter sich lassen. Am liebsten wäre sie hinausgeeilt und fortgerannt, aber ihre Beine trugen sie ins Wohnzimmer, wo sie sich stumm setzte und Sules Worten lauschte.

»Tereza heißt dich willkommen. Jetzt müssen wir nur noch deine Reise nach Lagos in Begleitung eines Erwachsenen organisieren.«

»Die hier ist so mutig, dass sie keinen Aufpasser braucht«, sagte Schwester Maria.

Auch wenn es ihr so vorkam, als entschiede man über ihren Kopf hinweg, war das ein Wort, das Vitória bisher noch nicht mit sich in Verbindung gebracht hatte.

»Ja, Senhora«, sagte Sule. »Aber sie ist noch minderjährig. Sobald wir eine Begleitung gefunden haben, geht es zurück in die Heimat.«

Mit fast sechzehn wollte Vitória wirklich nicht mehr wie ein Kind behandelt werden.

»Yaya wäre überglücklich, hat Tereza geschrieben.«

Vitória spürte, wie sie nickte.

Schwester Maria fragte jeden in ihrer Straße nach einem Erwachsenen mit dem Ziel Lagos. Einen Monat später wurde sie fündig. So hatte Vitória gerade noch genug Zeit, an ihrer ersten Zeremonie im neu eröffneten Terreiro teilnehmen zu können. Sie freute sich so sehr, dass sie Yemanjá feierten. Sie wusste nicht, wie es war, in Yemanjás tollen blau-weißen Gewändern zu tanzen, weil sie dabei ganz vom Orixá eingenommen wurde. Doch kaum war sie wieder aus ihrer Trance erwacht, war ihr schon deutlich wohler bei dem Gedanken, nach Lagos zu fahren und Joaquim sowie den Terreiro zurückzulassen. Das verhieß eine bessere Zukunft. Als dann Senhor de Rocha, ein älterer Mann in einem makellosen Anzug mit Krawatte und ein Bekannter Sules, bei Schwester Maria auftauchte und bestätigte, dass er die Reise antreten und Vitória begleiten werde, wehrte sie sich nicht. Sie wollten sich am 6. Juni am Kai treffen, am Nachmittag, wenn das Schiff ablegte.

Doch Joaquim und sie einigten sich darauf, dass die Dinge diesmal so laufen sollten, wie sie es wollten.

Einen Tag vor der Abreise packte Vitória eine Tasche mit ihren Kleidern, Yayas Nähsachen, dem Geld, das diese ihr hinterlassen hatte, ihrer Yemanjá-Puppe, ihrem Pass sowie mit dem Gari, den Kola- und Erdnüssen, die Schwester Maria ihr für die Reise gekauft hatte. Es war später Vormittag, und die Sonne schien nur schwach. Sie wurde von Wolken verborgen, die der ganzen Stadt etwas Fahles, Trauriges verliehen.

Schwester Maria war im Garten und wusch Wäsche.

»Ich gehe jetzt«, verkündete Vitória. »Danke für alles.«

»Aber ich bring dich zum Schiff«, erwiderte Schwester Maria und wischte sich die Seifenlauge ab. »Geht es wirklich schon heute? Ich hätte schwören können, du fährst erst morgen. Warte, bis ich mich umgezogen habe.«

»Ja, es ist heute, am fünften«, sagte Vitória zu Schwester Maria, die ihr bereits den Rücken zugekehrt hatte.

»Willst du gar nicht, dass ich mitkomme?«

»Ich will keinen traurigen Abschied.«

Schwester Maria begleitete sie nach draußen, wo ihr Mann gerade lachte und einen Zahn bleckte, der so scharf war wie der eines Nagers. Er nahm Vitória kaum wahr, winkte ihr aber fröhlich zu und plauderte dann wieder mit seinen Freunden.

Maria küsste Vitória auf die Wange.

»Grüß mir die Heimat, Bela.«

Sie drückte Vitória ein in Spitze gewickeltes Bündel in die Hand – Geld, wie diese merkte.

»Yaya hat dir auch das hier vermacht, damit du deine Schwester findest.«

Vitória öffnete es. Sie nahm die Hälfte des Geldes und drückte es Schwester Maria in die Hand, bevor sie sie umarmte. »Für den Terreiro«, sagte sie.

Dann ging Vitória zu Yayas Haus, presste die Handflächen gegen das Orange der Ziegel und küsste das kühle Material. Als Nächstes lief sie zu Sule, der für sie betete und ihre Reise segnete. Sie stahl sich auf die andere Seite des Berges zu den drei Häusern auf dem kleineren Hügel, wobei sie sich hastig umsah. Inzwischen hatte sich der Himmel violett-orange verfärbt und wies dicke Wolken auf. Sie klatschte vor Joaquims Tür in die Hände, voller Angst, Schwester Maria könnte jeden Moment hinter ihr auftauchen.

Joaquims Mutter machte auf und ließ Vitória ein.

»Dein Schatz ist da«, sagte die Frau und lachte nervös. »Setz dich, Süße.«

»Danke, Mãe.« Vitória ließ sich auf dem Sessel mit Spitzendecke nieder.

Wenn sie in Bahia bliebe – würde das dann ihr Zuhause werden? Sie hatte jetzt schon das Gefühl, die Wände kämen auf sie zu und erdrückten sie. Jede freie Fläche war von Nippes bedeckt.

Joaquim erschien in der Tür, und seine Mutter sagte etwas zu ihm, zerzauste ihm das Haar und ließ die beiden dann allein.

Joaquim umarmte sie. Sie spürte, wie ihr ganz warm wurde.

»Es war nicht leicht, Löwin Maria zu entkommen«, sagte Vitória.

»Maria hat nicht mal ihren eigenen Sohn mit uns spielen lassen, als der noch klein war, weil sie uns für zu ungehobelt hielt.«

Sie aßen zu Abend, Moqueca de Peixe, anschließend führte Joaquim Vitória hinaus aufs Dach. Der Himmel war nicht wirklich klar, sondern mit Wolken betupft, die noch einen Blick auf die Sterne erhaschen ließen. Joaquim hatte eine Decke auf den roten Dachziegeln ausgebreitet, und sie legten sich darauf und schauten nach oben. Glühwürmchen tanzten, und Joaquim nahm Vitórias Hand und presste sie sich an die Brust. Eine Weile schwiegen sie, dann drehten sie sich zueinander und schauten sich an.

Sie staunte, dass ihm Tränen in den Augen standen.

»Sule hat mir gesagt, dass das mit uns nicht lange dauern wird, weil du deine Zwillingsschwester finden musst. Aber noch tragischer wäre es, wenn wir nicht einmal Freunde sein könnten.«

Sie berührte seine Stirn mit der ihren. Sie konnte seine Atmung hören, ein leises Pfeifen – oder war es ihre? Seine Lippen berührten die ihren, und sie schmiegte sich mit ihrem ganzen Körpergewicht an ihn. Ihr war gar nicht bewusst gewesen, wie schwer sie war, doch er fiel auf den Rücken und sie auf ihn. Sie lachten, küssten sich und weinten, bis zuerst er und dann sie vom Schlaf übermannt wurde.

Vogelgezwitscher weckte Vitória, und zunächst wusste sie gar nicht, wo sie war, weil Wind um sie strich und sie von keinen vier Wänden umgeben war. Doch dann schmiegte sie sich in Joaquims schützende Arme. Er atmete unmerklich, seine Lider flatterten. Sommersprossen sprenkelten seine Nase. Er war ein wunderschöner junger Mann. Langsam löste sie sich aus seiner Umarmung und sah sich um. Die unmittelbare Umgebung bestand aus einem intensiven Grün, das die verschiedenen Hügel um sie herum bedeckte. Vögel schossen hinauf und wieder hinunter, begannen ihren Tag. Das hier war ein Zufluchtsort für Vitória wie schon für viele vor ihr.

Joaquim regte sich und schlug die Augen auf.

»Du schläfst mit offenen Augen«, sagte er.

»Quatsch.«

»Ich mag das. Es ist, als würdest du die Welt im Auge behalten, während du schläfst. Das ist wunderschön. Vitória, das war die schönste Nacht meines Lebens.«

»Auch für mich.«

Nach dem Frühstück umarmte Vitória Joaquims Mutter und dankte ihr, dass sie hatte bleiben dürfen.

Joaquim setzte seinen Strohhut auf, nahm Vitórias Korb und begleitete sie zum Hafen.

Senhor de Rocha wartete bereits und gab Vitória ihr Ticket. Er grüßte Joaquim höflich distanziert, sagte aber nichts, sodass Vitória und Joaquim sich ein Stück entfernten, wo sie unbemerkt Händchen halten konnten.

Als das Schiffshorn ertönte, drehte sich Senhor de Rocha abrupt um, warf ihnen einen Blick zu und nickte. Sie umarmten sich fest, und als Vitória losließ, hatte sie einen Knoten im Magen. Nervös folgte sie Senhor de Rocha die Gangway hinauf, hielt sich am Geländer fest und schaute starr nach oben. Sie bereute sehr, dass sie nicht Schwimmen gelernt hatte. An Deck angekommen, winkte sie Joaquim eine quälende Ewigkeit. Lieber hätte sie mit ihm am Kai gestanden. Sie konnten bei seiner Mutter wohnen und heiraten, sobald sie erwachsen wären … Das war sicherer als das, was jenseits des Meeres auf sie wartete.

Als das Schiff endlich ablegte, winkte Joaquim wie verrückt und warf ihr Küsse zu. Senhor de Rocha erklärte Vitória, die Quartiere der Frauen seien unten links. Sie werde ihn erst wiedersehen, wenn das Boot in Lagos anlege. Sie fragte sich, ob Schwester Maria ihn wohl bezahlt hatte, aber es war ihr nur recht, dass er sie allein ließ.

Die See war ruhig, als das Schiff an der kleinen Festungsinsel São Marcelo vorbeifuhr, Itaparica umrundete und die Bucht verließ. Dann schlugen die Wellen gegen seinen Rumpf, kabbelig und wütend. Weil sie nicht früh genug unter Deck gegangen war, war nur noch eine kleine Koje übrig. Sie musste sie sich mit einer unfreundlichen Frau teilen, die bereits das untere Bett belegt hatte.

Die ersten vier Tage hörte ihr Magen nicht auf, alles wieder von sich zu geben. Die unfreundliche Frau weigerte sich, ihr das untere Bett zu überlassen, sodass Vitória ihren Spuckeimer neben sich auf dem Bett stehen hatte – ein Gestank, von dem ihr erst recht schlecht wurde. Sie musste die Kraft finden, den Eimer runterzubringen, bevor sie einschlief.

Als sie sich endlich stark genug fühlte, verbrachte sie mehr Zeit an Deck, wo ihr die kühle Luft über die Wangen strich. Sie dachte an Joaquim und Schwester Maria, die schwarz waren wie sie, aber auf der anderen Seite des Ozeans geboren. Sie würden nie in ihr Herkunftsland zurückkehren und es kennenlernen. Sie dachte auch an Yaya, die sich sowohl Bahia als auch Lagos verbunden gefühlt hatte. Hätte Yaya wählen können, wäre sie dann auch in Lagos gestorben? Wohin würde ihre Seele fliegen? Wurden Seelen vom Meer daran gehindert, in ihre Heimat zurückzukehren? Oder trugen Leute wie sie sie hinüber? Alles Fragen, auf die Vitória vermutlich nie eine Antwort finden würde, sodass sie lieber darüber nachdachte, wie sie Hassana finden wollte.

Die Rückreise war schlimmer als die Hinreise. Während Yaya und sie damals etwas mehr als drei Wochen gebraucht hatten, brauchte sie jetzt fast drei Monate.

Nach mehreren Stürmen auf hoher See und kurz bevor sich das Schiff dem afrikanischen Kontinent näherte, wurde Vitória von Trauer regelrecht überwältigt. Der Rückweg zu Joaquim war ihr versperrt. Yaya hatte sie allein gelassen. Sie fühlte sich so einsam, dass sie fast wütend wurde. Was hatte sie nur falsch gemacht, um ein Leben voller Verluste zu verdienen? Ihr Vater, ihre Mutter, ihre Geschwister, ihre Großmutter, Yaya, Joaquim. Jeder, den sie je geliebt hatte, war ihr genommen worden. Wäre es da nicht besser, gar nicht erst zu lieben?

8

Hassana

Jeden August feierten die Einwohner von Accra, die Ga, das Erntedankfest Homowo. Damit gedachten sie eines Moments in ihrer Geschichte, als es nach einer langen Hungersnot wieder zu regnen begonnen hatte.

Es war das Jahr 1897. Im Scissors House hatten sich die verschiedenen Bewohner und einige von Amerleys Tanten bereits seit Wochen auf Homowo vorbereitet.

Am Hauptfesttag liefen Amerley und ich durch Ussher Town und James Town. Als wir uns dem Palast des Ga-Königs näherten, bat mich Amerley, meine Schritte zu beschleunigen. Zunächst dachte ich, sie hätte John Junior gesehen und wollte ihm aus dem Weg gehen. Doch bei genauerem Hinsehen merkte ich, dass viele paarweise unterwegs waren, zwei Menschen, die genau gleich aussahen: Es wimmelte nur so von Zwillingen. Ich war wie gelähmt. Ich empfand Neid, aber auch Trauer, dass ich nicht teilnehmen konnte, obwohl ich eigentlich dazugehörte. Amerley murmelte eine Entschuldigung und versuchte, mich weiterzuziehen, aber es war bereits zu spät. Ich lief herum und schaute mir die Zwillinge an, die überwiegend weiß gekleidet waren. Manche waren eineiig, manche nicht. Ich hatte Bauchschmerzen: Würde ich meine Schwester jemals wiederfinden?

Mein Kampf für Private Osman hatte eine Kraft in mir geweckt, die verkümmert gewesen war. Ich verwandelte mich in eine Art schlafenden Vulkan, der gerade anfing, wieder zu brodeln. Ich besuchte Private Osman mit Hajia und sah, wie Patienten wie er vom Anstaltspersonal ignoriert wurden. Ich hatte die Petition verfasst und konnte jetzt nichts tun als warten. Um die Zeit sinnvoll zu nutzen, begann ich, noch mehr Zeitungen zu kaufen. Nach dem Abendessen mit Hajia nahm ich eine Laterne mit hinaus, um zu lesen. Die Zeitungen berichteten jetzt nicht mehr von der britischen *Ashanti-Expedition*, sondern von Landgesetzen, die drohten, den Afrikanern das Land wegzunehmen, um es den Europäern zu geben. Abgesehen von diesem geplanten Landraub, gingen Positionen, die bisher Afrikaner bekommen hatten, inzwischen an Europäer. Ich konnte kaum fassen, wie naiv ich einmal gewesen war, als ich die britische Invasion des Aschanti-Reichs unterstützt hatte. Wie sehr ich mir wünschte, an den Versammlungen der Gold Coast Aborigines' Rights Protection Society teilzunehmen, von denen einige für die Öffentlichkeit zugänglich waren. Nur leider fanden sie alle im weit entfernten Cape Coast statt. Die Bewegung trat vehement gegen die Regierungspläne ein.

Zum Glück begannen sich auch die Frauen in Accra zu organisieren, und *diese* Treffen würde ich auf keinen Fall versäumen.

Als die Brasilianer ab Mitte der 1830er-Jahre erstmals auf afrikanischen Boden zurückkehrten, bot ihnen der König der Ga, gastfreundlich, wie er war, Land an. Viele machten Mango- und Cashewfarmen daraus. Amerleys Vater sagte oft, dass er im Herzen ein Bauer sei, auch wenn er als Schneider arbeite. Sie luden mich übers Wochenende auf die Farm ihrer Familie in Fanofa ein. Wir bestiegen ein Kanu unweit der Korle-Lagune und wurden den Odaw River hinaufgerudert, auf dem uns Fischer zuwinkten und Amerley und mich zum Lachen brachten. Nach ungefähr einer halben Stunde stiegen wir in einer weiten Ebene aus, wo es ganze vier Häuser gab. Mr Nelson führte uns zu dem entlegensten Haus – unter einer Sonne, die gnadenlos auf uns herabbrannte. Ich konnte es kaum erwarten, nach drinnen zu gehen.

Wir wurden vom zuckersüßen Duft reifer Mangos empfangen, die tief in den vielen Mangobäumen hingen, sowie von Reihen mit Gemüse, die auf ein zweistöckiges Haus zuführten. Eine Frau kam heraus, drei kleine Kinder am Rockzipfel. Amerley rannte zu ihr und warf sich in die Arme der Frau, die sie überall abküsste. Strahlend drehte sich Amerley zu mir um und winkte mich näher.

»Meine Lieblingstante Adukoi.« Dann sprach sie auf Ga mit ihr.

Das Erste, was einem an Aunty Adukoi auffiel, war ihr glattes Haar. Sie war dunkelhäutig, hatte aber genauso glattes Haar wie Rose und Mrs Ramseyer.

Mr Nelson umarmte seine Schwester, und wir betraten ein Haus mit Möbeln, die so aussahen, als wären sie über fünf Generationen hinweg weitervererbt worden. Sie waren schwer und dunkel. Mr Nelson tauschte Anzug und Zylinder rasch gegen Hemd und Hose aus leichter Baumwolle, um damit aufs Feld zu gehen.

Aunty Adukoi ließ uns nicht hinaus, ohne uns vorher mit Essen vollzustopfen. Sie gab uns einen Teller mit etwas, was ich unter dem Namen Koose kannte, Amerley aber Acarajé nannte, und bat ihre Nichte, mehr von mir zu erzählen.

»Frag sie doch selbst«, hörte ich Amerley sagen, die sich daraufhin an mich wandte. »Ich übersetze für euch.«

Sie hörte sich meine ganze Lebensgeschichte an und zeigte dann auf zwei ihrer Kinder, einen Jungen und ein Mädchen.

»Meine Zwillinge«, sagte sie. »Ganz unterschiedlich, aber dieselbe Seele. Wenn ein Kind ruft, ist das andere sofort da.«

»Ich rufe auch«, sagte ich. »Aber ich weiß nicht, ob meine Schwester mich hört.«

»Sie muss bereit dafür sein. Vielleicht musst du lauter rufen.«

Sie hatte leicht reden. Ich rief schon nach ihr, seit ich zehn Jahre alt war. Es war jetzt mein sechzehntes Jahr unter der Sonne, und meine Schwester war meinem Ruf immer noch nicht gefolgt. Wenn das kein Zeichen war, dass ich mein eigenes Leben leben sollte?

Beim Abendessen unterhielt sich Aunty Adukoi lebhaft mit ihrem Bruder. Als sie die Augen aufriss und ein lautes Zischen von sich gab, bat ich Amerley, für mich zu übersetzen. Das waren die saftigsten Anekdoten.

»Sie sagt, dass ein paar Briten vorbeigeschaut haben«, erklärte Amerley. »Sie bauen eine Straße, und ihre Königin erlaubt es ihnen, sich zu nehmen, was sie wollen. Aunty Adukoi meinte, sie habe sie beschimpft und von ihrem Grundstück geworfen.«

»*Bului!*«, rief Aunty Adukoi. (Das bedeutete: *Ihr verfluchten Idioten, allesamt.*) Dann wandte sie sich an mich und lächelte: »Noch etwas Suppe?«

Ich konnte nicht ablehnen.

Ich tippte Amerley auf die Schulter. »Frag deine Tante, ob sie Unterlagen dabeihatten.«

»Ja, etwas, was sie unter ihren stinkenden Achseln zusammengerollt hatten«, erwiderte Aunty Adukoi. »Als ob mich irgendwelche Papiere umstimmen könnten! Das hier ist *unser* Land. Der König der Ga hat es unseren Großeltern und Eltern geschenkt.«

Der Landraub war also nicht länger nur ein Gerücht. Er war bereits in vollem Gange.

Am nächsten Tag halfen wir auf der Farm, jäteten Unkraut, gruben den Boden um und pflückten Mangos, mit denen Aunty Adukoi die Märkte in Accra, ja bis zur Goldküste beliefern würde. In einer Verschnaufpause brachte sie uns Kalebassen mit Nmedaa und massierte mir den Rücken, während sie mir eine dritte und vierte Kalebasse mit dem Getränk anbot. Sie brachte mir eine grellorange Frucht, prall und zum Platzen reif. Ich biss hinein, und der Saft lief mir über die Wangen sowie in den Ausschnitt. Sekunden später fühlte es sich an, als würde er meine Zunge regelrecht auswringen. Ich verzog das Gesicht, und das Gefühl ließ nach.

Ich fragte Amerley, was ich da aß, doch sie achtete nicht weiter auf mich.

»Cajou«, rief ihre Tante.

»Der Saft des Cashewapfels lässt sich nicht rauswaschen«, sagte Amerley.

Am selben Abend verzog Amerley nur das Gesicht, als ich sie bei einer weiteren lebhaften Diskussion bat, für mich zu übersetzen.

»Es ist dasselbe wie gestern«, meinte sie.

Selbst wenn sie die Wahrheit sagte, hatte ich dadurch das Gefühl dass sie, die es nicht gewohnt war, die Liebe und Bewunderung ihrer Tante teilen zu müssen, es gar nicht mochte, wenn Aunty Adukoi mir Aufmerksamkeit schenkte.

Amerleys Miene hellte sich erst wieder auf, als wir zum Scissors House zurückkehrten. Ich ging anschließend zu Hajia, den Korb prallvoll mit Cashewfrüchten und Mangos.

Die Zeitungen posaunten den neuen Landerlass, den die britische Kolonialregierung und ihre Königin zu unterzeichnen drohten, in alle Welt hinaus. Dank Amerley konnte ich mich einer Kopie des Erlasses bemächtigen, die sie von Rechtsanwalt Easterman hatte (der immer noch nicht wusste, wann man Private Osman entlassen würde). Ich las ihn mir von A bis Z durch und schüttelte den Kopf über die Straffreiheit der Kolonialregierung. Da stand doch tatsächlich: *Der Bauleiter kann sich jegliches Material, das er benötigt, von unbesiedeltem Land nehmen – ohne jegliche Kompensation wem auch immer gegenüber.* Und auch dass der Gouverneur jedes unbesiedelte Land zur freien Fläche deklarieren könne. Die Strafgebühren, die den Leuten angedroht wurden, sorgten dafür, dass mir ganz heiß wurde vor Wut. Und als Amerley erfuhr, dass die Frauen im Scissors House ein Treffen anberaumten, bat ich Mr Nelson um Erlaubnis, mich im Innenhof zu ihnen zu gesellen.

Ein paar von Amerleys Tanten waren dort zusammengekommen, auch andere Frauen, die in Zimmern unweit von Scissors House lebten, und viele weitere aus der Nachbarschaft. Sie fragten, wer Protokoll führen werde, und ich reckte dermaßen den Arm, dass ich ihn mir fast ausrenkte. Sie gaben mir ein Blatt Papier, ein Tintenfass und eine Schreibfeder.

»Unsere Chiefs, unsere Anführer, ja, die männliche Bevölkerung insgesamt, ist zunehmend gereizt und demoralisiert«, hob eine der Frauen an und lief auf den wenigen noch freien Metern im Innenhof auf und ab. »Sie haben Angst, ihre Meinung zu sagen.«

»Wir sind der Sklaverei in Brasilien entronnen«, sagte eine andere. »Und jetzt lassen sie uns wieder leiden.«

Obwohl wir uns getroffen hatten, weil Aunty Adukoi und andere mit Landforderungen konfrontiert worden waren und weil die Briten sich nahmen, was sie »Ödland« nannten, genoss ich die Energie um mich herum. Ich fühlte mich diesen Frauen so sehr verbunden: Einige hatten wie ich erleben müssen, wie es ist, einem anderen Menschen zu gehören. Was die Briten da taten, war schlichtweg falsch. Ich protestierte, weil ich an Selbstbestimmung glaubte. Dieses Land gehörte uns. Ich protestierte wegen Private Osman – weil sie ihn gebrochen hatten und nun in der Anstalt gefangen hielten.

Tage später legten wir weiße Blusen und Wickeltücher an, schlangen uns weiße Schals um den Kopf. Damit fielen wir auf. Ich war ganz aufgeregt, aber auch voller Furcht. Die Frauen von Ussher Town, von Otublohum und aus all den Ga-Vierteln waren auf die Straßen geströmt. Wir hatten unsere Forderungen zusammengetragen und würden sie jetzt dem Gouverneur überbringen.

Wir sangen: »Nein, nein, nein zu diesem Erlass. Wir wollen das nicht. Unsere Männer wollen das nicht.«

Wir liefen die High Street entlang, vorbei an Victoriaborg, und hielten vor Christiansborg, wo die Beamten untergebracht waren. Die Sonne stand hoch über unseren Köpfen und schien sich mit der Regierung zu verbünden, um uns zu vertreiben. Aber wir blieben stark, sangen die Lieder von Amerleys Leuten, riefen »Nein, nein, nein« und klatschten in die Hände. Gefühlte Stunden vergingen, bevor eine Reaktion kam. Ein Mann trat aus dem Tor der Festung und sagte, unsere Forderungen würden ernst genommen.

Es herrschte auch Ungezwungenheit. Amerley und ich wohnten allen möglichen Veranstaltungen bei, darunter auch einer namens »Big Entertainment«, auf der die Frauen sangen und Klavier spielten. Als ich noch klein gewesen war, hatte ich es geliebt zu singen, war aber nicht mutig genug gewesen, meiner Begabung zu folgen. Amerley und ich sangen noch tagelang »Come, Birdie, Come«, und sie ermutigte mich, mich für den nächsten »Big Entertainment« einzutragen. Ich hätte ein ganzes Jahr, um mich darauf vorzubereiten. Ich dachte darüber nach, fühlte mich dem nicht gewachsen und beschloss, es lieber bleiben zu lassen. Aber als Amerley eine Woche später von einem Schreibwettbewerb für Frauen der Goldküste erzählte, zögerte ich keine Sekunde. Mein früheres Ich hätte gestaunt, wie sehr ich das Rampenlicht inzwischen scheute. Als Husseina und ich noch in Botu gelebt hatten, hatten wir mit unserer Großmutter und einer Gruppe von Frauen immer Hymnen gesungen. Ich stand stets in der ersten Reihe, während sich Husseina hinter mir versteckte. Sie hatte die bessere Stimme, aber das war mir egal – ich wollte zuerst wahrgenommen werden. Und jetzt floh ich das Rampenlicht und nahm lieber an einem Wettbewerb teil, bei dem mich niemand sehen, sondern nur meine Worte lesen konnte.

Ich blieb in Amerleys Zimmer, beugte mich über ihren Schreibtisch und schrieb einen Essay, in einem

Rutsch! Sie las ihn, nahm einen Stift, strich darin herum und gab ihn mir dann zurück. Sie hatte nur ein paar Satzzeichen korrigiert, die noch nie meine Stärke gewesen waren.

Ich sah sie an, und sie strahlte.

»Du weißt, dass wir den einschicken?«

»Ich schreibe ihn neu, dann können wir ihn aufgeben.«

Sie beharrte darauf, mich zur Post zu begleiten, weil ich ständig kurz davorstand, es mir doch noch anders zu überlegen. Gegenüber der Post in der Williams Street befand sich ein Freiluftfotostudio mit einer Werbetafel für Porträts. Mir fielen die Fotos wieder ein, die ich von Mrs Ramseyer und ihrer Familie gesehen hatte. Auch das Foto von Amerleys Mutter fiel mir ein. Ich war auch schon fotografiert worden, damals in der Missionsstation. Manchmal trommelte Reverend Ramseyer alle Kinder zusammen, um sie auf einem Foto festzuhalten, aber ich hatte keinen einzigen Abzug davon gesehen. Hätte ich ein Foto von Husseina bei mir gehabt, hätte mir das bestimmt gegen meine Sehnsucht und Einsamkeit geholfen. Ich packte Amerley am Handgelenk und zog sie zum Fotostudio. Ein Mann, der aussah wie John Lutterodt, ließ uns vor einem Blumenvorhang Platz nehmen, befahl uns, ein ernstes Gesicht zu machen, so wie die anderen auf den gerahmten Fotos. Er stand hinter einem Kasten auf einem Dreifuß, bedeckte seinen Kopf mit einem schwarzen Stück Stoff und befahl uns, still zu halten. Ich hörte ein Klicken, dann hob er das Tuch. Wir machten nur ein Foto – mehr konnte ich mir nicht leisten. Für Amerley war das keine große Neuigkeit, ihr war das nicht so wichtig. Der Mann wies uns an, in zwei Wochen wiederzukommen, um die Fotografie abzuholen. Es fühlte sich an, wie auf Weihnachten zu warten – ich hielt es kaum aus.

»Das war Juniors Onkel«, sagte Amerley.

»Blut ist dicker als Wasser. Sie sehen sich zum Verwechseln ähnlich.«

»Er ist ein berühmter Fotograf: Erick Lutterodt. Hättest du mich nicht dorthin gezerrt, hätte ich es vermieden, ihm zu begegnen.«

»Tut mir leid«, sagte ich und merkte gar nicht, dass das, was ich als fehlende Begeisterung bei Amerley interpretiert hatte, Verärgerung war. Ich war kurz beleidigt, bekam jedoch bald schon wieder bessere Laune, weil wir in Kürze ein Foto für die Ewigkeit von uns haben würden.

Zwei Wochen später saßen Amerley und ich im Innenhof von Scissors House und aßen eine Papaya von dem Baum hinter Hajias Haus.

»Ich heirate John Junior«, sagte sie – im selben Ton, in dem man sagte, der Himmel sei blau.

Ein dumpfer Schmerz nistete sich in meinem Magen ein, den ich nicht recht zu deuten wusste: Ich war schließlich nicht diejenige, die den Mann heiratete.

»Warum?«

»Nun, eine meiner Tanten und ich hatten ein langes Gespräch, und sie hat recht: Ich bin das einzige Kind meines Vaters, und das könnte meine einzige Chance sein, in eine gute Familie einzuheiraten.«

Ich konnte nur hoffen, dass diese Tante nicht Aunty Adukoi war. Sie wirkte viel zu unabhängig und weise für so etwas. Ihre Kinder waren von zwei verschiedenen Männern, und sie war mit keinem der Väter verheiratet. Sich an jemanden zu binden, den man nicht mochte … Mir war nicht klar, für wen das irgendwie gut sein sollte. Einige der Romane, die ich las, beschrieben tiefe Gefühle zwischen Liebenden. Ein Wort, das so gar nicht zu Amerley und John Junior passte. Ein Stück Papaya blieb mir zwischen den Zähnen stecken und ließ sich nicht mehr entfernen. Das störte mich, aber ich musste Amerley von einer schlechten Idee abbringen.

»Worüber werdet ihr reden? Es tut mir weh, dich in seiner Gesellschaft zu sehen.«

»Du bist ja auch noch da.«

»Nein, bin ich nicht. Du wirst zu ihm ziehen, und ich werde allein zurückbleiben.«

Während ich das sagte, fragte ich mich, ob ich wütend war, weil man mich allein ließ oder weil ich mir ernsthaft Sorgen um Amerley machte. Ich redete mir ein, dass Letzteres der Fall sei.

»So langweilig ist er auch wieder nicht. Er geht zu Pferderennen – und wie du weißt, liebe ich Pferderennen.«

»Was ist mit der Schule?«

»Dabei bleibt es. Meine Tante hat gesagt, dass es sich um eine Familie handelt, die das Geld hat, mich nach England zu schicken. Damit ich lerne, mich wie eine Lady zu benehmen. Du weißt ja, wie sehr ich schöne Dinge mag. Das wird mich nicht davon abhalten zu lernen.«

Nein, das kam nicht von Aunty Adukoi. Nichts interessierte sie weniger, als eine Lady zu sein oder sich zu verhalten wie eine Europäerin. Es musste eine der Aunties sein, die sie in Korsetts zwangen.

»Du bist schon eine Lady. Und warum willst du europäisch sein? Was ist mit deinem Protest gegen die Briten?«

»Wenn ich nach England gehe, wird mich das nicht davon abhalten, gegen das zu protestieren, was sie uns antun. Wenn überhaupt, wird es dafür sorgen, dass ich sie besser verstehe.«

Obwohl England faszinierend klang, schien es kein besonders günstiger Zeitpunkt zu sein, dorthin zu gehen. Amerley war inkonsequent.

»Schlaf noch mal drüber. Willst du den Rest deines Lebens mit diesem Langweiler verbringen?«

»Es ist schon zu spät«, sagte Amerley. »Die Verlobung findet in einem Monat statt.«

»Wenn ich ehrlich sein darf, ist das keine sehr kluge Entscheidung von dir.«

Amerley schwieg. Die Stille wurde immer lauter und begann, schwer auf uns zu lasten.

»Tut mir leid, wenn ich wenig diplomatisch war.«

Wieder schwieg sie eine ganze Weile, stand dann auf und stemmte die Hände in die Hüften.

»Ich kann nicht so sein wie du. Meine Familie hat Erwartungen an mich. Du musst dich gegenüber niemandem rechtfertigen, du verstehst das nicht.«

»Und ob ich das verstehe! Ich glaube nur dass du etwas tust, um es ihr recht zu machen, worunter am Ende aber du leiden wirst. Kämpf doch für das, was *du* willst.«

»Ich will nicht mehr darüber reden. Du bestehst darauf, mich misszuverstehen, und du nervst mich. Nicht jeder kann tun, was er will und wann er es will, ohne die Konsequenzen zu spüren. Die meisten Menschen müssen sich gegenüber irgendwem rechtfertigen.«

Ich hätte zu gern eine Mutter oder Tante gehabt, um mich vor ihr zu rechtfertigen. Ich hatte mir nicht ausgesucht, wie mein Leben gelaufen war. Ich griff einfach nur nach meiner Tasche und der gesprenkelten Papayaschale und verließ den Innenhof.

Auf dem Weg nach draußen winkte ich Mr Nelson. Ich wollte ihm nicht von unserem Streit erzählen, doch er strahlte mich an und hielt mir ein weißes Blatt Papier hin. Ich nahm es, bedankte mich und entfernte mich erst ein gutes Stück vom Haus, bevor ich den Umschlag aufriss. Mein Essay war zum Wettbewerb zugelassen worden. Ich würde ihn vor Publikum lesen müssen, und die drei Besten würden von einer Jury ermittelt und mit tollen Preisen belohnt werden. Am liebsten wäre ich gleich zurückgerannt, um Amerley alles zu erzählen. Doch ich beschloss, mich und mein Herz zu verhärten. Sie würde etwas tun, woran sie nicht glaubte – nur um die Position der Familie zu verbessern. Noch dazu hatte sie mir meine Heimatlosigkeit vorgeworfen. Ich brauchte etwas Abstand.

Weil ich jetzt nicht mehr mit Amerley redete, streifte ich nach der Arbeit nicht mehr mit ihr durch die Gegend, während sie ihre Zigaretten rauchte, sondern kehrte auf direktem Weg zu Hajia zurück.

Nachdem ich an diesem Abend abgespült hatte, saß Hajia auf einem Hocker und starrte ins Leere. Ob sie wohl an ihren Mann dachte? Sie war so dankbar, dass Amerley und ich einen Brief geschrieben hatten, um Private Osman zu helfen, dass sich ihre Einstellung zu mir komplett geändert hatte. Ich erzählte ihr, dass ich zum Wettbewerb zugelassen worden sei, und fragte, ob ich ihr vorlesen dürfe.

»Allah hat dir Intelligenz geschenkt«, sagte sie mit blitzendem Goldzahn. Ihr Lächeln war schon seit geraumer Zeit erstorben, sodass ich den Zahn schon eine ganze Weile nicht mehr gesehen hatte. »Aber wie heißt es so schön? Manche Vögel meiden das Wasser, während Enten danach suchen. Allah hat dir ein kluges Köpfchen gegeben und mir geschickte Finger.«

Es wurde zum Ritual. Nachmittags las ich Hajia laut vor, die mir, obwohl sie kaum Englisch sprach, sagte, dass ich das Kinn etwas mehr heben und den Leuten in die Augen schauen solle. Sie war sehr hilfreich. Hätte sie Gelegenheit gehabt, Rechnen und Schreiben zu lernen, wäre eine große Unternehmerin aus ihr geworden.

Nachdem wir eines Nachmittags geübt hatten, fragte sie mich, wann ich zum letzten Mal von Husseina geträumt hätte. Ich hatte ihr nie von unseren Träumen erzählt. Ich fragte, woher sie das wisse.

»Als deine Freundin Rose dich hier vor langer Zeit abgesetzt hat, damit du bei mir wohnst, hat sie mir erzählt, dass du traurig bleiben sollst, um auch weiterhin von deiner Schwester zu träumen. Wenn dein Leben friedlich und frei von Schmerz wäre, würden dein Körper und deine Seele bequem. Dann würdest du nicht tun, was nötig sei, um deine Schwester zu finden. Deshalb war ich so streng mit dir. Wenn du den Mond siehst, musst du auch seinen Leitstern sehen. Bestimmt hast du mich nur als Mond wahrgenommen, doch Rose war der Leitstern.«

Ich dankte der Frau und umarmte sie. Sie war seit jeher meine Verbündete gewesen.

»Ich träume die ganze Zeit von ihr«, sagte ich. »Und an dem Tag, als ich mit Amerley gestritten habe, hatte ich einen ihrer Träume. Sie war wieder von Wasser umgeben und von diesen flatternden Segeln. Sie war irgendwohin unterwegs – ich weiß bloß nicht, wohin.«

»Ich verstehe, dass du nicht immer traurig sein willst. In ständiger Trauer zu leben ist keine gute Art, deine Zeit auf Erden zu nutzen.«

»Ich weiß auch gar nicht, ob es stimmt, dass ich traurig sein muss, um ihre Träume zu träumen. Ich denke ständig an sie.«

»Ich hoffe, du findest sie.«

»Ich auch, Hajia.«

Ich ging zu Mr Nelsons Haus, aber ohne Amerley zu sehen. Ihre Tanten schickten sie ständig los, um dies und das zu kaufen. Ich war traurig, dass ich mich aus einem so wichtigen Ereignis für meine beste Freundin zurückgezogen hatte – auch dass sie nichts von meiner Teilnahme am Wettbewerb wusste, obwohl sie vermutlich ohnehin nicht kommen konnte.

Zwei Tage vor Amerleys Verlobung und einen Tag vor meiner Wettbewerbsteilnahme überraschte mich Hajia mit der Frage, was sie zur Verlobung anziehen solle. Wann und wieso hatte Amerley sie eingeladen? Bisher war es ihr gelungen, mir aus dem Weg zu gehen – zugegebenermaßen umgekehrt ebenso –, und trotzdem hatte sie es bis hierher geschafft, um Hajia von ihrer Verlobung zu erzählen. Das machte mich wütend. Höflich sagte ich Hajia, sie solle sich fein machen, da Amerleys Tanten ziemlich hochnäsig sein könnten. Sie fragte, was ich denn tragen würde, und ich wollte ihr eigentlich sagen, dass ich gar nicht hingehen, mir mein schönes Kleid lieber für die Lesung meines Essays aufsparen wolle.

»Das weiß ich noch nicht.«

An diesem Abend überlegte ich wieder, ob ich nun zur Verlobung gehen sollte oder nicht. Ich war hin- und hergerissen. Eigentlich sollte ich meine beste Freundin unterstützen, die wie eine Schwester für mich gewesen war, mit der ich gelacht und Pläne geschmiedet hatte. Andererseits handelte sie gegen ihre ureigenen Interessen und traf eine schlechte Entscheidung. Nach langem Für und Wider war ich so erschöpft, dass ich einschlief und von dem Wettbewerb träumte – davon, vor einer Gruppe von Amerleys Aunties zu stehen, die mich völlig aus dem Konzept brachten, sodass ich kein Wort herausbekam. Ich stand ewig so da und schwieg, bis ich von der Bühne getragen werden musste. Beim Aufwachen war ich wahnsinnig wütend, dass Amerley mich bis in meine Träume verfolgte, ohne selbst darin vorzukommen. Alles drehte sich immer nur um Amerley. Ein ganzer Tag mit Amerley im Mittelpunkt der Aufmerksamkeit wäre einfach unerträglich.

Zu meiner Lesung kleidete sich Hajia festlich. Sie trug einen schönen weiß-blauen Boubou mit einem weißen Spitzen-Mayafi, das ihren Kopf bedeckte.

»Nana Hajia Shetu, die Erste«, sagte ich und machte einen Knicks, tat so, als wollte ich mich vor ihr in den Staub werfen wie Leute angesichts eines Chiefs.

»Witzbold!«, erwiderte Hajia mit einem funkelnden Lächeln.

Ihre Söhne trugen Shorts und schön gestärkte Hemden. Ich trug ein Kleid, das Amerley mir gegeben hatte, obwohl ich eigentlich nicht an sie denken oder ihre Aura um mich haben wollte. Aber es war das schönste Kleid, das ich besaß. Hajia sah mich anerkennend an, ging in ihr Zimmer und kehrte mit einer Kette aus gelben Perlen sowie mit einem Fläschchen Khol zurück, das sie öffnete, um mir die Augen damit zu umranden. Dann nahm sie mein Gesicht in beide Hände und lächelte.

Der Ort, an dem der Wettbewerb ausgetragen wurde, war nicht so, wie ich ihn mir im Traum vorgestellt hatte. Im Traum saßen wir draußen, aber im echten Leben füllten wir einen großen Saal voller Bankreihen. Die Bühne bestand aus einem kleinen Podest, das unwesentlich höher war als der Boden. Darauf standen fünf Holzstühle mit einem geblümten Polster. Neben der Bühne saß eine Furcht einflößende Gruppe: zwei Männer und eine Frau. Hajia und ihre Söhne nahmen ihre Plätze ein, und ich ging nach vorn zu einer Frau mit weißen Handschuhen und einem Stapel Unterlagen. Sie schien hier die Leitung zu haben. Bei ihr befanden sich eine ältere Frau und noch eine, die Anfang zwanzig zu sein schien. Als ich mich näherte und mich vorstellte, fuhr die Frau, die tatsächlich die Leitung innehatte, mit dem Finger über ein Blatt Papier. Als sie meinen Namen fand, riss sie die Augen weit auf und zuckte zurück.

»Aber du bist ja jung!«, rief sie.

Sie wies mich an, neben ihr stehen zu bleiben, während wir auf die Anmeldung von zwei anderen warteten. In der Zwischenzeit füllte sich der Saal, und meine Nerven waren bis zum Zerreißen gespannt. Als wir uns endlich auf unsere geblümten Polster setzen durften, musste ich mich an die erstaunlich harten Lehnen klammern, um nicht allzu sehr zu zittern.

Wir kamen in alphabetischer Reihenfolge dran, ich als Letzte. Die anderen Vorträge rauschten förmlich an mir vorbei wie Wolkenfetzen. Immer wieder musterte ich verstohlen die Jury, diese angsteinflößende Gruppe. Diese Leute verzogen das Gesicht nicht einmal zu einem Lächeln. Eine Lesung dauerte zu lange, und ein Mädchen war so nervös, dass es klang, als könnte es jede Minute in Tränen ausbrechen.

»Der nächste Essay stammt von Hassana Yero.«

Ich erhob mich, wischte mir die feuchten Hände an den Hüften ab und ging zu dem kleinen Podest, das als Bühne diente.

»Guten Morgen«, lautete mein erster Satz. Dann fiel mir wieder ein, dass Amerley gesagt hatte, wie sehr die Leute es liebten, in ihrer Sprache begrüßt zu werden. Also hieß ich sie auf Ga und dann auf Hausa willkommen.

»Min nna nye! Sannunku da zuwa!«

»Ich habe an einem Ort im Wald lesen gelernt, nachdem ich meinen Häschern entkommen konnte«, hob ich an.

Ich erzählte die Geschichte meiner Flucht und wie es kam, dass ich trotzdem Bildung genossen hatte. Wie meine Bildung mich in die Lage versetzt hatte, kreativ zu werden – auch dann, wenn ich glaubte, nicht mehr weiterzuwissen. Ich erzählte davon, wie ich mir selbstständig eine Arbeit gesucht hatte, wie ich für einen Armeeoffizier kämpfte, damit er eine bessere Behandlung bekam. Ich beendete meine Geschichte, indem ich verkündete, dass Private Osman immer noch auf Gerechtigkeit warte.

Ich holte nicht einmal Luft, bis ich fertig war, der Applaus veranlasste mich zu einer Verbeugung – trotz der Nervosität, die mich nach wie vor unter Strom setzte. Es begann, in meinen Adern zu rauschen, Erleichterung und Euphorie machten sich breit. So wie damals, wenn ich die Vorstellung für meine Großmutter eröffnete, bloß besser. Damals hatte ich nur irgendetwas nachgeplappert, ein Lied heruntergeleiert, das mir aufgetragen worden war. Hier hatte ich etwas selbst erschaffen, die Worte selbst aneinandergereiht, Bedeutung erschaffen, etwas Neues, auf das die Leute reagierten.

Während sich die Jury zurückzog, um den Gewinner zu ermitteln, gab es ein musikalisches Intermezzo, eine junge Frau spielte Flöte, aber nicht besonders gut. Ich ließ den Blick übers Publikum schweifen, der Saal platzte aus allen Nähten.

»Unsere Gewinner stehen fest«, sagte die Frau in der Jury, stand auf und klatschte. »Den dritten Platz macht Nancy Tamakloe. Applaus bitte.«

Nancy war diejenige, die zu lange geredet hatte. Ich bekam Herzklopfen. Ich wollte unbedingt gewinnen.

»Den zweiten Platz macht Hassana Yero. Miss Yero ist unsere jüngste Autorin, also ermutigen wir sie mit lautem Applaus.«

Der erste Preis ging an die älteste Frau. Ich fand ihren Essay recht schlicht, aber wie Amerley mir immer gern in Erinnerung rief, ging in unserer Gesellschaft Alter vor Talent. Ich regte mich nicht lange darüber auf, da ich Schreibmaterial gewann – einen Füller, ein Fläschchen Arnold's Green Writing Ink und etwas Papier –, ein willkommenes Geschenk, da ich in Sachen Schreibbedarf bisher auf Amerley angewiesen gewesen war.

Hajia und ihre Familie kamen zu mir auf die Bühne, um mich zu beglückwünschen.

»Ah, deine Mutter hat dir den Kopf eines Hoopoe zu essen gegeben«, rief Hajia. »Du bist einfach zu schlau!«

Während ich das Bild von meiner Mutter verdrängte, die mir eine Schale mit dem Kopf eines Wiedehopfs reichte, drängte sich die Frau mit der Leitungsfunktion an Hajia vorbei und legte mir ihre behandschuhten Finger auf die Schulter. »Ich war beeindruckt von deinem Essay und von deinem Vortrag. Ich bin die Direktorin der Wesleyan Girls' School. Wie wäre es, wenn du jüngere Mädchen unterrichten würdest? Es inspiriert sie bestimmt, wenn sie sehen, dass ein so junger Mensch wie du schon so brillant sein kann.«

»Ich habe eine Anstellung«, sagte ich, noch ehe ich mir auf die Zunge beißen konnte.

»Oh, Entschuldigung«, sagte sie. »Ich hätte nicht vorgreifen sollen. Am Sonntag fahre ich nach Cape Coast, also übermorgen. Lass uns doch morgen noch mal darüber reden. Vielleicht kann ich dich ja doch überzeugen, mein Angebot in Erwägung zu ziehen?«

Auf einem ihrer Blätter zeichnete sie mir den Weg zu ihrem Haus auf.

Am nächsten Tag machte sich Hajia fein, um zu Amerleys Verlobung zu gehen, und ich versprach, nach meiner Verabredung dazuzustoßen. Ich ging die Horse Road hinauf, in Richtung Victoriaborg, das in der entgegensetzten Richtung von Amerleys Verlobungsfeier lag. Ich erreichte ein geweißtes zweistöckiges Haus mit umlaufendem Balkon im zweiten Stock. Es befand sich auf einem großen Grundstück mit riesigen Bäumen. Als ich ans Tor klopfte, löste das wütendes Gebell aus. Die Laute des Biests hinter dem Tor kündeten von Blutdurst.

Ein Mädchen in meinem Alter machte mir auf.

»Psst, Layday«, sagte sie und drohte der braun-weißen Hündin mit dem Finger, die zu meiner großen Erleichterung an einer der Palmen am Eingang angekettet war. Ich musste lächeln, wie das Mädchen *Lady* ausgesprochen hatte, und war beruhigt.

Die junge Frau führte mich ins Wohnzimmer, luftig mit hohen Decken und Fenstern, die eine leichte Brise hereinließen. Das Mädchen ging eine Treppe hinauf und kam, gefolgt von der Direktorin, wieder herunter. Die wirkte deutlich entspannter als beim letzten Mal. Sie trug ein langes weißes Gewand, und ihr Haar war zu einem Knoten gebunden. Ihre Finger steckten nicht in Handschuhen.

»Danke, dass du pünktlich bist«, sagte sie.

Sie erklärte mir, dass die Arbeit darin bestehe, Mädchen im Grundschulalter Englisch beizubringen. Ich wäre auch für die Internatsräume verantwortlich, müsste sicherstellen, dass die Mädchen die Regeln beachteten und sich jeden wachen Moment an die christlichen Werte hielten.

»Du wirst Accra verlassen müssen«, schloss sie. »Die Schule befindet sich in Cape Coast.«

Ich spürte, wie ich in mich zusammensank, so als wiche alle Luft aus meinem Bauch. Cape Coast kam nicht in meinen Plänen vor. Aber vielleicht gab es ja einen Grund, warum es nun in mein Leben trat? Das wäre die Chance, Teil von so aufregenden Bewegungen wie der Native Ladies of Cape Coast und der Gold Coast Aborigines' Rights Protection Society zu werden. Ich notierte mir ihre Adresse, bedankte mich und versprach, ihr meine Antwort schriftlich mitzuteilen.

Dann bat sie mich, noch zum Abendessen zu bleiben. Ich dachte an Amerleys Verlobung und nahm ihre Einladung an.

Als ich zu Hajia zurückkehrte, schüttelte sie nur den mit einem weißen Schleier bedeckten Kopf.

»Selbst wenn ihr nicht mehr miteinander redet: Das, was du da gerade getan hast, macht man einfach nicht! In diesem Leben ist es normal, in Streit zu geraten, aber noch lange kein Grund, deine Freundin zu enttäuschen.«

Wenn ich mich gegenüber Hajia rechtfertigte, würde das nur lächerlich klingen, deshalb ließ ich es bleiben.

»Weißt du, dass sie bei deinem Wettbewerb war?«

»Ich hab sie gar nicht gesehen!«

»Sie ist schon früh gegangen, um sich auf die Verlobung vorzubereiten.«

Meine Arme hingen schlaff hinab. Scham war kein schönes Gefühl. Scham war ein Tanz zwischen Stolz und Zerknirschung:

Man schwankt zwischen Wut, Trauer und Angst, und das immer wieder von vorn.

»Ich werde so oder so nach Cape Coast gehen«, platzte es aus mir heraus. Es war dic Scham, die da aus mir sprach.

»Na, ich hoffe, du findest dort gute Freunde«, meinte Hajia und setzte ihren Schleier ab.

In einem emotionalen Moment hatte ich eine Entscheidung gefällt, die hätte reifen, ja, über die ich länger hätte nachdenken sollen. Aber nun war es heraus und konnte nicht mehr zurückgenommen werden. In dieser Nacht schlief ich sehr schlecht.

Wir rennen an den Wasserlöchern vorbei. Die Mädchen feuern uns an. Ich bin weit vor ihr, bis sie langsam in Führung geht, und egal, wie schnell ich renne – ich hole sie nicht ein.

Ich wachte verwirrt auf, fühlte mich wie aus meinem Körper getreten und gleichzeitig stark zu Husseina hingezogen. Sollte mir das etwas in Bezug auf meinen Umzug nach Cape Coast sagen? Würde er mich noch weiter von Husseina wegbringen? Mein Gehirn schien wie in Flammen zu stehen. Ich beschloss, mich bei Amerley zu entschuldigen, Mr Nelson von meinem Jobangebot zu unterrichten und anschließend Vorbereitungen für meinen Umzug nach Cape Coast zu treffen.

Mr Nelson machte ein ganz trauriges Gesicht, als ich ihm sagte, dass ich fortziehen würde. Er dankte mir für meine Arbeit und lächelte.

»Ich werde Ihnen zeigen, wie alles organisiert ist«, sagte ich und fragte dann, ob Amerley zu Hause sei.

»Wir haben dich bei der Verlobung vermisst. Sie ist oben.«

Die Beine wurden mir schwer, als ich quer durch den Innenhof und dann die Treppe hinaufging. Wie sollte ich mein schreckliches Verhalten überhaupt ansprechen?

Ich klopfte schwach an ihre Tür, und sie machte auf. Sie schwieg, schlug mir die Tür aber nicht vor der Nase zu. Der gesamte Holzboden war von Kleidern bedeckt.

»Dein Vortrag war fantastisch«, sagte sie. »Du hättest gewinnen müssen.«

»Danke.« Ich wusste nicht, ob ich ihre Verlobung ansprechen sollte oder ob ein unverfänglicheres Thema besser wäre. *Frag nach John Junior*, sagte eine innere Stimme. Aber das barg zu viel Sprengstoff. Also sagte ich: »Ich habe eine Stelle in Cape Coast angenommen. Als Lehrerin.«

Sie riss die Augen auf und begann, die Kleider aufzuheben.

»Wann ziehst du um?«

»Gegen Jahresende.«

»Dann haben wir noch einen Monat Zeit, um für Private Osman zu kämpfen.«

Ich sprang auf und umarmte sie. »Tut mir leid, dass ich so egoistisch war. Ich hätte dir in jedem Fall zur Seite stehen müssen.«

»Nun, meine Hochzeit solltest du nicht verpassen.«

»Wie war die Verlobung?« Endlich war ich mutig genug zu fragen.

»Das sag ich nicht.«

»Bitte!«

»Nein. Komm zur Hochzeit.«

Amerley und ich saßen vor der vollen Kanzlei von Anwalt Easterman und sahen zu, wie seine Mandanten kamen und gingen. Wir hatten keinen Termin vereinbart, weshalb seine Sekretärin sagte, dass wir warten müssten, bis er eine freie Minute für uns habe. Wir setzten uns auf die Bank vor seinem Büro, unter einen Baum, der mehr Blätter an den Wurzeln als an den Zweigen hatte. Wir vertrieben uns die Zeit damit, uns auszumalen, was die Leute getan hatten, um den Anwalt in Anspruch nehmen zu müssen.

»Der hier hat jemandem die Ziege gestohlen«, sagte Amerley.

»Und der hier hatte einen Riesenstreit mit seiner Frau, woraufhin sie ihn so fest geohrfeigt hat, dass er nichts mehr hören kann«, sagte ich. (Der Mann hielt sich die ganze Zeit die Wange.) »Er will seiner Frau eine Lektion erteilen.«

Irgendwann mussten wir so laut kichern, dass die Sekretärin aus ihrem Büro kam und uns befahl, nicht so viel Lärm zu machen.

Als er uns endlich empfangen konnte, führte uns Anwalt Easterman mit einem herzlichen Hallo in sein Kanzleizimmer.

»Wie geht es meinem guten Freund Mr Nelson?« Er nahm seine Brille ab. »Entschuldigt bitte, dass ich nicht zur Verlobung gekommen bin. Der Kampf gegen diesen Landerlass nimmt mich rund um die Uhr in Beschlag.«

»Dafür haben wir Verständnis«, sagte Amerley.

»Jetzt zu eurem Fall«, fuhr Anwalt Easterman fort, der dicke Tränensäcke unter den Augen hatte. »Ich fürchte, da hat sich nichts getan. Der Gouverneur wollte ein paar Insassen freilassen, aber das Problem mit dem Landerlass hat jetzt Vorrang, wenn ihr versteht, was ich meine …«

»Ja«, sagten Amerley und ich im Chor.

»Aber irgendwas müssen wir doch tun können«, sagte ich. »Soll ich noch eine Petition verfassen?«

»Niemand kann dich daran hindern. Doch es besteht die Möglichkeit, dass sie nicht mal gelesen wird. Tut mir leid, dass ich keine besseren Nachrichten habe.«

Den ganzen Heimweg über hielt Amerley meine Hand, bis wir uns bei Hajia auf den Matten in ihrem Wohnzimmer niederließen. Wieder blieben mir die Worte in der Kehle stecken. Amerley überbrachte ihr die schlechten Nachrichten.

Ein paar Wochen später packte ich meine Bücher und Kleider in eine Truhe. Ich hatte ein sehr schlechtes Gewissen, Hajia allein zu lassen – Private Osman war immer noch in der Anstalt. Hajia beauftragte einen jungen Mann aus dem Zongo, mir die Truhe zum unweit von James Fort gelegenen Hafen zu tragen, wo die Dampfer anlegten. Als ich ihr und Amerley zum Abschied zuwinkte, musste ich an Jane Eyre denken, daran, wie sie in Thornfield Hall ankommt, und fragte mich, welche Abenteuer wohl am Ende meiner Reise auf mich warteten.

9
Vitória

Als sie in Lagos ankam, hatte sie die Kilos, die Brasilien ihr mit seinen Moquecas und Feijoadas hatte angedeihen lassen, wieder abgenommen. Entsprechend Yayas letzten Wünschen hatte Tereza Yayas Haus verkauft und ein neues erworben, das kleiner war, aber dafür ein Ile petesi mit zwei Stockwerken.

In der ersten Woche ließ Tereza Vitória schlafen. Sie sagte, sie wisse, wie einem so eine Schiffsreise alle Kraft rauben könne. In der zweiten Woche erzählte Tereza Vitória, Yayas Kunden seien begeistert zu hören, dass ihre Tochter zurück und eine ebenso gute Schneiderin sei. In der dritten Woche war klar, dass Vitória nichts tun, sondern nur im Bett liegen wollte. Sie badete in Selbstmitleid und fragte Tereza, ob Yaya sie verstoßen hätte, wenn sie nicht Yemanjás Tochter gewesen wäre. Tereza meinte, dass sie ohne Yemanjá gar nicht erst bei Yaya gelandet wäre. So gesehen, sei das sowieso nicht Yayas Entscheidung gewesen, sondern immer nur die von Yemanjá.

Vitória war dermaßen von Trauer überwältigt, weil sie Bahia verlassen und Yaya verloren hatte, dass sie nur durch einen Schock aus ihrem Zustand herausgerissen werden konnte. Deshalb verkündete Tereza, dass sie an die Goldküste gehen werde, um Perlen, Stoffe und Sandalen aus Brasilien zu verkaufen. Vitória müsse solange bei Senhora dos Santos bleiben. Vitória flehte Tereza an, nicht zu gehen, und versprach ihr, sich um Yayas alte Kunden zu kümmern. Sie hatte auch noch Geld, von dem sie mehrere Monate leben konnte. Tereza willigte ein, noch acht Wochen zu bleiben, und brach dann zur Goldküste auf. Sie hielt mit Briefen Kontakt, die sie Vitória über Senhora dos Santos zukommen ließ.

7. Januar 1898

Liebe Vitória,

es war schön, deinen Brief zu bekommen und zu hören, dass Senhora dos Santos so nett ist, die Post für dich zu lesen und zu schreiben. Diesmal melde ich mich, weil ich einen Vorschlag für dich habe. Bei meinen Reisen durch die Goldküste habe ich viele Menschen getroffen, die Interesse daran haben, unsere Traditionen und unseren Glauben lebendig zu halten, sich aber schwer damit tun, Terreiros zu gründen. Als Kind von Yemanjá und Yaya bist du doppelt gesegnet. Du könntest herkommen und ihnen hier bei der Gründung eines Terreiro helfen. Deine Arbeit in Bahia hat sich in der gesamten Glaubensgemeinschaft herumgesprochen, man wird dich wie eine Königin behandeln.

Bitte bring mehr von meinen Perlen mit. Meine allerliebsten Grüße an Senhora dos Santos. Ich hoffe, du kannst so schnell wie möglich hier sein. Meine Adresse entnimmst du der unten stehenden Karte.

Alles Liebe
Tereza

Senhora dos Santos las zu Ende, faltete den Brief da, wo er bereits gefaltet worden war, und schob ihn zurück in den Umschlag.

»Da hast du eine wichtige Entscheidung zu treffen, Vitória«, sagte sie.

Yaya wäre stolz auf Vitória, wenn sie dorthin ginge. Und was Yemanjá anbelange, sei sie eine fürsorgliche Gottheit, sodass sich Vitória sicher sein könne, von ihr beschützt zu werden. Sie war vor etwas mehr als vier Monaten aus Bahia zurückgekehrt und hatte ein paar Kunden gewonnen, überwiegend Freundinnen von Senhora dos Santos, die ihre brasilianische Nähkunst zu schätzen wussten. Damit hatte sie das Startkapital, das Yaya ihr vermacht hatte, erhöhen können. Wenn sie nicht nähte, nahm sie an Candomblé-Zeremonien in Senhora dos Santos' Haus teil. In Lagos galt sie nach wie vor als Yayas Tochter und hatte noch keine größere Rolle im Terreiro übertragen bekommen. Sollte sie an der Goldküste Erfolg haben, könnte sich das bis nach Lagos herumsprechen, und dann würden ihr die älteren Mães erlauben, weitere Funktionen zu übernehmen.

»Ich werde hingehen«, sagte Vitória zu Senhora dos Santos.

Zwei Monate später nahm Vitória einen Dampfer zur Goldküste. Sie hatte viele Kleider genäht, um sich das Geld für die Reise zusammenzusparen. Die Fahrt war zwar kurz, aber unruhig. Sie erschöpfte Vitória derart, dass sie beim Anlegen im Hafen von James Town nicht mal mehr die Kraft hatte, ihre Truhe anzuheben. Sie musste einen Jungen bezahlen, damit er sie ihr trug. Terezas Adresse war nicht schwer zu finden, und als Vitória dort ankam, schlief sie gefühlt tagelang, um sich von der Reise zu erholen. Terezas Räumlichkeiten in Accra bestanden aus einem feuchten Zimmer, dessen Wände von schmutzigem Braun bedeckt waren.

»Ich werde tun, was ich tun muss, und dann nach Lagos zurückkehren«, sagte Vitória, als sie aufwachte. »Dieser Ort …« Sie zeigte auf die Wände.

»Das liegt daran, dass wir hier so nah am Meer sind«, meinte Tereza hustend.

»In Lagos leben wir auch nah am Meer, aber da ist es nicht so schlimm.«

Nachdem sie gebadet und sich schön gemacht hatten, führte Tereza sie gewundene Gassen entlang, an denen meist kleine Häuser standen. Einige Straßen waren breiter als die in Lagos, aber es gab nicht solch beeindruckende Gebäude wie in Bahia. Der Geruch von geräuchertem Fisch war überall. Sie erreichten ein kleines eingeschossiges Haus und gingen hinein. Bis auf ein paar Bänke und zwei aufeinandergestapelte Trommeln in einer Ecke war es so gut wie leer, es gab nicht einen einzigen Wandschmuck. Diese Leute hatten wirklich vergessen, dass der Tempel sowohl für Orixás als auch für Gemeindemitglieder attraktiv sein sollte. Vitória war nicht klar gewesen, wie wenig hier stimmte. Sie hatte gedacht, sie wäre gekommen, um ihnen den Umgang mit heiligen Blättern beizubringen (von denen sie in ihrer Truhe jede Menge mitgebracht hatte), um ihnen zu zeigen, wie man den Terreiro geöffnet halten konnte, um dann wieder abzureisen.

Sie nieste laut, was eine Frau um die fünfzig auf den Plan rief. Vitória musste zweimal hinschauen. Schwester Maria und sie hätten glatt Schwestern sein können.

»Ah!«, rief sie. »Das muss ein Wunder sein. Ich kann kaum glauben, dass Yaya Silvinas Kinder leibhaftig hier sind. Oh ja, wir befinden uns in guten Händen. Und du bist so schön, Bela.«

Tereza stellte die Frau als Mãe Ribeiro vor.

Sie umarmte Vitória und sagte: »Wir sind so froh, dass du gekommen bist. Ich fühle mich zu dieser Arbeit berufen, aber das Leben schickt mich immer wieder woandershin. Erst gestern ist mein Vater gestürzt, und ich bin die Einzige, die sich um ihn kümmern kann.«

»Wann soll mit den Zeremonien begonnen werden?«, fragte Vitória, in der Hoffnung, dass man ihr nicht ansah, wie viel hier noch gemacht werden musste. Aufregung ergriff von ihr Besitz – jetzt konnte sie zeigen, wozu sie imstande war. Yaya hatte ihr alles ganz genau beigebracht. »Was ist vorhanden?«

»Trommeln. Die Musikinstrumente.«

Vitória musste so bald wie möglich einen Markt finden. Stoffe würden eine große Veränderung bewirken. Stoffe, mit denen sie die Wände verhängen und Kleider für die Orixás nähen konnte.

»Wo ist der nächste Markt?«

»Tereza, bringst du sie hin? Hinter dem Zongo gibt es einen guten Markt. Mit Kolanüssen, Perlhühnern, Ziegen – mit allem, was man sich nur wünschen kann.«

»Und Stoffe?«

»Man bekommt dort auch Webstoffe. Wenn du europäische Stoffe brauchst, versuch es bei der Basler Mission. Aber wir haben nur ein kleines Budget.«

Es brach Vitória das Herz, dass Geld stets ein Problem für die Anhänger ihrer Religion zu sein schien. Sie würde Tereza bitten, ein paar Perlen zu spenden, und auch etwas von ihrem Geld ausgeben.

Nach der dritten Nacht in dem einen Zimmer sagte Vitória zu Tereza, dass sie eine bessere Unterkunft haben wolle.

»Leide jetzt, dann hast du Geld für später. Du wirst sowieso nicht allzu lange hierbleiben.«

»Ich bekomme keine Luft, es muss etwas Besseres geben.«

»Yaya hat das, was sie aufgebaut hat, nicht mit irgendwelchen Extravaganzen aufgebaut. Erinnerst du dich noch an das Haus in Bahia?«

Vitória war begeistert davon, den Terreiro auf den

Weg bringen zu können, aber in dieses »Zuhause« zu kommen schlug ihr aufs Gemüt. *Yemanjá,* betete sie. *Führe mich einfach dorthin, wo ich hingehöre.*

Im Lauf der nächsten Woche verbrachten Tereza und sie viel Zeit außerhalb des Zimmers. Sie gingen zum Zongo-Markt, wo sie sich auf Hausa verständigen konnte. Ihre Brust schwoll vor Stolz, wenn sie handeln konnte wie Yaya. Egal, welchen Preis der Verkäufer zunächst nannte – sie bot ein Achtel davon und begann dann zu handeln.

»Du bist gemein«, sagte ihr ein Mann, der Kaurimuscheln verkaufte, und sie strahlte.

Sie kaufte weißen Kattun und Spitze, um daraus schlichte Vorhänge und Blusen zu nähen. Sie entdeckte eine Frau, die glänzenden Musselin feilbot, und bei ihr kaufte Vitória Stoffe in allen Regenbogenfarben. So konnte jeder Orixá angemessen gefeiert werden. Sie kaufte Pflanzen – Zwergpalmen, Minze und gestreifte Drachenbäume – und Übertöpfe. Tereza gelang es, Passanten alle ihre Perlen zu verkaufen, sodass sie Vitória nur zu gern überallhin begleitete.

Doch wenn sie dann abends in diesem kleinen Zimmer aßen, musste sich Vitória anstrengen, keine Abneigung gegen Tereza zu entwickeln, deren Geschmack sie für besser gehalten hatte.

Vitória stellte die Übertöpfe mit den Pflanzen in die Ecken des Zeremoniensaals. Die Orixás fühlten sich inmitten von Natur wohl. Am idealsten wäre es, im Wald zu sein, aber in Städten wie Accra und Lagos blieb ihnen keine andere Wahl, als in Häusern wie dem hier zu arbeiten.

Sie hatte begonnen zu nähen. Sie war mit leichtem Gepäck gereist, mit wenig Nähsachen, aber um die Röcke, Blusen Vorhänge und Wandbehänge herzustellen, wurde eine Nähmaschine benötigt, um den Prozess zu beschleunigen.

»Mãe Ribeiro«, sagte sie und steckte den Kopf aus der Tür, die zum Innenhof des Tempels hinausging. Er war kahl, der Boden gerade erst mit gefegtem Sand bedeckt.

»Papa, alles austrinken!«, sagte Mãe Ribeiro zu ihrem Vater, der grauhaarig auf der Innenhofveranda saß, eine Kalebasse in der Hand. »Ja, Bela?«

»Ich würde gern einiges nähen. Hast du eine Nähmaschine?«

»Ich?« Lachend schlug sie sich auf die Schenkel. »Es gibt aber einen Ort namens Scissors House, die Leute nennen es auch ›Im Schiff‹. Es ist grün und gelb. Jeder kennt es. Geh dorthin und frag nach Mr Nelson. Er ist ein reizender Mann – netter als diese Frauen, die sich Schneiderinnen nennen. Ich bin mir sicher, dass er dich an seiner Maschine arbeiten lässt. Er wird nicht einmal Geld dafür verlangen.«

Vitória nahm ihre Stoffe, legte sie zusammengefaltet in einen Korb und verließ den Tempel zusammen mit Mãe Ribeiro, die in der Tür stehen blieb.

»Hier links und dann immer geradeaus«, sagte Mãe Ribeiro. »Irgendwann rechts kommt es dann. Wenn du dich verlaufen solltest, frag nach Shipemli.«

Mãe Ribeiro vergaß, dass Vitória nur Portugiesisch, Yoruba und Hausa konnte. Hier brauchte sie Englisch und Ga. Aber sie fand das Haus ohne Probleme, so gesehen waren Mãe Ribeiros Sorgen unbegründet. Vitória ging durch die Tür unter einem Schild, auf dem Scissors House stehen musste. Sie spürte, dass sie schon einmal hier gewesen war, und bekam Gänsehaut. In dem Gebäude befanden sich eine Kleiderstange, die schier überquoll vor Kleidern auf Bügeln, und ein Schreibtisch. Niemand saß dahinter. An der Wand hing das Foto von einer Frau aus Bahia, und Vitórias Herz zog sich schmerzhaft zusammen. Ob sie wohl je nach Bahia zurückkehren würde?

Hinter ihr ging die Tür auf, und sie erstarrte. Es war, als schaute sie sich selbst ins Gesicht, als wäre sie gerade erst aufgewacht. Oder als hätte man ihr einen Eimer Wasser ins Gesicht geschüttet. Fast schlafwandelnd schwebte sie zu der Person, streckte die Hand aus und berührte das Gesicht direkt vor ihr, um zu kontrollieren, ob sie das alles nicht bloß träumte. Diejenige vor ihr ließ die Arme schlaff an ihrem Körper herabhängen. Sie hatte den Mund weit aufgerissen und streckte irgendwann auch die Hand nach ihr aus.

»Hassana«, sagte Vitória schließlich und fiel ihrer Schwester in die Arme.

Sofort fühlte sie sich sowohl zu Hause als auch fremd. Seltsam und so, als wäre es das Normalste von der Welt. Sie hatte einen Kloß im Hals, der gar nicht mehr weggehen wollte. Sie hielten sich fest und ließen erst los, als sich ein Mann räusperte.

Auf Englisch redete Hassana schnell auf ihn ein.

Er kniff die Augen zusammen, trat hinter seinem Schreibtisch hervor und umarmte sie beide.

»Englisch?«, fragte Hassana.

Vitória schüttelte den Kopf. »Portugiesisch«, erwiderte sie.

»Unglaublich«, sagte der Mann, der Mr Nelson sein musste, auf Portugiesisch.

Hassana war runder als ihre Schwester, ihre Haut eher rot als braun. Sie trug das Haar zu einem Knoten gebunden. Lauter Details, in denen Vitória schwelgte, als sie ihre Schwester betrachtete. Bestimmt erkannte Hassana in ihr eine dünnere Version von sich selbst, mit brauner Haut und Haar, das zu zwei Cornrows geflochten war. Zwei Hälften eines Ganzen.

Vitória nahm Hassanas Hände und musterte sie. Sie konnte kaum fassen, dass der Tag endlich gekommen war – sie hatte es nicht wirklich für möglich gehalten. Tief in ihrem Innern war sie sich sicher gewesen, Hassana verloren zu haben. Vielleicht hatte sie auch deshalb immer nach vorn geschaut und nie zurück. Sie war erst vor einem halben Jahr aus Lagos gekommen und hatte ihre Schwester jetzt schon gefunden. Es war wie ein Wunder. Sie weigerte sich, die Hände ihrer Schwester loszulassen.

»Ich bin aus Cape Coast zur Hochzeit meiner Freundin gekommen«, sagte Hassana und durchbrach die Trance, in die Vitória gefallen war. »Ich kann nicht glauben, dass du hier bist, dass du es tatsächlich bist.« Sie sprach Gourmanchéma, aber es klang ungewohnt.

Hassana fragte den Mann etwas, und er nickte und zeigte hinter sich.

Vitória ließ sich hinausführen, in einen von anderen Gebäuden gesäumten Innenhof, eine Treppe höher und in ein Zimmer mit Meerblick.

»Seit wann bist du hier?«, fragte Hassana.

Vitória merkte, dass ihr der Schock und die Überrumpelung die Sprache verschlagen hatten. Sie musste sich räuspern.

»Fast zwei Wochen«, sagte sie.

Gourmanchéma war eine Sprache, die sie schon seit Jahren nicht mehr gesprochen hatte. Wie konnten sie sich am bequemsten unterhalten? Die Sprachen, die Vitória leicht über die Lippen kamen, waren Portugiesisch, Yoruba und Hausa – Sule sei Dank. Gourmanchéma war nur noch ein ferne Melodie in ihrem Ohr. Sie war sich sicher, dass Hassana Englisch und vielleicht auch Portugiesisch sprach, weil sie innerhalb der brasilianischen Gemeinschaft lebte. Aber es wäre einfach zu seltsam gewesen, sich in einer Sprache zu unterhalten, die nicht die ihre war, eine, die weit weg von ihrem Zuhause erlernt worden war.

Ihre Schwester setzte sich aufs Bett, als wäre das ihr Zimmer, schob den Kleiderhaufen beiseite und klopfte neben sich auf die Matratze.

»Wohnst du hier?«, fragte Vitória auf Hausa. Sie wechselten zwischen Gourmanchéma und Hausa hin und her – genau wie damals, wenn die Karawanen nach Botu kamen.

»Nein, ich habe nur ein Kleid von Mr Nelson abgeholt. Seine Tochter, meine Freundin, heiratet. Das ist ihr Zimmer.«

Vitória hatte doch tatsächlich das Gefühl, in einen Spiegel zu schauen. Als sie sich das letzte Mal gesehen hatten, hatte sich Hassana heiser gebrüllt. Damals waren sie zehn Jahre alt gewesen. Jetzt waren sie siebzehn. Sie hatten viele Fragen, schwiegen aber und berührten die Wangen der jeweils anderen. Sie mussten herauskriegen, wie sie sich wiedergefunden hatten. Überwältigender Jasminduft stieg Vitória in die Nase.

»Du warst in Brasilien?«, fragte Hassana.

Vitória nickte. Ihre Worte waren wirr. Vor lauter Emotionen fühlte sie sich wie verknotet.

»Ich habe es geträumt.«

»Ich weiß«, sagte Vitória.

Hassana erzählte rasch von ihrem Weg. Sie war sprachbegabt und drückte sich wunderschön aus, selbst wenn sie zwischen den Sprachen hin und her wechselte. Ihre Stimme war melodisch. Auch Vitória erzählte ein wenig von ihrer Geschichte. Als die Sonne den Himmel in Violett-Orange tauchte, merkte Vitória, dass es spät wurde. Sie sagte Hassana, dass sie sich nicht gut in Accra auskenne.

»Ich begleite dich. Kommst du morgen mit zur Hochzeit?«, fragte Hassana.

Vitória nickte. »Ich muss Mr Nelson fragen, ob ich seine …« Sie wusste das Wort für *Nähmaschine* nicht auf Hausa oder auf Gourmanchéma, deshalb sagte sie es auf

Portugiesisch, und ahmte die Drehbewegung des Rads nach.

»Er ist wie ein Vater für mich. Er wird nicht Nein sagen. Komm!«

Vitória nahm ihren Korb und folgte Hassana nach unten.

Hassana ergriff das Wort, doch Vitória schaltete sich ein. Sie konnte dem Mann besser sagen, was sie brauchte.

»Pai«, sagte sie. »Ich mache Vorhänge, Blusen und Röcke.« Sie hütete sich noch davor, ihm zu erklären, dass sie für Candomblé-Zeremonien waren, weil sie nur zu gut wusste, dass gläubige Katholiken das ablehnten.

»Du bist hier jederzeit willkommen.«

Vitória hatte vorgehabt, zum Terreiro zurückzukehren und von dort aus zu Terezas Zimmer. Aber als sie sagte, wo Tereza wohnte, kannte Hassana einen kürzeren Weg.

Sie hakten sich unter und verließen Scissors House, liefen auf ein graues Meer zu.

»Du warst auf der anderen Seite«, sagte Hassana und zeigte aufs Meer. »Das hat uns getrennt.«

»Aber es hat uns auch wieder zusammengeführt«, erwiderte Vitória. Das Meer war Yemanjás Reich, und obwohl es durchaus zerstörerisch sein konnte, war es auch eine unerschöpfliche Quelle.

»Wenn nur Aminah bei uns wäre!«, sagte Hassana.

Ein Schluchzen entrang sich Vitória, und sie blieb stehen, schlug sich die Hände vor den Mund. Freude, Trauer und Euphorie pur erfassten sie. Sie konnte kaum fassen, dass sie sich mit ihrer Schwester an ein und demselben Ort befand. Hassana umarmte sie, und nachdem Vitória sich wieder gefasst hatte, betraten sie Terezas Wohnung.

»Wenn du doch hier bei mir bleiben könntest!«, sagte Vitória. »Aber das Zimmer ist klein, unbequem und stinkt nach schmutziger Unterwäsche. Außerdem nimmt Tereza viel Raum ein.«

Hassana lachte. »Ich wünschte, du könntest mit zu mir kommen, aber ich teile mein Zimmer mit Hirsemehl. Nach der Hochzeit morgen werden wir uns etwas Neues überlegen.«

»Setz dich kurz zu mir«, sagte Vitória, die sich draußen auf der Treppe vor Terezas Tür niederließ. Wäre Tereza zu Hause gewesen, hätte die Tür offen gestanden.

»Obwohl ich Hajia – der Frau, bei der ich wohne – gesagt habe, dass ich nicht lange fortbleibe, kann ich mich einfach nicht losreißen.«

Hassana setzte sich und lehnte den Kopf an Vitórias Schulter. Ihr Körper war warm und duftete nach Talkumpuder. Als kleines Mädchen war Vitória oft diejenige gewesen, die den Kopf an Hassanas Schulter gelehnt hatte.

»Ist Hajia gut zu dir?«, fragte Vitória.

»Sie ist diejenige, bei der ich mich nach all den Jahren am meisten zu Hause fühle. Ihr Tuo ist fast so gut wie das von Na.«

»Tuo!«, rief Vitória. »Ich habe schon eine Ewigkeit nicht mehr an Tuo gedacht. Ich würde alles darum geben, eine Schale mit Nas getrocknetem Okra und Tuo zu kriegen, und sei es nur, um es mir die Arme hinunterlaufen zu lassen. Du hast mir immer mein letztes Stück Fleisch geklaut.«

»Ich verspreche, den letzten Fleischbissen von nun an stets dir zu überlassen«, sagte Hassana. »Ich bin mir sicher, dass dich Hajia nur zu gern bekochen wird. Und du? Wer war der beste Mensch, dem du begegnet bist?«

Vitória erzählte ihr von Yaya, die sie vor Baba Kaseko gerettet hatte, und Hassana berichtete von ihren Erlebnissen mit Wofa Sarpong.

Ein Mann kam vorbei. Er läutete mit einer Glocke und hatte eine Ladung Yams-Wurzeln auf dem Kopf.

»Fragst du dich auch manchmal, was aus Botu geworden ist? Aus den Leuten, die wir zurückgelassen haben?«, meinte Hassana.

»Offen gestanden hatte ich Angst, auch nur an dich zu denken. Ich weiß nicht, ob ich überlebt hätte, wenn ich an unser Zuhause gedacht hätte, an alle, die wir verloren haben.«

»Manchmal wäre ich am liebsten zurückgekehrt, um den Leuten, die uns entführt, verkauft und gekauft haben, die Kehle durchzuschneiden.«

Vitória lachte. »Du hast dich kein bisschen verändert.«

Doch als Hassana ihr davon erzählte, dass sie in Cape Coast unterrichtete, und Vitória ihre Schwester dabei beobachtete, merkte sie, dass die Worte, die Hassana wählte, die Gesten, die sie benutzte, die Art, wie sie die Finger sprechen ließ, so als holte sie unsichtbare Dinge aus der Luft, allesamt neu waren. Das Gesicht vor ihr war ihr so vertraut, als wären sie keine Sekunde getrennt gewesen, aber manches hatte sich dennoch verändert.

»Ich bin so froh«, sagte Hassana und sah zu Vitória auf. »Kaum zu fassen, dass wir uns gefunden haben!«

Vitória nickte.

Sie unterhielten sich weiter, klammerten sich aneinander und sahen zu, wie der Mond immer höher stieg. Erst als Tereza zurückkehrte, sagte Hassana, sie habe gar nicht gemerkt, wie viele Stunden vergangen seien.

Tereza schlug sich die Hand vor den Mund und blieb wie angewurzelt stehen.

»Hassana – Tereza. Tereza – Hassana, meine Zwillingsschwester.«

Tereza umarmte Hassana wie eine alte Freundin. Dann klatschte und tanzte sie.

Als sie Hassana losließ, sagte sie: »Jetzt kann Yaya in Frieden ruhen.«

»Tereza muss natürlich auch mit zur Hochzeit kommen«, sagte Hassana. »Tut mir leid, dass ich euch allein lassen muss, aber ich muss gehen. Bis hoffentlich morgen!«

Vitória stand auf und schlang die Arme um Hassana.

Später am Abend, als Tereza schon schlief, schlich sich Vitória aus dem schimmeligen Zimmer und setzte sich draußen auf die Treppe. Endlich ließ sie sich von ihren Gefühlen in allen Regenbogenfarben überwältigen. Hier saß sie nun und hatte geglaubt, den Leuten mit dem

Tempel zu helfen, um dann das Schiff zurück nach Lagos zu nehmen. Für ihre Schwester war sie nach wie vor Husseina, nicht Vitória. Doch Husseina stammte aus einer ganz anderen Phase ihres Lebens. Jedes Mal, wenn sie sich die Tränen abwischte, kamen neue. Wenn sie an diesen Tag gedacht hatte, was selten der Fall war, hatte sie sich das Bittersüße daran ausgemalt – nicht aber eine so tiefe Traurigkeit.

Sie ließ eine verdrängte Erinnerung zu: das erste Mal, das sie getrennt geschlafen hatten. All die Jahre hatte Vitória dieser Nacht die Schuld an allem, was danach kam, gegeben: Ihr Vater war verschwunden; ihre Stiefmutter war gegangen, um einen Bräutigam für ihre älteste Schwester zu finden. Sie hatten stets bei ihrer Mutter geschlafen, aber als diese ein weiteres Kind erwartete, zogen sie zu ihrer Großmutter, die ihnen Geschichten erzählte und dann einschlief. Ihr Schnarchen war lauter als das Gebrüll eines Löwen. Damals waren ihre Träume ganz ähnlich. Wenn sie ihre nächtlichen Abenteuer beschrieben, konnte eine die Sätze der jeweils anderen beenden. Aus heiterem Himmel beschloss Hassana, nicht mehr bei ihrer Großmutter zu nächtigen, und sagte, es mache ihr Angst, dass Vitória mit offenen Augen schlafe. Hassana zog zu Aminah. Das war ihre erste Trennung gewesen. In dieser Nacht träumte Vitória einen Traum, der sie lähmte. Er hielt sie in einer Welt voll dunklem Rauch gefangen, in der Flüsse mit der Kraft galoppierender Pferdehufe vorbeidonnerten, ja in der der Klang einer Trommel noch tagelang nachhallte. Alles wurde ungemein intensiv. Sie fiel in ein Loch, und dann ging es in einem spiralförmigen Fall endlos in die Tiefe. Sie wurde gerade in einen Schlund gezogen, als Hassana kam und sie aus der Hütte zerrte. Nur wenige Minuten später verwandelte sich auch das echte Leben in Tod: Mit Gewehren fuchtelnde Reiter trieben sie zusammen. Rauch umwirbelte sie, und Feuer brannte das Dorf nieder. Sie wurde gefesselt und endgültig von Hassana getrennt – eine Trennung, die sie an weit voneinander entfernte Orte geführt hatte. Bis heute.

Nur dass sie heute kaum noch dieselbe Sprache sprachen. Viele Leute hielten sie für etwas Besonderes, Außergewöhnliches, und Vitória vermutete, dass es daran lag, nicht allein zur Welt gekommen zu sein. Sie waren gemeinsam ins Leben getreten, hatten gemeinsam Pfade genommen, die so sehr miteinander verflochten waren, dass sie zu einem einzigen Pfad verschmolzen. Und dennoch hatte das Leben sie viel zu früh auseinandergerissen, sie eine harte Zeit durchmachen lassen und sie zu unterschiedlichen jungen Frauen geformt – und auf einmal sollten sie dort weitermachen, wo sie aufgehört hatten?

Sie wischte sich über die Augen. Es war gut, etwas Zeit für sich zu haben.

»Yemanjá, Ibeji«, flüsterte sie, *»jetzt sind wir zusammen. Zeigt uns den Weg.«*

Sie lauschte. Die Nacht flüsterte etwas zurück – mit Wellenrauschen, Hundejaulen und einem Mann, der betrunken ein Lied lallte. Es stank nach feuchten Lumpen. Modrig.

Sie stützte das Gesicht in die Hände und schaute den Wolkenfetzen nach, die langsam am Mond vorbeitrieben. Alle hatten sie gedrängt, zu ihrer Schwester zurückzukehren. Aber was wollte *sie* jetzt?

Vitória, Hassana und Tereza saßen in der dritten Bank. Der Saal war gerammelt voll. Es war eine schöne Zeremonie, die eine Sehnsucht in Vitória weckte – hätte sie das mit Joaquim auch haben können? Aber letztlich war der Wunsch, ihre Schwester zu finden, stärker gewesen – oder etwa nicht? Es machte ihr zu schaffen, dass die Antworten auf diese Fragen alles andere als selbstverständlich waren. Sie spürte Freude, das schon, aber eben auch Verunsicherung. Sie verbannte diese schwierigen Gedanken und konzentrierte sich auf das schöne Bild vor ihr.

Die Braut trug ein Kleid aus Crêpe de Chine, dazu einen hauchdünnen Spitzenschleier. Es sah aus wie aus dem Katalog. Sie würde zu gern wissen, wie es gemacht war, um es für ihre Kundinnen in Lagos nachzuschneidern.

Nach der Zeremonie, deren Details ihr entgingen, weil der Priester Ga und Englisch sprach, suchten sie ein anderes zweistöckiges grüngelbes Haus auf. Die Trommeln brachten sie dazu, die Füße zu bewegen, obwohl die Musik neu für sie war. Sie sah, wie die Braut die Runde machte. Das Mieder ihres Kleides bestand aus zwei Stofflagen – das musste sie auch einmal ausprobieren.

Hassana brachte ihr einen Teller mit dem sauersten Tuo, von dem sie je gekostet hatte.

»Mir hat es anfangs auch nicht geschmeckt, aber inzwischen habe ich mich daran gewöhnt«, sagte sie. »Es heißt Kenkey.«

Es war ungenießbar. Vitória aß nur den frittierten Fisch und die dazugehörige Soße.

Mr Nelson schaute mit einer Gruppe von Freunden vorbei.

»Zwei Hassanas!«

»Sie spricht Portugiesisch«, sagte Mr Nelson und drückte Vitórias Schulter.

»Hoch soll sie leben, die portugiesische Hassana!«

Ihre Freude entlockte Vitória ein Lächeln. Sie freute sich, dass auch ihre Schwester Teil einer Gemeinschaft geworden war, die sie liebte. Wie es wohl gewesen wäre, wenn auch Hassana in Bahia gelandet wäre? Was für ein Aufhebens Yaya um sie gemacht hätte!

»Iss! Trink!«, sagte Mr Nelson und flüsterte Hassana etwas zu.

Die ging und kam mit einer Kalebasse zurück, die ein baumrindenfarbenes Getränk enthielt. Vitória kostete davon und mochte es nicht, nahm aber zwei kleine Schlucke, um niemanden zu beleidigen. Hassana führte sie zu einer Frau, die ein Kopftuch trug wie die Frauen der Karawanen, die nach Botu kamen, oder wie die in bestimmten Teilen von Lagos.

»Das ist Husseina«, sagte Hassana.

»Vitória.«

Hassana war überrascht.

»Hajia, das ist Vitória.«

»Willkommen«, sagte Hajia auf Hausa und entblößte einen Goldzahn.

»Hajia ist wie eine Mutter für mich und meine Beschützerin«, sagte Hassana.

»Deine Schwester ist äußerst dickköpfig, hat aber ein unglaublich weiches Herz. Außerdem ist sie eine großartige Kämpferin. Willkommen zurück, Vitória. Auch du bist meine Tochter.«

Vitória nahm durchaus wahr, wie viele Eltern sie – ja sie beide – gewonnen hatten. Das lag bestimmt alles an den Orixás.

Amerley, die Braut, war ungefähr so alt wie sie. Als sie auf Vitória zukam, tätschelte sie ihr die Wangen mit einer Vertraulichkeit, die Vitória überforderte. Eine Frau mit einer Kalebasse, die ein stark riechendes Getränk enthielt, näherte sich und zeigte auf Hassana und sie. Sie lallte etwas, und Hassana nickte.

»Hübsche Mädchen«, schloss die Frau auf Portugiesisch, nahm einen Schluck aus ihrer Kalebasse und ging weiter.

Eine weitere Frau eilte aus einem Zimmer im Untergeschoss und wischte sich die Arme am Rock ab. Sie hatte glattes Haar wie manche Kreolen in Bahia.

»Ich will sie sehen«, sagte sie auf Portugiesisch und schob die Leute beiseite. »Das ist einfach wunderschön.« Sie schlug sich die Hände vors Gesicht, und ihr kamen die Tränen.

Vitória war gar nicht klar gewesen, wie viele Leute von ihnen wussten. Bei diesem Gedanken wurde ihr ganz warm ums Herz. Das Fest fühlte sich zunehmend an wie eine Feier zu ihren Ehren statt wie eine Hochzeit. Hassanas Freundin musste wirklich nett sein, dass sie sich so die Schau stehlen ließ. Sollte Amerley tatsächlich so großzügig sein, würde Vitória noch sehr oft die Wangen getätschelt bekommen!

»Es wäre aber auch zu traurig gewesen, wenn ihr euch nicht wiedergefunden hättet«, sagte die Frau und schluchzte. »Dass ihr euch gefunden habt, bedeutet, dass wir uns alle wiederfinden.«

»Wie poetisch, Aunty Adukoi«, sagte Amerley.

Hassana ließ ihre Hand gar nicht mehr los.

Immer wieder riefen die Leute: »Zwillinge!« Und zwar so oft, dass Vitória das Wort auf Ga lernte: *Haaji*.

Die anderen Feiernden waren zu euphorisch vom Trinken, als dass sie noch einen klaren Kopf gehabt hätten. Betrunkene amüsierten sie: ihr Gang, ihr Gesichtsausdruck, die Art, wie sie plötzlich herumfuhren, um gegen unsichtbare Dämonen zu kämpfen. Vitória hätte lieber zugesehen, wie sie sich zum Narren machten, als eine Attraktion, ein Phänomen zu sein. Als sie in Botu aufgewachsen waren, waren sie nichts Besonderes gewesen. Manchmal, wenn die Sokoto-Karawane vorbeizog, hatten die Reisenden Bemerkungen über die Zwillingsschwestern gemacht, aber normalerweise amüsierten sie sich viel zu sehr, um sie groß zu beachten. Vitória wollte nicht ständig im Zentrum der Aufmerksamkeit stehen. Doch die Wiedervereinigung mit Hassana bewirkte genau das. Sie musterte ihre Schwester, die, nach wie vor selbstbewusst, noch immer gern im Zentrum des Interesses stand. Gleichzeitig war auch sie von einer Art Trauer und Stille gedämpft, die Vitória nur zu gut verstand. Vitória dachte an die Candomblé-Zeremonien zurück, die auch Spektakel gewesen waren, weil die Menschen in Trance tanzten und von denjenigen, die keine Orixás empfangen konnten, beobachtet wurden. Wenn sie in dieser Welt im Mittelpunkt gestanden hatte, hatte sich Vitória nie unsicher gefühlt – vielleicht weil sie dann ganz von Yemanjá erfüllt war und keine Zeit hatte, sich zu schämen oder darüber nachzudenken, dass alle zu ihr schauten. Aber hier fühlte sie sich nackt. Nachdem Hassana sie noch einmal herumgeführt hatte, löste sie sich von ihr und setzte sich zu Tereza.

»Du siehst gar nicht glücklich aus«, sagte diese.

»Doch. Es ist nur alles so … so überwältigend.«

Amerley kam vorbei und hielt Hassanas Hand, was Vitória einen schmerzhaften Stich versetzte: Eifersucht.

»Zieh in mein Zimmer«, sagte Amerley. »Hassana hat mir erzählt, dass es dir dort, wo du wohnst, nicht gefällt.«

Tereza versetzte Vitória einen gespielten Stoß zwischen die Rippen.

Diese flüsterte eine Entschuldigung, doch Tereza blieb ungerührt.

»Ich werde zu meinem Mann ziehen. Ihr solltet beide hierbleiben.«

»Dann komm ich morgen früh«, sagte Vitória zu Hassana.

»Ich auch. Obwohl ich keine Minute von dir getrennt sein möchte, muss ich noch meine Sachen von Hajia holen.«

Vitória nahm Hassanas Hand und sagte: »Feier heute mit deiner Freundin. Morgen bekomme ich meine Schwester wieder zurück.« Sie küsste sie auf die Wange.

Am nächsten Tag begleitete Tereza sie zu dem grün-gelben Haus, Vitórias Truhe auf dem Kopf wie eine Trägerin. Diesmal war es still und würdevoll im Haus, von der Feier am Vortag war nichts mehr zu sehen.

»Kannst du dir vorstellen, dass ich diesen Ort in einem meiner Träume gesehen habe? Wer hätte gedacht, dass wir uns genau hier wiedertreffen.«

»He! Zwillinge sind stark!«, rief Tereza. Sie begrüßten Mr Nelson und durchquerten den makellosen Innenhof. Nie hätte man gedacht, dass die Gäste hier noch vor wenigen Stunden mit Speisen, Kalebassen und Getränken gefeiert hatten.

Vitória sah zu, wie ihre Schwester die Treppe herunterkam. Hassana wirkte wie eine Lady, wie jemand, der keine Probleme zu kennen schien.

»Ich habe versucht, früh zu kommen, um aufzuräumen«, sagte sie und umarmte Vitória und Tereza, welche die Truhe auf dem Boden abgestellt hatten. »Aber ihr seid auch schon früh eingetroffen.«

Tereza half ihnen, die Truhe in Amerleys Zimmer zu

bringen, und meinte dann, sie müsse sich um ihre Verkäufe kümmern. Nachdem sie weg war, lief Vitória in Amerleys Zimmer auf und ab. Es war nicht viel aufgeräumter als am Tag zuvor: Das Bett war ungemacht, und die Kleider quollen aus dem hölzernen Kleiderschrank. Durch das Fenster erhaschte sie einen Blick aufs Meer. Sie hatte sich von seinen Wellen ans andere Ufer tragen lassen und war als eine andere zurückgekommen. Dennoch war es nach wie vor geheimnisvoll und beängstigend.

Hassana hob einen Hut vom Boden auf. »Kannst du dir jemanden vorstellen, der noch unordentlicher ist als ich?«

Vitória starrte auf die Kleider auf dem Bett. Sie mussten sich wieder neu kennenlernen. Sie lebte in Lagos und Hassana in Cape Coast. Wer musste umziehen?

»Was hast du heute alles für Pläne?«, fragte Hassana und riss Vitória aus ihren Gedanken.

»Nähen. Und du?«

»Ich muss in drei Tagen wieder in die Schule und brauche noch Schreibmaterial.«

»Ich begleite dich. Ich benötige auch noch ein paar Sachen für meine Zeremonie.«

»Was für eine Zeremonie?«

Vitória war sich nicht sicher, wie ihre Schwester reagieren würde.

»Ich gründe eine Art Kirche.«

»Meine Schwester ist eine Christin?«

»Das ist was anderes als der Katholizismus. Bei unserem Glauben geht es um die Vorfahren, die uns beschützen, um die Naturmächte, die uns helfen. Du solltest zu unserer ersten Zeremonie kommen, sie findet am Tag vor deiner Abreise statt.«

Hassana zuckte nur mit den Schultern. »Ich weiß nicht, wozu Religionen gut sein sollen. Aber ich kauf dir alles, was du brauchst.«

»Ich habe Geld«, erwiderte Vitória. Sie klang, als hätte sie sich auf die Zunge gebissen. Sie fühlte sich tonnenschwer, während Hassana federleicht war.

Hassana führte sie aus Scissors House, hinaus an die heiße Luft. Sie schlängelten sich bis zu einer breiten Hauptstraße durch, und Hassana zeigte auf dies und das. Vitória hörte ihr kaum zu. Ihr war etwas eingefallen. Was, wenn sie in Accra blieb, um Hassana näher zu sein? Sie war bereit, es hier in Accra zu versuchen – so, wie man ein neues Kleid anprobierte, obwohl es von Anfang an nicht richtig passte, das spürte sie tief in ihrem Innern. Als sie nach Bahia gekommen war, war sie noch jünger gewesen, doch selbst damals hatte sie gleich gespürt, dass sie es dort länger aushalten könnte. So etwas merkte man einfach. Accra ging ihr nicht so nahe wie Lagos und Salvador. Vermutlich dachte sie einfach bloß zu viel darüber nach. Sie betrachtete die Straßenlaterne, auf die Hassana zeigte.

»Stell dir nur vor, wir hätten so etwas in Botu gehabt«, sagte sie. »Dann wären wir die ganze Nacht aufgeblieben und hätten Unsinn gemacht.«

Hassana erzählte von diesem Gebäude und von jenem Laden. Wenn es keine Bauwerke zu beschreiben gab, erklärte sie Vitória, wie sie und die Frauen genau diese Straße in Accra entlangmarschiert waren, um den Gouverneur zu sprechen.

»In Cape Coast bin ich Teil einer Gruppe von Frauen. Wir kämpfen auch dort dafür, unser Land behalten zu können.«

Hassana hatte sich ihre unabhängige, starke Persönlichkeit bewahrt.

Sie erreichten ein riesiges Gebäude, es herrschte ein reges Kommen und Gehen.

»Ist das nicht beeindruckend?«, fragte Hassana.

Vitória wollte Hassana von den riesigen Kutschen und Straßenbahnen erzählen, die durch Bahias Straßen rasten. Etwas Vergleichbares gab es in ganz Accra nicht. Und dieses Gebäude sah eher aus wie ein rausgeputzter Handelsposten. Was Hassana da erst zum Elevador Lacerda sagen würde?

»Ja«, bestätigte Vitória.

»Als ich das erste Mal nach Accra kam, bin ich da rein und wollte mich nur verstecken. Ich konnte mir nicht das Geringste kaufen. Jetzt, da ich etwas Geld verdiene, kann ich mir zumindest Schreibmaterial leisten. Die Kleider hier sind nach wie vor unerschwinglich für mich. Ich verdiene bloß achtzehn Pfund im Jahr, aber du kannst mir ja schicke Kleider nähen.«

»Ja«, sagte Vitória. »Aber ich bin auch teuer.«

Hassana hakte sich bei Vitória unter. Gemeinsam gingen sie zur Theke und fragten nach Papier, Tinte, Schreibfedern und einer Packung Kekse. Vitória kaufte Papier (sie konnte es unter anderem zu Kronen für die Orixás-Kostüme falten), zwei Handspiegel (zu schlicht für ihren Geschmack, aber die verschnörkelten konnte sie sich nicht leisten) sowie weiße Blumen, um den Tempel für Yemanjá damit zu dekorieren.

Auf dem Rückweg zum Scissors House sagte Hassana: »Ich werde herausfinden, ob es in Cape Coast eine Schneiderei gibt. Vielleicht könntest du ja zu mir ziehen?«

»Oder aber du könntest hier nach Schulen suchen«, platzte es aus Vitória heraus, denn das konnte sie sich einfach nicht verkneifen. Es war ihr unmöglich, diejenige zu sein, die stets macht, was die andere sagt. Sie war diese Person nicht mehr. Yaya hatte gesagt, sie sei die Ältere von ihnen beiden. »Ich dachte, ich bleibe in Accra. Ich könnte hier weiterhin beim Tempel mithelfen und vielleicht als Näherin für Mr Nelson arbeiten.«

»Das ist eine wunderbare Idee«, erwiderte Hassana.

An diesem Abend lagen Hassana und sie auf Amerleys Bett. Was für einen weiten Weg sie zurückgelegt hatten!

»Ich bin so froh, dass wir uns wiedergefunden haben«, sagte Hassana.

»Ich auch.«

Mr Nelson war überglücklich, dass Vitória für ihn arbeitete. Sie war schnell, wenn es darum ging, für seine Kundinnen zu nähen, dafür half er ihr bei den Wandbehängen, die sie für den Terreiro benötigte. Als sie die bauschigen Röcke ausbreitete, die sie genäht hatte, stand er davor und schlug die Hand vor den Mund.

»Ganz wie in der Heimat«, krächzte er.

»Wir treffen uns am Freitag«, hob Vitória an. »Falls Sie dazustoßen wollen. Jeder ist willkommen.«

Er schüttelte den Kopf. »Ich schaue mir das hier gerne an, aber ich besuche die Kirche«, sagte er.

Sie füllte den Korb mit den Kleidern und Wandbehängen und eilte dann zum Tempel, wo Mãe Ribeiro mit einer kleinen Gruppe Lieder übte. Sie winkte Vitória, die sich gleich an die Arbeit machte, und die Wand mit blauweißem Stoff dekorierte. Bei dieser ersten Zeremonie würden sie Yemanjá danken. Sie nahm das Papier, das sie gekauft hatte, schnitt Dreiecke aus und nähte anschließend einen Perlenvorhang an die auf diese Weise entstandene Krone.

Vitória kaute Nägel. Etwas schien dem Raum noch zu fehlen, der nach verbrannter Minze duftete. Brauchte er noch mehr Farbe oder mehr Pflanzen? Wände und Decken waren mit Palmblättern dekoriert, um die Orixás willkommen zu heißen. Tereza meinte, sie habe den Tempel völlig verwandelt und solle aufhören, sich weiter zu quälen. Vitória ging in den Hof und stellte sicher, dass die Frauen mehr als genug Speisen zubereitet hatten. Yaya hatte immer gesagt, man könne gar nicht genug davon haben. In einem Hinterzimmer wurden Perlhühner für die Opferung vorbereitet. Mãe Ribeiro sah wunderschön aus, so ganz in Weiß mit roten, um den Hals gewickelten Perlschnüren.

Sie ging wieder hinaus, als Hassana hereinkam.

Vitória eilte ihr entgegen und sagte, sie könne sich setzen, wohin sie wolle. »Tereza wird sich um dich kümmern.«

Als Mãe Ribeiro anfing zu singen, ging Vitória nach vorn. Kurz fragte sie sich, was sie da tat, sie war schließlich keine Älteste. Aber da fiel ihr wieder ein, dass Yaya gesagt hatte, beim Candomblé könnten manchmal sogar Kinder Älteste sein. Der Raum füllte sich, und bald sah sie ein Meer aus Weiß.

»Yemanjá ile«, stieß ein Mädchen hervor und feuerte die Menge an.

Vitórias Zehen kribbelten.

Sie zieht mich in ihren Strudel, bis meine Gliedmaßen zu Wasser werden, das Wasser zu mir wird, in mir ist. Sie hat mich nach Hause geholt, und ich habe sie nach Hause geholt. Wir tanzen. Wir drehen uns. Wir gehen im Kreis. Wir strotzen nur so vor Kraft. Dankbarkeit erfüllt mich und geht von mir aus. Ich bin dankbar. Und sie ist es auch.

Als Vitória wieder zu sich kam, wurde die Gemeinde mit gekochtem, mit Palmöl übergossenem Mais und mit Stücken frittierten Perlhuhns bewirtet. Sie umarmte die Leute, die ihr dafür dankten, der Gemeinde endlich einen Terreiro geschenkt zu haben. Sie suchte nach Hassana und fand sie mit Tereza auf dem Boden sitzend vor.

»Du hast wunderbar getanzt«, sagte Hassana und spreizte die Ellbogen in dem Versuch zu tanzen. »Und diese Krone!«

»Das war Yemanjá«, entgegnete Vitória. Sie setzte sich und ließ ihren Blick über die Gesichter der Menschen schweifen – alle machten einen zufriedenen Eindruck.

Wieder in Amerleys Zimmer, wollte sich Vitória nur noch ins Bett fallen lassen und schlafen.

»Du warst also wirklich besessen?«

»Ich empfange einfach nur Yemanjá.«

»Wie fühlt sich das an?«

»Ich weiß nicht. Nachdem sie mich verlassen hat, fühle ich mich einfach leichter, gesegnet, glücklich.«

Sie starrte auf den aus allen Nähten platzenden Kleiderschrank.

»Wird sie ihre Kleider abholen? Amerley?«

»Sie will sie weggeben – jetzt, da sie eine verheiratete Frau ist … Außerdem wird sie bald nach England gehen und deshalb mit neuer Garderobe zurückkehren.«

»Warst du schon mal in England?«, fragte Vitória.

»Ich habe die Goldküste nie verlassen. Fast wäre ich übers Meer gefahren, um nach dir zu suchen, aber Mr Nelson hat mir erklärt, wie absurd das ist. Ich wusste, dass du in Brasilien warst. Erzähl mir davon.«

Vitória war völlig erschöpft, tat ihrer Schwester aber den Gefallen.

»Dort gab es einfach alles. Kutschen, Pferde, Straßenbahnen. Gebäude mit Zimmern, die einen Hügel hinauf- und wieder hinuntergekrochen sind. Es war, als hätte Gott dort Menschen aus aller Welt zusammengebracht und ihnen befohlen, miteinander zu leben. Manche dort waren noch dunkelhäutiger als ich, andere so blass, dass sie fast durchsichtig aussahen. Normalerweise galt Folgendes: Je dunkelhäutiger, desto ärmer. Erst seit zehn Jahren halten sie keine Sklaven mehr. Manche Leute hatten deshalb Angst, zu ihren Besitzern zurückzumüssen.«

»Auch hier kann man immer noch verkauft werden, wenn man nicht aufpasst. Hattest du Freunde?«

»Ich hatte einen engen Freund. Joaquim.«

»Ich spreche kein Portugiesisch, aber das klingt nach einem Männernamen.« Hassana grinste breit. Sie setzte sich auf und stemmte theatralisch die Hände in die Taille. »Husseina Yero, du hattest also einen Gentleman-Freund?« Sie klatschte in die Hände. »Und ich habe dich die ganze Zeit über bemitleidet!«

Vitória lächelte. Sie vermisste ihn, aber noch öfter dachte sie gar nicht mehr an ihn. Sie erzählte Hassana von ihren Ausflügen in die Umgebung von Bahia. Sie erzählte ihr, wie er aussah, erzählte von ihrem ersten Kuss.

»Hast du ihn geliebt?«

»Ich habe ihn sehr gerngehabt.«

»Hätte er dich heute Abend sehen können – ihm wäre die Luft weggeblieben. Diese Krone, die du gemacht hast … Sogar die schlichten Spiegel haben ganz vornehm gewirkt.«

»Das war Yemanjá.« Vitória gähnte.

»Das glaubst du doch nicht im Ernst? Das warst du.«

»Das ist auch nicht so anders, als an Otienu zu glauben.«

»Ich glaube nicht mehr an Otienu.«

»Aber an irgendetwas musst du doch glauben.«

»An uns. Ich glaube an uns. Wir haben wieder zusammengefunden, weil wir unseren Träumen gefolgt sind. Christentum, Islam, Otienu ... Das alles soll nur dafür sorgen, dass wir uns fügen, etwas gehorchen, was größer ist als wir selbst. Doch wir – unsere Leute, unsere Gemeinschaft – kann und sollte Kraft aus sich schöpfen. Wenn überhaupt solltest du bei Otienu bleiben. Bei unserem Gauben. Das könnte ich respektieren.«

Vitória musterte ihre Schwester, die jetzt aufgestanden war und die Hände in die Hüften gestemmt hatte. Hassana war noch keiner Diskussion aus dem Weg gegangen. Aber Vitória spürte tief in ihrem Innern, dass Yemanjá über sie gewacht, sie in denselben Sphären hatte zirkulieren lassen. Das hatte übermenschlicher Kräfte bedurft. Das war die Gottheit gewesen. Aber sie musste niemanden überzeugen, der nicht überzeugt werden wollte. Yemanjá hatte ihr etwas gegeben, was Otienu nicht vermocht hatte.

»Wenn du das nächste Mal nach Accra kommst, erkläre ich dir mehr. Aber jetzt bin ich völlig erschöpft.«

Am nächsten Tag gingen sie zum Hafen. Nachdem sie sich getrennt hatten, atmete Vitória auf und fühlte sich auf einmal deutlich leichter. Jetzt bekam sie wieder Luft.

10

Hassana

Ich kehrte mit gemischten Gefühlen von Cape Coast nach Accra zurück, so als wäre ich durch eine Mühle gedreht worden. Ich war begeistert, meine Schwester nach fünf Monaten Trennung wiederzusehen, aber auch nervös, weil Vitória so gar nicht mehr die Husseina war, die ich aus meinen Träumen kannte. Die Husseina, an die ich mich geklammert hatte, war ruhig, aber bereit, jedes Abenteuer mitzumachen, das ich vorschlug. Zugegeben, seitdem waren viele Jahre vergangen, und wir waren jetzt junge Frauen und nicht mehr die kleinen Mädchen, die wir in Botu zurückgelassen hatten. Dennoch fragte ich mich, wie sich ein Mensch dermaßen verändern kann. Ich wusste, dass auch ich nicht mehr so spontan war wie früher und eigene Ängste entwickelt hatte. Aber niemand konnte behaupten, ich wäre völlig anders als das Mädchen von damals. Ich konnte mich einfach nicht dazu durchringen, sie Vitória zu nennen.

Ich ging hinauf in Amerleys Zimmer, doch Husseina war nicht da. Das Zimmer war mir vertraut und gleichzeitig fremd. Der Jasminduft war schon lange verflogen. Jetzt war es dort kühl und beinahe geruchslos. Der Duft meiner Schwester war neutral. Alles war an seinem Ort, keine Kleider auf dem Boden oder auf dem Bett. Ich ging hinunter in Mr Nelsons Schneiderei, und da saß sie, über eine Nähmaschine gebeugt. Mr Nelson sah mich zuerst und zog mich in eine innige Umarmung. Husseina stellte sich hinter mich und umschlang mich ebenfalls. Ich wurde regelrecht von Liebe überschwemmt.

Mr Nelson meinte, Husseina könne ihre Pause nehmen, und wir gingen in den Innenhof. Sie machte einen glücklichen Eindruck.

»Wie findest du Mr Nelson?«

»Er ist lustig«, sagte sie. »Wir reden oft über Bahia. Er kann sich nicht mehr an viel erinnern, bezeichnet es aber immer noch als seine Heimat. Dem Candomblé steht er kritisch gegenüber, trotzdem darf ich für die Zeremonien nähen – ganz einfach, weil ihn das an Bahia erinnert.«

»Ich habe keine Heimat mehr.«

»Nicht Cape Coast? Nicht hier?«

Ich schüttelte den Kopf. »Und du?«

»Lagos, denke ich. Sogar Bahia war eine Zeit lang meine Heimat.«

»Du Glückliche.«

Sie erzählte mir von ihren Kundinnen – Europäerinnen und einige Afrikanerinnen, die in Victoriaborg lebten, Afrikanerinnen, die europäischer sein wollten als die Europäerinnen selbst. Diesen Afrikanerinnen gefiel das brasilianische Flair, das ihre Kleider hatten, aber auch deren Spitzenapplikationen und Perlenstickereien. Sie bekam einige Bestellungen. Nicht so viele wie in Lagos, aber sie hatte genug zu tun. Sie fragte mich nach meinen Schülerinnen, und ich erzählte ihr von den schlauen, die schneller lesen lernten, als ich gedacht hätte. Und von denen, die kein einziges Wort Englisch konnten. Wir hielten uns an unverfängliche Themen, und ich wartete darauf, dass sie mich fragte, wann ich nach Accra ziehe. In Wahrheit gefiel es mir in Cape Coast, und ich wollte, dass sie mir dorthin folgte. Paradoxerweise bestärkte mich ihr Erfolg bei den Damen von Accra eher noch darin. Wenn sie mich fragte, würde ich sie bitten, eine eigene Schneiderei in Cape Coast zu gründen, mit der Reputation des Scissors House im Rücken. Aber ich musste geduldig und behutsam vorgehen.

Und es gab noch einen Grund, warum ich ganz aufgeregt war, wieder an der Goldküste zu sein. Es war die Zeit von Homowo, wenn die Gas das Ende der Hungersnot feierten. Nach all den Jahren, die ich nach meiner Zwillingsschwester gesucht hatte, würde ich Husseina endlich zu diesem Fest zu Ehren von Zwillingen mitnehmen können. Sie würde es lieben, da war ich mir sicher!

Husseina kochte ein Gericht mit Bohnen, Reis und Kochbananen, von dem Mr Nelson sagte, es schmecke genauso wie bei seiner Mutter. Es war okay, aber ich hätte mir größere Fleischstücke vorstellen können. Als

Husseina und er sich wieder an die Arbeit machten, ging ich zum Lesen nach oben. Die Wesleyan Church spendete Bücher für unsere Schulbibliothek, und ich war die Einzige, die sie benutzte. Ich las gerade den zweiten Band des Charles-Dickens-Romans *Große Erwartungen* und konnte Pips veränderte Lebenssituation gut verstehen. Nur dass ich nicht zu Geld gekommen war, sondern zu mir selbst gefunden hatte.

Einige Tage später weckte mich ein Trommeln, und ich rüttelte Husseina wach.

»Du darfst den Beginn des Festes nicht verpassen.«

»Ich habe noch nicht gebadet.«

»Das merkt doch keiner. Zieh dir einfach ein Kleid über.«

Husseina schlüpfte widerwillig in das Kleid vom Vortag, und ich zog sie die Treppe hinunter ins Freie. Alle strömten aus Scissors House und den Nachbargebäuden, um sich die Prozession anzuschauen. Wir klatschten den rot-schwarz gekleideten Männern und Jungen zu, deren Haut mit weißer Kreide bemalt war. Schirme spendeten den Köpfen des Ga-Königs und seiner Entourage Schatten, während er nach einer Handvoll orangefarbenem Kpokpoi griff und es auf dem Boden verteilte.

»Was ist das für eine Speise?«, fragte Husseina.

»Frisch gemahlener Mais, der gedämpft und mit Palmsuppe und Fisch gekocht wurde. Damit wird das Ende des Hungers gefeiert. Als die Ga erstmals hierherkamen, litten sie unter einer großen Hungersnot. Und als der Regen wiederkam, war das ihre Art, den Vorfahren für ihre Hilfe zu danken. *Homo* heißt ›*Hunger*‹. Und *wo* ›sich darüber lustig machen‹.«

»Wie beim Karneval«, sagte Husseina. »Und wie beim Candomblé. Das sollte dich dazu bringen, an meine Arbeit zu glauben.«

Ich freute mich, dass es ihr gefiel.

»Das ist so wie in Bahia, wenn wir den Vorfahren und Orixás an den Kreuzungen Speisen geopfert haben.«

Später an diesem Tag lud uns Amerley zu sich nach Hause ein. Husseina und ich gingen an James Fort vorbei und bogen kurz vor dem rot-weißen Leuchtturm nach links ab, um zum Haus der Familie Lutterodt zu gelangen. Im Innenhof wimmelte es nur so von Leuten, die immer wieder »*Haaji*« riefen, wenn sie uns sahen. Das belustigte mich dermaßen, dass ich beschloss zu zählen, wie viele das sagten.

»Das nervt«, flüsterte mir Husseina auf Gourmanchéma zu. Sie hätte es auch laut herausschreien können – die Leute hätten sie sowieso nicht verstanden.

Amerley ließ Teller mit gelbem Kpokpoi und Palmsuppe herumgehen. Das war meine liebste Jahreszeit, und dieser Tag war etwas ganz Besonderes, weil wir etwas aßen, was nur einmal im Jahr zubereitet wurde.

Aunty Adukoi rief nach uns und zog uns in ihre Arme. Ihre eigenen Zwillinge eilten auf uns zu, um uns zu umarmen.

»Geht ihr zum Fest zu Ehren der Zwillinge?«, fragte der jüngere Zwilling, das Mädchen. Ich erkannte mich in ihm wieder, obwohl in unserem Fall ich die Ältere war. Der Junge machte ein finsteres Gesicht, genau wie Husseina.

Amerley, die ihre Teller losgeworden war, kam zu uns in Aunty Adukois Kreis. Nach nur drei Monaten Ehe war ihr Gesicht aufgedunsen. Die Kleider meiner Freundin verhüllten ihre Figur. Sie wirkte nicht mehr so elegant wie früher. Sie war noch nie so gut angezogen gewesen wie Husseina, aber sie war kreativ und hatte es geliebt, die Aufmerksamkeit auf sich zu ziehen. Jetzt wirkte sie gewöhnlich. Und müde.

»Wie lange bleibst du?«, fragte sie.

»Warum?«

»Es gibt Neuigkeiten zu unserem Fall.«

»Wann kommt das Baby?«, rief ihr eine Tante lachend zu und gab noch etwas auf Ga von sich, um sich dann an den eigenen Bauch zu fassen. »Ihr redet über Fälle, dabei ist das doch das Wichtigste!«

Amerley tat mir leid. Der Glanz der Braut war bereits verblasst, und jetzt erwartete man von ihr, dass sie Mutter wurde. Ich konnte mir nicht vorstellen, jemandes Mutter zu sein. Mein Leben fing gerade erst an. Wir waren nicht älter als siebzehn. Doch vermutlich hatte meine Mutter meine älteste Schwester bekommen, als sie noch viel jünger war. Ich versuchte, Amerley zuliebe ein tapferes Lächeln aufzusetzen. Zumindest ging sie noch zur Schule.

»Geduld, Aunty«, sagte diese. Dann drehte sie sich zu mir um und meinte: »Rechtsanwalt Easterman hat gesagt, dass der Einzige, auf den er in puncto Freilassung von Private Osman zählen konnte, versetzt wurde.«

»Und wer ist dieser Mann?«

»Dr. Easmon. Er war hier Standortarzt an der Goldküste und stammt ursprünglich aus Sierra Leone. Die Regierung behauptet, ihm gehöre eine Dissidentenzeitung, und Beamte wie er dürften keine eigenen Unternehmen haben. Easterman sagt, dass er reingelegt wurde – genau in dem Moment, als er ein Treffen mit uns und Dr. Easmon vereinbaren wollte.«

»Das kann er im Nachhinein leicht behaupten«, meinte ich und setzte mich. Ich wandte mich an Husseina und erklärte: »Er betreut unseren Fall schon viel zu lange. Er hat ihn nicht ernst genommen. Arme Hajia! Die Leute in Accra lassen sich einfach alles gefallen. Du müsstest mal sehen, wie kämpferisch man in Cape Coast ist.«

»In Lagos auch«, meinte Husseina.

»Dasselbe habe ich ihm auch gesagt, nämlich dass er sich längst nicht so ins Zeug legt wie die Leute von der Aborigines' Rights Protection Society. Er meinte, die wären weit weg vom Gouverneur und würden nichts riskieren. Ich werde mein Bestes tun, um die Sache voranzutreiben«, sagte Amerley. »Aber ich muss zur Schule, und John Junior ist auch noch da. Mir bleibt also nicht viel Zeit für andere Dinge. Und was sind *deine* Pläne?«

Sie musterte mich.

Ich schüttelte den Kopf, so als hätte ich sie nicht gehört, obwohl sie so deutlich zu hören gewesen war wie das Läuten der Kirchenglocken. Sie musste das Thema fallen lassen.

»Zieht Vitória um, oder können wir dich in Accra zurückerwarten? Ich vermisse dich.«

Es juckte mir in den Armen. »Hmm«, machte ich und steckte mir eine Handvoll Kpokpoi in den Mund. »Ich suche hier immer noch nach Arbeit«, murmelte ich.

Ich befahl mir, mich zu beruhigen. Husseina verstand ohnehin kein Englisch.

Das große Thema, über das alle sprachen, war, dass die Aschanti begonnen hatten, in Scharen nach Sierra Leone zu ziehen, um ihrem König die Ehre zu erweisen. Die Briten hatten Angst, sie könnten einen Weg finden, ihren problematischen König wieder einzusetzen. Ich bewunderte den Kampfgeist der Aschanti. Sie kämpften bis zuletzt. Mir entging nicht, dass ebendieser Kampf gegen die Aschanti schuld gewesen war, dass Private Osman nun in dieser schrecklichen Anstalt verkümmerte.

Nach dem Mittagessen wurden wir müde, und niemand konnte sich zu irgendwas aufraffen. Fliegen landeten auf unserer Haut und wurden kaum verscheucht. Die Leute, die das Glück hatten, eine freie Bank zu finden, legten sich rücklings darauf. Husseina und ich kehrten zum Scissors House zurück, um uns vor dem Fest zu Ehren der Zwillinge auszuruhen. Ich versuchte, so etwas wie freudige Aufregung zu empfinden – trotz der entmutigenden Neuigkeiten über Private Osman.

»Willst du wieder hierher zurückziehen?«, fragte Husseina, als wir in unser Zimmer zurückkehrten. Meine

Schwester sagte zwar nicht viel, konnte Dinge aber auch in anderen Sprachen wahrnehmen.

»Komm nach Cape Coast«, sagte ich. Es klang kühl und eher wie ein Befehl – kein bisschen so, wie ich es eingeübt hatte: *»Du könntest zur Schneiderkunst in Cape Coast enorm viel beitragen.«* Oder: *»Es ist eine kleinere Stadt mit vielen Schulen, an denen du Englisch lernen könntest.«* Oder: *»Die Damen von Cape Coast werden dir gefallen – sie erinnern mich an dich.«* So etwas in der Art.

Sie schwieg, und ich fragte mich, warum sie ihre Gefühle lieber für sich behielt. Aber ich hatte nicht vor, Streit anzufangen. Sollte sie doch über meine Worte nachdenken. Wenn sie dann bereit wäre zu reden, würde ich ihr meine überzeugenden Argumente vorlegen.

Während meiner Zeit in Cape Coast hatte ich ein Gefühl ignorieren können, das sich jetzt, wo wir zusammen waren, erneut einstellte: Wir hatten uns zu völlig unterschiedlichen Menschen entwickelt, deren einziges – wenn auch starkes – Band darin bestand, gleichzeitig von derselben Mutter ausgetragen worden zu sein. Unsere Wege hatten sich getrennt, und nichts verband uns mehr miteinander außer unserer zufälligen Geburt. In Cape Coast hatte ich diese Angst und das damit einhergehende Unwohlsein verdrängen können. Stattdessen hatte ich mich lieber auf den Tag gefreut, an dem wir uns wiedersehen würden. Ohne zu bemerken, wie sehr ich mich durch dieses ständige Hinausschieben selbst belog.

Husseina schlief. Vielleicht tat sie auch nur so. Ich wälzte mich hin und her, bis ich ebenfalls in Schlaf fiel.

Wir sitzen in einer Kutsche, fein herausgeputzt. Die Pferdehufe klappern auf einer kopfsteingepflasterten Straße. Jenseits der Scheibe lenkt ein Mann mit Zylinder die Pferde. Wir fahren an hohem braunem Gras vorbei. Botu. Ein Baobab durchbricht das eintönige Braun.

»Ich steige hier aus«, sagt Husseina, ohne sich nach mir umzudrehen.

Die Kutsche fährt weiter, und mir bleibt nichts anderes übrig, als zuzusehen, wie Husseina immer kleiner wird, bis sie nur noch ein winziger Punkt ist. Der Horizont verschluckt sie.

Der Traum nagte noch an mir, als wir in die weißen Kleider schlüpften, die Husseina uns für die Zwillings-Zeremonie genäht hatte. Ich bekam ihn einfach nicht mehr aus dem Kopf, während wir die Straße hinunterliefen. Ich versuchte, verstohlene Blicke auf Husseina zu werfen, um herauszufinden, ob sie dasselbe geträumt hatte. Doch ihr Gesicht verriet mir nicht das Geringste. Ich konnte ihre Gedanken nicht lesen.

Erst auf dem Zwillings-Fest hob sich die Last von meiner Brust. Es gab so viele von uns, und ich fühlte mich gesehen. Husseina lächelte und drückte meine Hand, als ich meine Finger mit ihren verschränkte. Wir hüpften an alten Männern vorbei, an Müttern, die zwei Babys im Arm hielten, an jüngeren Leuten in europäischen Jacketts, an anderen in Batakari-Stoffen. Alles mal zwei. Sogar die Musik klang lauter. Wir tanzten auf der breiten

Horse Road und schlängelten uns die Hansen Road hinunter. Zu beiden Seiten der Durchgangsstraße saßen Frauen, die gegrillte Maiskolben und Nmedaa verkauften. Bestimmt war auch Hajia darunter, aber es waren einfach zu viele Leute.

»*Awo awo awooo!*«, riefen viele Stimmen. »*Aaaba ei!*«

»Was bedeutet das?«, fragte Husseina.

»Das heißt, sie kommen.«

»Wer sind ›sie‹?«

Leute mit Schalen voller Flüssigkeiten und Blättern auf dem Kopf liefen nach vorn – wie in Trance oder wie kurz vor einem Angriff. Sie marschierten Richtung Meer, gefolgt von einer Menschenmenge. Husseina schaute ihnen nach, bis sie aus unserem Blickfeld verschwunden waren.

»Sie haben eine Gottheit empfangen«, sagte sie leise.

Ich kaufte uns gegrillte Maiskolben, und wir aßen sie im Stehen. Uns gegenüber befand sich ein kleiner Unterstand aus geflochtenen Palmblättern.

»Lass uns dorthin gehen«, sagte Husseina, die auf den Unterstand starrte, als wäre sie gerade selbst in Trance gefallen.

Darin saß eine weiß gekleidete Frau, die mit Punkten aus Kalk bedeckt war. Ich wollte gleich wieder gehen, doch Husseina tat etwas höchst Seltsames: Sie setzte sich und klopfte neben mir auf den Boden.

»Frag sie, ob die Gottheiten jetzt mit uns zufrieden sind.«

Mein Ga war schrecklich, und ich war mir nicht sicher, ob die Frau Englisch sprach. Ich suchte nach Worten und wusste nicht mal, wie man *Gottheit* sagt.

»Wie kann ich helfen?«, fragte die Frau auf Hausa, und ich atmete erleichtert auf.

»Bitte lesen Sie unsere Muscheln«, sagte Husseina und umklammerte ihren Maiskolben wie einen Knüppel.

Die Frau nahm mehrere Kaurimuscheln und schüttelte sie in ihren hohlen Händen. Sie warf sie vor sich in den Staub und wiegte sich vor und zurück. Sie starrte mich an.

»Du rufst. Sie folgt. Aber sie ist älter. Ihr seid wie die Schlange, die sich in den Schwanz beißt. Wenn du nicht rufst, wird sie dir nicht folgen. Und wenn sie nicht sagt, wo es langgeht, wirst du nicht rufen. Wenn du nicht rufst, ist deine Schwester in ihrer Welt verloren. Wenn deine Schwester nicht sucht, wirst du nicht rufen.«

Ich starrte auf meine Knie, die jetzt mit dem roten Sand des Unterstands bedeckt waren. Ich hätte diesem Unsinn von vorneherein Einhalt gebieten sollen. Was hatte das zu bedeuten, und glaubte Husseina etwa daran?

»Und noch etwas: Eure Trennung hat euch verändert. Reinigt euch.«

Anschließend zitterte die Frau und sagte nichts mehr.

Wir gingen hinaus.

»Das war seltsam«, sagte ich.

»Warum?«

»Ich habe kein Wort verstanden.«

»Was war denn daran schwer zu verstehen? Sie weiß nichts über uns und hat trotzdem unsere Trennung erwähnt.«

»Zufall«, flüsterte ich.

»Erinnerst du dich noch an den Toko?«

»Die Engländer nennen ihn *hornbill*, Hornvogel.«

»Nun, genau das hat die Frau gesagt. Weißt du noch, wie einer ruft und der andere folgt?«

»Ich habe immer gesagt, das sind wir. Aber ich habe mich getäuscht. Das sind keine Zwillinge – das sind Männchen und Weibchen. Ein Vogel und sein Partner.«

Was ich Husseina nicht sagte, war, dass ich die Vorstellung am albernsten fand, Husseina würde mir sagen, wo es langgeht. Ich tat nichts, was ich nicht wollte, und, offen gestanden sagte Husseina fast nie, wo es langging. Das Muschelorakel ärgerte mich, während Husseina ganz darin aufzugehen schien.

»Komm, reinigen wir uns«, sagte sie.

»Wir müssen erst rausfinden, wo es stattfinden soll«, sagte ich, ohne ernsthaft vorzuhaben, es auch zu tun. Immer mehr Menschen liefen Richtung Meer beziehungsweise zur Korle-Lagune, in die sie Kräutersud gießen würden, um von der dort lebenden Gottheit gesegnet zu werden. Bestimmt würde die Reinigung dort stattfinden. »Es sind so viele Leute hier, ich frage mich, wie sie die alle reinigen wollen.«

Die Zeremonie hatte etwas Bedrückendes nach dem Orakel. Das und die Neuigkeit, dass sich in Sachen Private Osman nichts bewegt hatte, sowie mein sorgten dafür, dass sich mir der Magen verknotete. Irgendetwas Ungutes würde passieren, ich wusste bloß nicht, was. Geschweige denn, wann.

»Frag ihn«, sagte Husseina.

Ich drehte mich zu dem alten Mann um, auf den sie zeigte, und fragte ihn.

»Am Strand«, sagte er und wies in eine Richtung, in der eindeutig nicht der Strand lag.

»Er sagt, am Strand, aber ganz Accra ist ein Strand. Das könnte überall sein.«

»Frag jemand anders.«

»Husseina, ich werde den Nachmittag nicht damit verbringen, Leute zu fragen, die uns sowieso bloß in die Irre schicken. Außerdem: Warum hören wir auf eine Scharlatanin?«

»Das war keine Scharlatanin.«

»Sie beutet die Leute hier bloß aus, die Tatsache, dass sie Zwillinge für etwas Übermenschliches halten. Dabei sind wir nicht anders als andere Leute aus Fleisch und Blut. Nur dass der Körper unserer Mutter uns zufällig zweigeteilt hat.«

»Wir *sind* etwas anderes«, beharrte Husseina mit einem Leuchten, das ich so nur in den Augen von Mrs Ramseyer gesehen hatte, wenn diese in der Missionsstation betete. *Inbrunst* hieß das Wort. Sie glaubte tatsächlich, dass ihre Gebete die Ureinwohner dazu bringen würden, ihre alten Idole zu vergessen und an ihren Gott zu glauben. Nun, aus mir war eine überzeugte Agnostikerin geworden.

»Die meisten Menschen haben keine gemeinsamen Träume.«

»Die könnten reiner Zufall gewesen sein.«

»Sie haben mich zu dir geführt. Yemanjá und unsere Träume.«

»Ein glücklicher Zufall.«

Husseina schüttelte den Kopf.

Das Gemurmel wurde lauter. Einige Leute sangen, andere lallten alkoholselig, Babys weinten. Ich wollte hier nur noch weg.

»Lass uns zum Scissors House zurückkehren«, sagte ich. »Uns setzen und in Ruhe über alles reden.«

»Hast du hier nach Arbeit gesucht?«, fragte sie. »Ich habe beschlossen, nicht nach Lagos zurückzukehren, um dir näher zu sein. Aber du hast nicht das Geringste unternommen, um nach Accra ziehen zu können.«

»Das ist nicht der Moment, um ...«

»Antworte mir!«

»Ich hätte gern, dass du nach Cape Coast kommst und dort dein eigenes Scissors House eröffnest.«

Sie schwieg. Dann sagte sie: »Du hast nicht über mein Leben zu bestimmen. Ich bin all die Jahre ohne dich zurechtgekommen und regelrecht aufgeblüht. Vielleicht stimmt es, dass wir nichts Besonderes sind, nicht anders sind. Lass uns getrennt weiterleben.«

Mein Herz setzte einen Schlag aus. Ich nahm ihre Hände. »Sag mir, was ich machen soll!« Ich suchte ihren Blick.

Leute rannten in uns hinein. Ich wollte nicht, dass mein Kutschentraum Wirklichkeit wurde.

»Der Terreiro läuft gut – meine Arbeit hier ist getan.

Ich werde meine Bestellungen bei Mr Nelson abarbeiten und dann nach Lagos zurückkehren«, sagte sie.

Hätte ich der Menge doch nur Stillschweigen auferlegen können!

»Ich spreche die hiesige Sprache nicht, und ich werde in Cape Coast nicht noch mal von vorn anfangen.«

»Lass uns darüber schlafen.«

»Ich werde meine Meinung nicht ändern.«

Jahrelang hatte ich mir ausgemalt, dieses Zwillings-Fest Arm in Arm mit Husseina zu besuchen. Und hier waren wir und trennten uns an einem Ort, der unser besonderes Band feierte.

»Bitte!«, sagte ich. »*Ich* kann nicht ohne dich leben.«

»Du lebst doch schon ohne mich.«

Wann war meine süße Schwester so kühl geworden?

Eine alte Frau eilte auf uns zu und rief auf Ga, dass wir böse Geister auf die Zeremonie herabriefen.

»Verschwindet!«, brüllte sie. »Ihr sollt uns segnen und nicht verfluchen. Das sind Böse!«

Ihre Stimme war zwar heiser, wurde aber gehört. Andere drehten sich zu uns um. »Verschwindet!«

Ihre Worte weckten Feindseligkeit. Jemand griff nach einem Stein. Ich nahm Husseinas Hand, und wir rannten durch die Menge. Ich spürte, wie mich ein Stein an der Schulter streifte.

Vor dem Scissors House blieben wir keuchend stehen. Ein Moment, der uns eigentlich in lautes Gelächter hätte ausbrechen lassen müssen. Ich grinste, doch Husseina erwiderte mein Lachen nicht.

Eine bedrückende Stille erfüllte das Zimmer, nachdem wir hinaufgegangen waren.

Ich versuchte, die Stimmung zu heben, indem ich ein Lied vom Zwillings-Fest summte.

»Bitte nicht!«, sagte sie.

»Bist du immer so?«, schnauzte ich sie an. »Wir haben alle Schlimmes erlebt, aber das tragen wir nicht zur Schau. Kopf hoch.«

»Ich bin so, wie ich bin. Ich war schon immer so. Und du? Hältst du dich für derart perfekt, weil du wie die Europäer geworden bist und ihre Art zu sprechen übernommen hast? Unsere Lebensweise ist genauso wichtig. Ich wollte heute an der Reinigung teilnehmen, aber du hast Streit mit mir angefangen, sodass wir von der schönen Zeremonie verjagt wurden. Unsere Religionen lehren uns, mit unserer Umgebung eins zu werden. Wenn wir die Lagunen feiern, treten sie nicht über die Ufer, um uns zu töten. Und wenn wir die Erde feiern, segnet sie uns mit guten Feldfrüchten und Überfluss. Du und ich – wir sind etwas Besonderes, weil wir selbst Überfluss sind. Weil wir der Welt zeigen, was alles möglich ist.«

Sie hatte so laut gesprochen, dass sie ganz heiser wurde. »Aber ich kann dich nicht zum Glauben zwingen. Um selbst zu glauben, musste ich mich zu einem Gefäß machen, das gefüllt werden kann. Anschließend habe ich gelernt loszulassen.«

Ich wusste nicht, wovon sie redete. Stolz gewann die Oberhand, sodass ich sagte: »Du kannst gern an all die

Dinge glauben, ohne so … heilig zu tun! So spießig. Deine Mãe Ribeiro ist so ein Leichtgewicht!«

»Du bist schuld, dass es so weit gekommen ist«, sagte sie, ihre Stimme kaum mehr als ein Flüstern.

»Wie meinst du das?«

»Du bist diejenige, die uns im Stich gelassen hast. Dass wir getrennt voneinander geschlafen haben, hat Unheil über unsere Familie gebracht.«

Ich lachte. »Das ist doch nicht dein Ernst! Die Reiter wären so oder so gekommen, ob wir nun in einem Raum geschlafen hätten oder nicht. Wir hatten nichts damit zu tun. Werd endlich erwachsen, Husseina.«

»Vitória.«

»Meine Güte, dass du dich ständig Vitória nennst, ist einfach lächerlich!«

Sie zog sich in sich zurück. Den restlichen Abend sprach sie kein Wort mehr mit mir.

Husseina war vor mir aufgestanden, und als ich hinunterkam, hatte Mr Nelson eine Hand in die Hüfte gestemmt.

»Ich verliere meine beste Näherin«, sagte er traurig. »Überrede sie zu bleiben.«

»Ich hab's versucht.«

Mr Nelson bat mich, sie zum Büro von Elder Dempster zu begleiten, um ihr Schiffsticket zu kaufen.

Ich habe die Macht, dich hierzubehalten, hätte ich beinahe gesagt. Doch kaum hatte ich diese Worte gedacht, fiel mir unsere Familiengeschichte wieder ein: mein Leben auf

Wofa Sarpongs Farm und ihres in dem Haus von diesem Baba in Lagos. Es gab nichts Schlimmeres, was ich ihr antun konnte, als sie in Geiselhaft zu nehmen.

»Du kannst noch bleiben«, sagte ich am Tag ihrer Abreise. »Ich höre auf zu unterrichten und ziehe hierher, suche mir in Ruhe etwas in Accra.«

»Accra ist nicht der richtige Ort für mich«, sagte sie mit der Entschlossenheit eines Menschen, der nicht mehr umzustimmen ist.

»Ich habe das Gefühl, versagt zu haben.«

Sie schwieg und ging zum Kanu, das sich langsam mit Menschen füllte.

»Wir brauchen beide Zeit zum Nachdenken«, sagte sie.

»Ich werde dir schreiben.«

Ihre letzten Worte ärgerten mich. Sie hatte sich eindeutig das Gerede dieser Wahrsagerin von wegen »Die eine ruft, die andere folgt« zu Herzen genommen. Als ich sie im Kanu sitzen sah, das auf das große Schiff zuhielt, begriff ich, dass mein Traum von dem Pferd gerade Wirklichkeit wurde. Meine Schwester war mein Zuhause, und jetzt verlor ich mein Zuhause erneut. Außerdem hatte sie in einem Punkt recht: Unsere Träume waren echt, und sie waren das Bindeglied zwischen unseren Wünschen und unserem Leben im Wachzustand, spiegelten unsere Ängste wider.

Als ich ins Scissors House zurückkehrte, strahlte mich Mr Nelson an. Ich fragte mich, warum er glücklich war, wo ich doch gerade wieder von meiner Schwester getrennt worden war.

»Gute und schlechte Neuigkeiten kommen gern auf einmal«, sagte er.

»Wie meinen Sie das?«

»Rechtsanwalt Easterman hat mir eine Nachricht zukommen lassen: Private Osman wird in einer Woche entlassen.«

Ich klatschte in die Hände. Wenigstens etwas in meinem Leben lief gut. Das musste ich sofort Hajia erzählen.

Hajias Goldzahn blitzte. Sie verbarg das Gesicht hinter dem Kopftuch und gab ein ersticktes Schluchzen von sich.

»Danke, meine Tochter«, sagte sie. »Möge Allah dich belohnen. Möge Allah dich mit Reichtümern überhäufen. Möge Allah dich segnen.«

Ich erzählte ihr, dass Husseina nach Lagos aufgebrochen war.

»Das Problem ist, dass ich nicht weiß, woran ich glauben soll«, sagte ich. »Und dass sie an Zauberei glaubt. Da fällt es schwer, an einem Strang zu ziehen.«

»Jeder glaubt an Zauberei«, sagte Hajia. »Im Islam gibt es Dschinns. Die Christen glauben an einen Mann, der von den Toten auferstanden ist. Und selbst ihr, die ihr glaubt, nicht zu glauben, glaubt an eure Intelligenz. Wenn deine Schwester die Gabe besitzt, sich mit anderen zu verbinden und zu wissen, wo es langgeht, dann hör auf sie. Ihre Stärke ist hier.« Hajia zeigte auf ihr Herz.

»Und deine dort.« Sie zeigte auf ihren Kopf. »Einigkeit macht stark.«

»Ich verstehe nicht, Hajia.«

»Eure Unterschiede ergänzen sich.«

Mr und Mrs Ramseyer hatten ihre Religion als logisch und rational dargestellt. Aber es stimmte, dass sie im Grunde auch eine war, die an Wunder und Zauberei glaubte. Und es fiel mir schwer, ja war mir sogar unmöglich, an einen Mann zu glauben, der von so weit her gekommen war und dessen Tod meine Seele von ihrer Liebe zur Sünde erretten sollte. Husseina schlug wenigstens eine Religion vor, die von einem Grund und Boden stammte, den ich kannte. Ich sollte ihr eine Chance geben, aber war es dafür jetzt nicht zu spät?

»Sie hat gesagt, dass sie mir schreiben wird«, erzählte ich Hajia.

»Du hast deine Stärke vergessen.«

»Und die wäre?«

»Du bist die Ruferin. Ruf nach ihr.«

Ich fragte sie, was sie machen werde, wenn es Private Osman schlechter ginge.

»Meine Großmutter hat sich um viele Verrückte gekümmert«, sagte sie. »Als ich noch ein Mädchen war, habe ich darum gebetet, verrückt zu werden, weil diese Menschen am freiesten sind. Sie waren angstfrei, zeigten jeden Körperteil, lebten tage-, ja, wochenlang ohne auch nur einen einzigen Tropfen Wasser. Und die Leute haben gelernt, sie in Ruhe zu lassen. Sie aßen, tanzten, schliefen, wann immer sie Lust darauf hatten. Das hat mir gezeigt, dass Verrücktsein kein Verbrechen ist. Selbst wenn es meinem Mann so schlecht gehen sollte, dass er auf den Straßen umherirrt, würde ich ihn einfach lassen. Er wird immer wissen, dass hier sein Zuhause ist. Er wird hier essen und frei sein – nicht eingesperrt, so als hätte er jemanden umgebracht. Das ist passiert, damit wir begreifen, dass das Leben der Weißen nicht immer das beste ist. Danke für alles, was du getan hast.«

Ich rief nach Husseina, so, wie Hajia es vorgeschlagen hatte – aber erst nachdem ich einen Monat lang in Cape Coast war. Ich wollte erst wieder in Ruhe in meinen Alltag zurückkehren, bevor Husseina darin auftauchen würde. Zunächst fand ich, dass ich mich eigentlich ganz wacker schlug. Frühmorgens inspizierte ich die Mädchen, gab dann meinen Unterricht, traf mich abends mit den anderen Lehrerinnen zum Essen und ging anschließend in mein Zimmer oder in die Bibliothek: Das Leben ging weiter. Doch nach drei Wochen hatte ich plötzlich das Gefühl, dass alles sinnlos war. Ich genoss es zu unterrichten, fühlte mich aber einsam. Amerley hatte mir geraten, mich nach einem männlichen Gefährten umzusehen, aber das hätte bedeutet, zur Jungenschule zu gehen, um die dort beschäftigten Lehrer kennenzulernen, und das reizte mich nicht. Ich vermisste Husseina, trotz ihrer Insichgekehrtheit. Ich vermisste es, sie zu ärgern. Ich musste nach Hause zurückkehren.

22. September 1898

Liebe Schwester,

ich habe viel über unsere letzten gemeinsamen Tage in Accra nachgedacht, und es tut mir leid. Ich möchte es gern noch einmal versuchen. Ich möchte die Vitória kennenlernen, zu der Husseina geworden ist. Du hast recht, wir sind ganz unterschiedlich geworden, aber in Wahrheit waren wir das schon immer, haben aber ein Ganzes ergeben. Die Chinesen haben eine uralte Philosophie von Yin und Yang. Ein Komma ist weiß und das andere schwarz, zusammen ergeben sie ein Ganzes, ergänzen sich. Wenn die Hellseherin recht hatte, dann rufe ich dich hiermit. Ich hoffe, du sagst mir, wo es langgeht.

Ich vermisse dich aufrichtig.

Hassana

Briefe aufzugeben war immer eine Vertrauens-, ja eine Glaubensfrage. Ich konnte nicht wissen, ob mein Brief wohlbehalten in Lagos ankommen und wie lange das dauern würde. Ich konnte nicht wissen, ob Husseinas Antwort mich erreichen würde. Doch drei Monate später erhielt ich einen Brief. Ich nahm den Umschlag und riss ihn mit zitternden Händen auf. So, wie ich meine Schwester kannte, konnte alles darin stehen. Vielleicht hatte sie ja beschlossen, nichts mehr mit mir zu tun haben zu wollen?

II

Vitória/Husseina

Sie trug ein Kleid, von dem sie beide eines besaßen. Sie hatte es aus violetter Baumwolle genäht, die Tereza ihr gegeben hatte, mit dazu passenden Spitzenkrägen. Die hatte sie geklöppelt, als sie noch bei Schwester Maria wohnte. Terezas Angebot, sie zu begleiten, schlug sie aus. Das Kribbeln in ihren Fingern wollte einfach nicht nachlassen, genauso wenig wie die Enge im Brustkorb. Hassanas Dampfer würde nicht vor neun anlegen, aber sie wollte nicht zu spät kommen, wollte nicht, dass Hassana sich auch nur einen Moment unwohl fühlte. Deshalb stand Vitória schon an der Sandbank von Lagos, als die Sonne gerade erst aufging, mit feinen rot-violetten Schlieren in ihrem orangefarbenen Kranz. Sie wollte sie so herzlich wie möglich willkommen heißen, damit Hassana blieb. Ihr Unbehagen an der Goldküste hatte auch etwas mit diesem schrecklichen Zimmer zu tun gehabt, das Tereza bei ihrem ersten Besuch dort gemietet hatte.

Andere gesellten sich zu ihr an die Küste, die unter anderem gekochten Mais, Akara und Kokosnüsse verkauften. Wieder andere suchten das Meer ab und konnten es kaum erwarten, ihre Lieben in Empfang zu nehmen. Ein Zollbeamter saß in seiner schwarzen Uniform mit den goldenen Knöpfen an einem Schreibtisch und begutachtete seine Fingernägel. Sie kaufte sich eine Kokosnuss und trank ihr Wasser. In der Ferne erschien ein Punkt, der immer größer wurde. Einige an der Küste klatschten aufgeregt beim Anblick des Dampfers.

Vitória wartete, Ungeduld rumorte in ihren Eingeweiden. Wurde Hassana genauso seekrank wie sie? Bestimmt war ihre Schwester nicht so schwächlich. Während sie dastand, mit feuchten, kribbelnden Händen, wurde sie von einer traurigen Erinnerung heimgesucht. Von einer Erinnerung an die Zeit, als Hassana, ihre große Schwester Aminah und sie die Sokoto-Karawane nach ihrem Vater abgesucht hatten. Tag für Tag bahnten sie sich einen Weg durch die Menschen der Karawane und ihr Vieh und hielten nach Baba und seinem Albino-Esel Ausschau. Ohne Erfolg. Sie fragte sich, ob das eines der Geheimnisse in ihrem Leben war, das sie niemals lösen würde. Plötzlich bekam sie Panik. Was, wenn Hassana gar nicht an Bord war?

Als sie Männer der Kru auf den Schiffsrumpf zurudern sah, straffte sie sich und versuchte, nur noch an positive Dinge zu denken. »Yemanjá«, flüsterte sie. »Bring sie zu mir.«

Leute gingen von Bord, kletterten die Strickleiter hinunter und bestiegen die kleinen Beiboote, die auf sie warteten. Es war einfacher, hinauf- als hinunterzuklettern. Beim Runterklettern hatte sie immer das Gefühl, danebenzutreten und ins Wasser zu fallen.

Der Dampfer war zu weit weg, um klare Konturen zu haben, obwohl die Sonne schon höher am knallblauen Himmel stand – erstaunlich hoch für die Jahreszeit. Das Wasser wirkte blau und erinnerte sie daran, wie das Meer in Bahia glitzerte. Das Einzige, was Hassana und sie jetzt noch trennte, war das tiefe blaue Wasser des Ozeans.

Das erste Beiboot füllte sich mit Menschen und ruderte zur Küste, und genau in diesem Moment kletterten die Passagiere in das zweite Beiboot hinunter. Noch während die Kru ihr Beiboot zur Küste brachten, eilten den Neuankömmlingen fliegende Händler entgegen, einige wateten sogar ins Meer. Vitória wollte nicht erdrückt werden. Außerdem war sie sich sicher, dass Hassana ihr winken würde, sobald sie den Weg zur Küste gefunden hätte. Zu ihrer Linken stand ein zerlumpter Mann auf einem umgedrehten Boot und begann, die Arme zu heben und zu senken, nach links und nach rechts zu bewegen. Er dirigierte das Beiboot. Sie hatte so viel Zeit damit verbracht, das erste Boot abzusuchen und den Mann zu beobachten, der es einwies, dass sie das zweite, bereits volle gar nicht bemerkt hatte.

Stimmen wurden laut. Die Menge schwoll auf das Doppelte an, und die Leute rannten hin und her – in Panik, wie Vitória jetzt erst klar wurde.

»Das Boot ist gekentert!«, übertönte jemand die Stimmen der anderen.

Das Beiboot trieb wie eine umgedrehte Schale im Meer, und die Leute schwammen zurück zum Schiff, schlugen mit den Armen das Wasser schaumig. Jemand kletterte die Strickleiter hoch, andere wurden wieder ins aufgewühlte Wasser gerissen.

Ihr wiederkehrender Albtraum kam ihr in den Sinn, und sie war sich sicher, dass Hassana im Wasser war. Sie wiegte sich vor und zurück.

»Oh, Yemanjá«, summte sie. »Oh, Yemanjá.« Sie schaukelte von links nach rechts, sang Lieder für die Gottheit, die Zwillinge beschützte, Mütter und Kinder. Ihr Körper kreiselte und schwankte. »Yemanjá, beschütze uns. Yemanjá, behüte uns.«

Sie wird ins Wasser gestoßen und wirbelt um die eigene Achse, wird in einen Strudel gezogen. Sie wird nach unten gedrückt, Wasser umtost sie, bis der Sog nachlässt. Das Wasser trägt sie an die Oberfläche, obwohl es sie weiterhin umwogt. Sie muss nicht mehr singen. Das Lied ist in ihr, in ihrer Brust. Sie wird von Yemanjá beschützt, von der Wasserfrau. Sie nahm die Kinder von Xango und Oxum und beschützte sie.

»Das ist dein Zuhause«, sagt eine Stimme. »Hier kannst du bleiben. Hier fällt alle Angst von dir ab.«

Sie schüttelt ihre Angst ab, ist von der verführerischen Ruhe der Stimme wie hypnotisiert. Sie findet Frieden. Ihre Angst verschwindet und wird in den Strudel gesogen. Alles, was sie gekannt und erlebt hat – das Leben in Botu, entführt und versklavt zu werden, wegzulaufen, in Abetifi zu leben, nach Accra zu ziehen –, verschwindet in dem Schlund.

Doch das sind nicht ihre Erinnerungen; das ist nicht ihr Tod. Das sind die Träume ihrer Schwester. Hassana ertrinkt.

Sie nimmt all ihre Kraft zusammen und sagt: »Yemanjá, Ibeji, wir feiern euch, aber wir sind noch nicht bereit, uns zu euch zu gesellen.«

»Beweise es!«, sagt die Stimme, freundlich, aber bestimmt.

Sie sucht nach Bildern. Sie sind in Botu, sitzen im Zimmer ihrer Großmutter, singen und lachen, bis ihnen alles wehtut. Sie sind am Wasserloch – sie benetzt ihre Füße. Hassana schwimmt. Sie singen und verkaufen den Karawanen Speisen.

»Das ist alles Vergangenheit«, sagt die Stimme. »Das hast du gelebt. Was du in Zukunft vorhast, das zählt.«

Vitória kneift die Augen noch mehr zusammen.

Ihrer Schwester zuliebe wird sie Husseina zu neuem Leben erwecken. Sie wird die Vergangenheit nicht vergessen, auf der ihre gemeinsame Zukunft ruht. Sie malt sich diese Zukunft aus. Sie bringt Hassana zu Senhora dos Santos, die Hassana die Schlüssel für eine Schule übergibt. Sie und Hassana laufen Hand in Hand die Bamgbose Street auf und ab. In der freien Hand hält sie einen Korb mit Kleidern; Hassana trägt Bücher. Am Meer setzen sie sich auf eine Matte, danken Yemanjá und sehen zu, wie die Leute in Wellen kommen und gehen. Sie lassen sich gemeinsam fotografieren. Sie sind unterschiedlich, aber eine Einheit. Ihre Schwester ist Teil ihrer Zukunft. Sie möchte leben. Auch sie möchte, dass ihre Schwester lebt.

Yemanjá, mach uns ganz. Yemanjá, mach uns ganz. Wir wollen wieder ganz werden. Yemanjá, schenk uns das Leben. Yemanjá, wir werden stets bei dir sein, beschütze uns.

Vitória kam wieder zu sich, die Füße im Wasser. Wie war sie nur ins Wasser gelangt? Sie hätte gedacht, an der Küste stehen geblieben zu sein und die ganze Zeit die Luft angehalten zu haben. Wie lange war sie in Trance gewesen?

Sie atmete aus, hielt die Luft an und sah, dass Hassana nur eine Armeslänge entfernt im Sand lag, neben ihren Füßen schlugen Wellen an den Strand. Sie hustete und hatte Mühe zu atmen. Vitória kniete sich hin und hob Hassanas Schultern aus dem Sand – gerade so weit, dass sie die Arme unter Hassanas Rücken schieben konnte. Sie richtete ihre Schwester auf und klopfte ihr auf den Rücken, bis Hassana tief ausatmete. Vitória umarmte sie fest. Hassana wollte etwas sagen, doch Vitória brachte sie zum Schweigen.

»Willkommen zu Hause«, sagte Vitória.

Hassanas Brust hob und senkte sich, sie schluchzte laut. Wellen rollten heran und zogen sich wieder zurück, bedeckten ihre Röcke mit etwas, was sich wie Küsse anfühlte. Vitória grub die Finger in den nassen Sand, bis eine schäumende Welle darunterkroch. *Danke.*

»Lass uns heimgehen«, sagte Hassana, ein Schluchzen unterdrückend, und ließ zu, dass Vitória ihr aufhalf.

Das Meer, das Vitórias Finger soeben noch wie ein Liebhaber liebkost hatte, spuckte Leiber aus. Leblose Leiber. Warf eine Kiste krachend an den Strand. Weitere Dinge trieben umher – ein Boot, ein goldener Teller und eine weiße Büste mit dem Kopf eines Mannes. Sie rumpelten über den Sand.

Vitória drückte Hassanas zitternden Körper an sich und rieb ihr die Arme. Sie führte Hassana den endlosen Strand entlang, das Meer zur Linken, ein Labyrinth aus Mangrovenbüschen zur Rechten.

»Danke, Yemanjá«, wiederholte sie leise, während sie einen ehrfürchtigen, bewundernden Blick aufs Meer warf.

Jetzt wusste sie Bescheid: Yemanjá würde sie beschützen, egal, was passierte. Sie war ins Wasser gegangen und heil wieder herausgekommen. Sie war ins Wasser gegangen und hatte ihre Schwester gerettet. Auf einmal fühlte sie sich leichter: Das war die Reinigung gewesen, die sie gebraucht hatte.

»Gut, dass ich kein Gepäck mehr dabeihabe«, scherzte Hassana, während sie sich der Fähranlegestelle nach Lagos Island näherten. Sie waren schon seit einer halben Stunde unterwegs.

Vitória lachte. »Ich hätte einen Träger gemietet, damit er deine Sachen transportiert. Was hattest du denn eingepackt?«

»Ein paar Kleider. Überwiegend Bücher.«

Vitória stellte sich vor, wie Hassanas Bücher und Kleider auf den Grund des Meeres sanken wie altes Laub. »Es tut mir leid, Hassana.«

»Besser sie als ich.«

Angst lähmte Vitórias Beine, als sie Hassana zu einem Mann in einem Kanu führte. Sie konnte hören, wie mühsam sie atmete. Yemanjá, behüte uns!, beruhigte sie sich und stieg in das Kanu. Hassana kletterte hinein und setzte sich hinter Vitória.

»Wo du lebst, gibt es viel Wasser.«

Vitória saß steif da, nickte aber. Erst als sie die Küste von Lagos Island erreicht hatten, drehte sie sich um. Sie musste noch lernen, mehr Vertrauen in Yemanjá zu haben. Hassana, die beinahe ertrunken wäre, machte einen nassen, aber ungerührten Eindruck.

Auf Lagos Island setzten sie ihren Weg langsam fort, während andere Fußgänger, Rikschas und Pferdewagen an ihnen vorbeisausten. Sie kamen an der Pferderennbahn vorbei und erreichten Bamgbose Street. Vitória hätte zu gern gewusst, was ihre Schwester von Lagos hielt, doch sie eilte mit ihr ins Haus, wo Tereza sie von oben herzlich willkommen hieß.

»Danke«, krächzte Hassana.

Tereza kam herunter. »Was ist passiert?«

»Bitte setz heißes Wasser auf«, sagte Vitória. »Nachdem wir uns getrocknet und umgezogen haben, erzählen wir dir alles.«

Tereza gab heißes Wasser in ein Metallbecken und ließ die Zwillinge allein. Vitória holte lauwarmes Waser aus einem großen Tontopf neben dem Becken und gab es zu dem heißen Wasser. Sie schnürte Hassanas Mieder auf, schälte sie aus den nassen, schweren Kleidern und führte ihre Schwester zum Becken. Darin seifte sie sie ein. Sie spülte das Salz und den Sand ab, kämmte Hassanas Cornrows aus. Sie massierte ihre Schwester mit Sheabutter und brachte ihr trockene Sachen. Dann nahm sie selbst ein Bad.

»Wenn du dich noch etwas hinlegen möchtest, bevor wir essen, gib Bescheid. Dein Zimmer ist oben.«

»Danke, Huss…, Vitó...«

»Husseina.«

Tereza hatte den Tisch geschmückt, den Yaya besonderen Anlässen vorbehalten hatte. Er war mit einem weißen Tischtuch und ihrem besten Porzellan gedeckt, das aus Bahia eingeschifft worden war.

Husseina bemerkte Terezas Ungeduld – um deren Mund zuckte es –, doch sie schwieg und tischte stattdessen gedämpftes Gemüse und gekochte Yams-Wurzeln auf. Sie aßen stumm, im Esszimmer war nur das Klirren ihrer Gabeln zu hören.

»Und?«, fragte Tereza dermaßen abrupt, dass Husseina beinahe lachen musste.

Husseina wischte sich über den Mund und legte Messer und Gabel so auf dem Teller ab, wie Tereza es ihr nach ihrer Ankunft bei Yaya gezeigt hatte.

»Sie wäre fast ertrunken.«

»Ay, Xango«, sagte Tereza. »Was ist passiert?«

»Ich bin die Strickleiter runtergeklettert und in das Beiboot gestiegen, zusammen mit meiner Tasche mit meinen Habseligkeiten«, sagte Hassana auf Hausa und Englisch, damit Tereza sie verstand. Anschließend reichte man ihr die Truhe mit Büchern und Kleidung nach. Weitere Passagiere kamen herunter, aber ein Mann hatte fünf Truhen und bestand darauf, sie alle ins Beiboot zu pferchen. Die anderen Passagiere protestierten und sagten, das Boot sei bereits voll. Doch der Mann beharrte darauf: Als er seinen Besitz beim letzten Mal unbeaufsichtigt gelassen habe, sei ihm zu viel gestohlen worden.

»Ich habe ihm gesagt, dass er das nächste Boot nehmen soll, und er hat mich als unverschämtes junges Ding beschimpft. Der wütende Mann hat sich geweigert aufzugeben, und die Kru haben ihn mitsamt seinen Truhen doch noch reingequetscht. Als sie auf die Küste zugerudert sind, ist das Boot gekentert, und wir gingen über

Bord. Im Wasser konnte ich erst noch die Luft anhalten und wieder auftauchen, um nach Luft zu schnappen. Doch dann zog mich plötzlich eine Strömung in die Tiefe. Bis ich wieder nach oben kam, nach Luft rang, schwamm und das Ganze wieder von vorne losging. Irgendwann geriet ich in einen Strudel, der mich nicht mehr freigab.«

»Und da habe ich es gespürt«, sagte Husseina.

»Zwillinge! Ihr seid stark.«

»Das waren nicht wir, sondern Yemanjá. Sie hat uns gerettet.«

»Warum glaubst du das?«, fragte Hassana. »Woher willst du das wissen?«

»Ich war so weit von dir entfernt, ich hätte es niemals sehen können. Vermutlich bin ich in dem Moment, als du anfingst zu ertrinken, in Trance gefallen. Yemanjá hat das Kommando übernommen und mich ins Wasser geführt. Ich habe ihr gesagt, dass wir uns nicht zu ihr gesellen wollen. Noch nicht.«

»Hast du Yemanjá gesehen?«, fragte Hassana.

Husseina schüttelte den Kopf.

»Woher weißt du dann, ob es wirklich stimmt? Jeder konnte sich vorstellen, was ich gerade durchmache.«

»Ich kann immer noch nicht schwimmen, Hassana. Hätte ich mein Verhalten kontrollieren können, wäre ich nicht ins Wasser gegangen. Von mir aus musst du nicht an sie glauben. Zunächst habe ich gedacht, ich wäre die Ertrinkende, dann kamen die Erinnerungen – an dein Zuhause in der Missionsstation, an Accra. Da habe ich gemerkt, dass es nicht meine sind.«

»Und warum sollte sie dich ins Wasser schicken, statt mich einfach zu retten?«

»Yemanjá hat ihre Kinder gerne um sich. Ich habe für unser Überleben gekämpft.«

Hassana starrte auf ihren Teller und malte Kreise mit der Gabel. »Ich bin eine gute Schwimmerin«, sagte sie. »Ich kann Wasser kontrollieren. Trotzdem ist das das zweite Mal in meinem Leben, dass ich beinahe ertrunken wäre. Das andere Mal habe ich versucht, ein Mädchen zu retten, das nicht schwimmen konnte und das mich mit unter Wasser gezogen hat. Dabei war es nicht mal tief. Diesmal war es tief. In Büchern, die ich gelesen habe, berichten Menschen, die dem Tod ganz nahe sind, immer von einem Tunnel. Ich habe ein winziges Licht gesehen. Plötzlich lag ich am Strand, und du warst neben mir.«

»Es gibt Dinge im Leben, die kann man nicht kontrollieren«, sagte Husseina.

Hassana schwieg.

»Ich träume diesen Traum schon mein Leben lang. Ich wusste nicht, dass er von dir handelt. Ich dachte immer, *ich* würde ertrinken.«

»Und die anderen?«, fragte Tereza und lehnte sich zurück.

»Von meiner Warte aus sah es so aus, als wären Hassana und die Kru die Einzigen, die das Meer nicht geholt hat – mit Ausnahme der Leute, die es wieder auf den Dampfer geschafft haben.«

Husseina wandte sich von Tereza an Hassana. »Yemanjá beschützt uns und die Seeleute: Fischer, Segler,

Hafenarbeiter … In diesen Gewässern gibt es Haie. Es ist ein Wunder, dass du – dass wir – überlebt haben.«

»In einem könntest du recht haben«, sagte Hassana. »Bevor ich das Bewusstsein verlor, gab es einen Punkt, an dem ich aufgehört habe zu kämpfen – es war, als würde ich unter Wasser atmen. Mich in einen Fisch verwandeln.«

»Yemanjá!«, riefen sowohl Tereza als auch Husseina.

Tereza sprang auf und klatschte.

Hassana sah ihnen dabei zu und starrte dann wieder auf ihren Teller.

»Ich glaube, *du* hast mich gerettet. Dein Glaube an Yemanjá hat dir nur die Kraft gegeben, ins Wasser zu gehen«, sagte sie. »Weißt du, wir müssen nicht an dieselben Dinge glauben. Ich bin einfach nur froh, hier zu sein, noch am Leben und mit dir zusammen zu sein.«

Husseina sah, wie die Wangen ihrer Schwester zitterten. Sie musste einfach Geduld mit Hassana haben, selbst wenn sich ihre Schwester nie in eine Gläubige verwandeln würde. Dann begriff sie: Hassana glaubte durchaus an etwas.

»Danke, dass du an unsere Träume glaubst.«

»Und danke, dass du mich gerettet hast«, erwiderte Hassana.

Sie sahen sich an und lächelten. Hassanas Lächeln war breit mit blitzenden Zähnen, Husseinas verhaltener, aber voller Liebe.

Glossar

Aba – Ga für »Sie kommen«
Acarajé – frittierte brasilianische Bohnenbällchen
Aguda – ehemalige nach Brasilien verschleppte Sklaven, die nach Afrika zurückgekehrt sind
Akara – frittierte Bohnenbällchen
Asr – muslimisches Nachmittagsgebet
Atabaque – fassförmige Röhrentrommel
Ayoyo-Suppe – Suppe aus ägyptischem Spinat oder Muskraut
Baba – Papa, Vater
Babalorixá – Oberpriester des Candomblé
Baobab – afrikanischer Affenbrotbaum
Barracoon – Sklavenbaracke
Batakari – Stoff aus dem Norden Ghanas
Bela – Portugiesisch für »Du Schöne«
Berimbau – brasilianischer Musikbogen aus Kalebasse, Holzstab und Draht
Canalha – Portugiesisch für »Schuft«
Candomblé – afrobrasilianische Religion
Carurú – brasilianisches Gericht mit Okraschoten

Cornrows – Flechtfrisur
Eba – Maniok-Kloß
Egba – Clan der Yoruba
Egusi – Suppe mit gemahlenen Melonenkernen und Spinat
Elevador Lacerda – Schnellaufzug zwischen der Unter- und der Oberstadt im brasilianischen Salvador de Bahia
Erú – Yoruba für »Sklave«
Exú – Candomblé-Gottheit, Orakel-Gott
Farina – Portugiesisch für »Maniokpolenta«
Feijoada – brasilianischer Bohneneintopf mit Fleisch
Fufu (vgl. auch Tuo) – Kloß aus Maniok, Yamswurzeln oder Kochbananen
Ga – Einwohner von Accra und Sprache
Ganhadeiros – Portugiesisch für »Tagelöhner«
Gari – Hausa für »Maniokpolenta«
Gold Coast Aborigines' Rights Protection Society – antikoloniale Oppositionsbewegung, gegründet 1897
Gourmanchéma – Hauptsprache des Gurma-Volkes Haaji – Ga für »Zwillinge«
Hausa – Handelssprache in West-Zentral-Afrika
Homowo – Erntedankfest in Accra von Ga *homo* (Hunger) und *wo* (sich darüber lustig machen)
Ibeji – Candomblé-Gottheit, Zwillings-Gottheit, Kinder-Orixás
Ile – Yoruba für »Haus«, »Welt«
Ile petesi – Yoruba für »mehrstöckiges Haus«
Jangada – Segelfloß

Juju – Zauber, religiöse Praktik
Kafa – Hausa für »Maismehl«
Kai! – Hausa, Ausruf des Ekels
Kehinde – Zweitgeborene von Zwillingen, Yoruba für »der danach kommt«
Kenkey – Kloß aus fermentiertem Mais
Kente – bunter Webstoff
Ko Ko! – Twi für »Los!«, »Schneller!«
Kontomire – Taroblätter-Eintopf, ghanaischer »Spinat«
Koose – frittierte Bohnenbällchen
Kpanlogo – ghanaische Fasstrommel und entsprechender Tanz
Kpokpoi – traditionelles Gericht der Ga, gedämpftes, fermentiertes Maismehl mit Palmsuppe und geräuchertem Fisch
Kru – westafrikanisches Volk von Fischern und Seeleuten
Kwasida – Twi für »Sonntag«
Madrasa – Arabisch für »Koranschule«
Mãe – Portugiesisch für »Mutter«
Makaranta – Hausa für »Koranschule«
Mayafi – islamisches Kopftuch
Minha mãe – Portugiesisch für »meine Mutter«
Moqueca de Peixe – brasilianischer Fischeintopf
Nmedaa – Maisgetränk ohne Alkohol der Ga
Ntaa – Twi für »Zwilling«
Ntaafuo – Twi für »Zwillinge«
Obatalá – Schöpfer-Gottheit des Candomblé
Obroni – Twi (Sprache der Aschanti) für Weiße, Fremde, Ausländer

Orixá – Candomblé-Gottheit
Osofopapa – Twi für »Priester«
Otienu – Gurma-Gottheit
Oxum – Candomblé-Gottheit der Mutterschaft und Fruchtbarkeit
Pai – Portugiesisch für »Vater«
Pikin – Pidgin-Englisch für »Kind«
Pinga – brasilianischer Zuckerrohrschnaps
Pitanga – Frucht, auch Kirschmyrte oder Surinamkirsche genannt
Pito – westafrikanisches Bier
Quilombo – Siedlung geflohener schwarzer Sklaven in Brasilien
Réis – historische brasilianische Währung
Shékere – Rassel aus einer Kalebasse, um die ein Netz aus Kaurimuscheln gespannt ist
Shokoto – Hose
Tá bom – Portugiesisch für »prima«
Taiwo – Erstgeborener von Zwillinge, Yoruba für »der Erste im Schmecken der Welt«
Taro – tropische Pflanze, essbar
Terreiro – Candomblé-Tempel
Tilapia – afrikanischer Buntbarsch
Tudo bem – Portugiesisch für »alles gut«
Tuo (vgl. auch Fufu) – Kloß aus Maniok, Yamswurzeln oder Kochbananen
Twi – Sprache der Aschanti, die vor allem in Ghana gesprochen wird
Waakye – Gericht aus Reis und Bohnen

Xango – Candomblé-Gottheit. Orixá der Blitze, des Feuers und des Donners
Yemanjá – Candomblé-Gottheit, Orixá des Meeres
Zongo – Siedlung

Dank

Ein Riesendankeschön schulde ich Sarah Odedina und dem unglaublichen Team bei Pushkin Children's Books – dafür, dass sie dieses Juwel von einer Geschichte aus mir herausgezogen und in die Welt geschickt haben. Danke, Maria und Anna von der Pontas Agency, dass ihr euch weiterhin so für meine Arbeit einsetzt. Danke, Jori und Ciku, für euren Humor, für euer Feedback und für eure köstlichen, selbst gekochten Mahlzeiten. Danke, Fawzia, dass du mich zurechtgebogen und mir unermüdlich zugehört hast, als ich dir von den Mädchen erzählt habe. Danke den Gees, vor allem Irene und Kuorkor, für die eine Zeile, mit der ich euch auf die Nerven gegangen bin – und für eure Freundschaft natürlich. Danke, Pierre, Emile, Nana, Monsieur, Rahma und Annie für das große Geschenk Familie und eure Ermutigungen. Und zu guter Letzt danke, liebe Leser, dass ihr den Mädchen auf ihrer Suche nacheinander gefolgt seid.

CARTA
d'una parte dell'
AFRICA OCCIDENTALE
disegnata sotto la direzione
EL VICE-AMMIRAGLIO FLEURIOT DE LANGLE
dal sig. Em. Baur.
1872
Itinerari dei differenti viaggiatori francesi, inglesi, tedeschi, ecc.
Scala di leghe di 4 chil.
Alger
Tunis
ALGÉRIE
MAROC
Fez
Ile Madère
Iles Canaries
SAHARA
SOUDAN
TOUAREG ou IMOCH
Tropique du
Tombouctou
SÉNÉGAMBIE
SIERRA-LEONE
Freetown
LIBERIA
Monrovia
ASHANTI
Coumassie
DAHOMÉ
Abomey
GOLFE DE GUINÉE
G. de Biafra
Equateur
TOUAT
AHAGGAR
EL ERG
ADRAR
TAGANT
KAARTA
MOSSI
BORKOU
FOULAH
Kano
St. Paul de Loanda